谨以此书

献给文化大革命中不屈的灵魂

梅花劫

MEI HUA JIE

赵品华

美国华忆出版社

Remembering Publishing, LLC. USA

Copyright © 2021 by Remembering Publishing, LLC. USA
RememPub@gmail.com

Mei Hua Jie
Zhao Pinhua

ISBN： 978-1-68560-006-8（Print）
978-1-68560-007-5（Ebook）

梅花劫

赵品华 著

出 版 人：乔晞华
责任编辑：张征征

出 版： 美国华忆出版社
版 次： 2021 年 11 月第一版，第一次印刷
字 数： 188 千字

美国国会图书馆编目号码 LCCN： 2021 922258

作者介绍

赵品华，女，湖南邵阳市人。出生于1950年11月，1968年下乡，在乡村学校任耕读教师，1975年因病返城。76年招工后从事过营业员和企业会计等职业，84通过自考，获取商学院大专文凭，91年取得全国会计师证书。92年企业倒闭下岗，曾在深圳赛格商业机器公司和长沙华阳消防公司任财务总监，2005年定居深圳。

作者从小爱好文学，2008年开始文学创作，在国画和书法上也取得不菲的成绩，其作品多次参展并获奖。

目　录

第 一 部

一、1967 年的宝庆城　　　　　　　　　　　　　1

二、5 月 28 日的武斗现场　　　　　　　　　　　5

三、李欣被判处死刑　　　　　　　　　　　　　12

四、孔祥三的疑惑　　　　　　　　　　　　　　18

五、朱有良的政治陷害让李家遭遇不幸　　　　　21

六、孔祥三去桃花镇调查李欣案件　　　　　　　34

七、朱老大黑心昧下金梅花　　　　　　　　　　43

八、白素玉上京为儿子伸冤　　　　　　　　　　51

九、孔祥三设计让李欣保外就医　　　　　　　　53

十、李欣孟柯同是天涯沦落人　　　　　　　　　58

十一、孟柯帮助李欣越狱　　　　　　　　　　　61

十二、孔祥三成立李欣专案组　　　　　　　　　67

十三、李欣成功逃往香港　　　　　　　　　　　71

十四、李欣案件让孔祥三有了危机感　　　　　　75

十五、朱有良陷害孔祥三入狱　　　　　　　　　79

十六、中央信访办　　　　　　　　　　　　　　84

十七、拯救李卉　　　　　　　　　　　　　　86

十八、白素玉被审讯　　　　　　　　　　　93

十九、朱家父子遭遇窃贼驼背　　　　　　97

二十、抗战胜利的那一天　　　　　　　　102

二十一、有康惨死，金梅花失窃　　　　106

二十二、朱有良利用权力迫害白素玉　　112

二十三、志远的初恋　　　　　　　　　　119

二十四、朱有良乱断李欣案　　　　　　　126

二十五、白素玉结识狱医杨义　　　　　131

二十六、李卉的逃亡生活　　　　　　　　140

二十七、白素玉生命中的第二次爱情　　144

二十八、白素玉认罪　　　　　　　　　　155

二十九、鬼魅宁顺生　　　　　　　　　　162

三十、白素玉之死　　　　　　　　　　　181

第 二 部

三十一、林达生和李欣的遭遇　　　　　　187

三十二、宁顺生的忏悔　　　　　　　　　191

三十三、孔祥三调查白素玉的死因　　　194

三十四、李卉的遭遇　　　　　　　　　　198

三十五、李卉被朱有良劫持到麻风村　　　202

三十六、志远寻找李卉　　　213

三十七、孔祥三欲借李卉案扳倒朱有良　　　216

三十八、为探案志远诱惑齐小娟　　　220

三十九、宁顺生孤身智斗朱有良　　　224

四十、李卉失踪成迷案　　　231

四十一、志远醉后吐真言，齐小娟如梦方醒　　　235

四十二、朱有良怀疑杀手是宁顺生　　　240

四十三、朱有良调查宁顺生　　　244

四十四、宁顺生和驼背结盟对决朱有良　　　249

四十五、公安局长方圆调查李卉失踪案　　　255

四十六、雨夜跟踪　　　261

四十七、朱有凤定计杀志远　　　266

四十八、杨义吐真言，白素玉冤情大白　　　270

四十九、夜半枪声　　　274

五十、方圆智破李卉案　　　279

五十一、李卉获救　　　282

尾　声　　　286

第 一 部

一、1967 年的宝庆城

五月末的一个早晨,太阳刚刚升起,阳光先将东山上的宝塔点缀得绚丽多彩,慢慢移向波光粼粼的资江和江岸边古老的城墙。城门下的渡口,有着与宝庆城同样悠久的历史。渡口那边是等待进城卖菜的农民,渡口这边大街小巷的门户渐渐打开。晨风轻轻吹拂随处可见的行人,洒满金光的树叶在微风中摇曳。当新的一天到来,一切都在宁静中苏醒。

宝庆城是是雪峰山下一座古老的城市,历史可追溯到两千多年前。它缺的是名胜风景,也没有战争留下的遗迹。交通不发达,物产也不丰富,虽然出了睁眼看世界第一人魏源,护国将军蔡锷,人民音乐家贺绿汀等知名人物,仍然是市民化的飘荡着烟火气的毫无名气的小城。

生活在这里的居民,性情暴躁而倔强,讲话扯起喉咙喊,半里以外都能听见,人称"宝古佬"。"宝古佬"的生活朴素而简单,一生只需完成三件大事:男婚女嫁,生儿育女,给长辈养老送终。所以,在这座城里,红白喜事就是最大的事。居住在城里的居民不是亲戚就是故友,谁家要有个红白喜事都会礼信巴巴的去送份人情凑个热闹,

1

讲究的就是睦亲友邻，长幼有序。

和所有民风古朴的小城一样，老一辈维护传统，年轻人追求时尚。自从有了从上海迁来的工厂和随着工厂迁入的上海人，宝庆的伢崽妹崽就学上海人，留起包菜头，穿起喇叭裤，让窄得不能再窄的裤子把屁股包得紧紧的。那些年长的领导们认为，上海人是从资产阶级花花世界里走出来的，留包菜头穿喇叭裤的伢子妹子被他们的资产阶级思想腐蚀了，这是阶级斗争的新动向。

解放十七年，阶级斗争不但没有停下来，反而斗到了生活中的细微末节。渐渐地，宝庆不再只有男人和女人，长辈和晚辈，人被分成无产阶级和资产阶级两大类。

从此，什么话能讲，什么话不能讲；什么事能做，什么事不能做；什么人能做亲戚朋友，什么人不能做亲戚朋友；什么人的红白喜事能去，什么人的红白喜事不能去，都重新排序。这是关系到革命还是反革命的问题，一不小心成为资产阶级的朋友，也就成了无产阶级的敌人，不光是自己离牢门不远，还会祸及子孙三代，这是很吓人的！要是你光荣加入了共产党，不仅你是革命的，你全家都是革命的，实在值得自豪。如果把人际关系比喻成一条生物链，共产党员们肯定处在生物链的顶端。

寒气渐渐散去，暑气已经上升，天气变得一年比一年燥热，1966年的夏天似乎比以往来得更早。

这年的5月注定成为历史上浓墨重彩的一笔。

从这一刻起阶级斗争到了白热化的程度。人们不但冲上大街把那些包菜头、小脚裤统统剪掉；就连祖宗留下的牌坊和街道名称都受到质疑，没有革命性的统统清除；庙宇寺院天主堂被打个稀巴烂；大字报，大辩论如飞来横祸让人无法招架。

伟大领袖毛主席不再沉默，向政敌们开炮了，他说："混进党里，政府里，军队里和各种文化界的资产阶级代表人物，是一批反革命修正主义分子，一旦时机成熟，他们就要夺取政权，由无产阶级专政变为资产阶级专政。这些人物有些已被我们识破了，有些则还没有被识破，有些现在受到我们信任，被培养成我们的接班人，例如赫鲁晓夫那样的人物，他们正睡在我们的身旁，……"

睡在毛主席身边的刘少奇、邓小平、陶铸、彭德怀很快被揪出来了被打倒了被送进了监狱。刘少奇的左膀右臂彭真、罗瑞卿、陆定一、周扬被打翻在地，有的甚至被打死了。那些被安插在党界、军界、政界、文化界的虾兵蟹将被揪出来了，成了黑线人物，革命群众在他们身上踏上一只脚，让他们永世不得翻身。

按理，赫鲁晓夫式的人物已经永世不得翻身，文化大革命的伟大目标就实现了。由于中央文革特别提出：无产阶级文化大革命是无产阶级和资产阶级斗争的继续，共产党和国民党斗争的继续，是革命群众和反革命分子斗争的继续。

这句话的严重后果是，手执木棒和铁棍的革命群众纷纷走上街头，毫无理性地疯狂打杀反革命。广州一天就活活打死几十个五类分子。天子脚下的大兴县，一天杀了好几千地、富、反、坏、右。他们本来就是死老虎，再补上一刀，让他们死，才是继续革命。那些叛徒、特务、走资派，黑帮分子，现行反革命等等，只要罪名有了，也可以随便打死随便处置。他们中有的惨死街头，有的被迫自杀，这事让整个中国人诚惶诚恐，失去安全感。

要打倒一个人，要把白的说成黑的，只需要给他们定个名分就行。文化革命初期，那些挂牌子游街的人。牌子上怎么写，罪名就跟着定下来了。

古有："莫须有"，今有："欲加之罪何患无词"。譬如：蟑螂是螂，螳螂也是螂，蟑螂螳螂就是一家亲，小鸡有翅膀，小鸟也有翅膀，它们就是夫妻，不认账也不行。推翻一切常识，抹黑所有逻辑，混淆是非黑白，失去正常理性只为继续革命！

就像"造反有理"，它成了一面旗帜在新中国的土地上高高飘扬，只要造反就有理，无需前因后果。

"庙小妖风大，池浅王八多"，宝庆市虽小，整起人来毫不逊色。因为继续革命，因为造反有理，宝庆市的市长们，市委书记们，部长们局长们及各级党委书记们统统罪该万死被打翻在地，在工厂连车间主任都被揪上了批斗大舞台。红卫兵们写大字报，开斗争大会，给"牛鬼蛇神"带高帽子游街示众。政治无底线，人权的底线也没有了。权力斗争总是居心叵测，手握重权趁机以革命的名义公报私仇的大有人在。那些与人结过仇的或不知不觉中得罪过人的，如果手中无权，那就任凭命运沉浮了。你敢说文革运动不是由某个领袖为打倒另一个领袖而发起的吗？

据说中国革命，知识分子是先知先觉，学生们是开路先锋，可惜这些读书人，革命刚刚开始就找不着北了，多半成为阶下囚。工人阶级虽然后知后觉，却能坚定的将革命进行到底。

1967年红卫兵小将们完成了冲锋陷阵以后退居第二位，工人阶级成了文化大革命的主力。队伍扩大了，思想也变得有点复杂，人们的确有了不同的政治爱好和利益取向。XX是罪该万死还是毛主席的好战士，是该打倒还是该保护，不再是吵吵闹闹的表象，而是权力的象征。涉及到派别的利益。各派别都奋起保卫一个与他有着利益关系的当权派，打倒另一个与他争权夺利的当权派。起初在大字报上表明观点，后来用大辩论凝聚同党，党同伐异，再接着是互相打起来。两种不同的观点，很快变成两个势不两立的阵营。文化革命成了与文化无关，与权利密切相关的你死我活的战争。

政府机构瘫痪了，但政治阴谋还在继续。

各种阶层，各个组织，各种派别，各个团体，各种单位以及各个家庭此时此刻都分裂成势不两立的两个派别，两种观点，两个阵营。本来都是平头老百姓，讲话顶个庇用。各个派别都是一张琴上的弦，弹琴的是伟大领袖毛主席，他让谁发出声音，谁才能发出声音来。

但是已经斗红眼的人见了面不是打就是骂，满街都是群众斗群众。你打倒我，我打倒你，全面内战正在展开。

67年，街头上时时响起枪声。可怜的母亲为孩子担忧了：我的孩子现在在哪里？他在和人辩论吗？正在被人围攻吗？在和人武斗吗？在打仗吗？今夜他会不会回来？

二、5 月 28 日的武斗现场

昨夜里宝庆城一夜无眠，人们敲锣打鼓欣喜若狂的欢庆伟大领袖毛主席又一条最新指示从北京传来。

当太阳照耀在贴满大字报的墙面时，最新指示已经铺天盖地充斥在城市的每个角落。一拨又一拨的游行的队伍在激动地高呼着口号：全国的无产阶级文化大革命形势大好，不是小好……。伟大的中国共产党万岁！无产阶级文化大革命万岁！！伟大领袖毛主席万万岁！！！高音喇叭喊出的是同样的口号，声音响彻云霄，足以复盖所有的声音，一切都像被施了魔法，折腾了再折腾，永远不会疲倦。

当宁志远走上大街，热闹的庆典已接近尾声。他有点后悔昨晚睡得太死，错过了看热闹的时机。不过，这后悔瞬息而逝，这种热闹以及各种各样的热闹太多了，一会是几千牛鬼蛇神排着长龙般的队伍游街示众，一会是宣传队在街头演出新节目，一会上百人打着擂台大辩论，一会几十人在打群架。醒目的横幅标语上写着骇人听闻的最新消息，传单载着小道消息满天飞，真是目不暇接，要多热闹有多热闹。

一年来，学生罢课，工人罢工，机关瘫痪，所有人都走上街头搞运动，能不热闹吗？热闹归热闹，宁志远还是觉得一切都不真实，每个人的面容后面总隐藏着什么。那些被斗争的人，无论是麻木着还是哭喊着，举着手喊着打倒自己的口号，都不是内心的真实的表达。他们的内心应该是沮丧和痛苦，甚至是绝望。那些斗争着他人不断侮辱他人的"革命者"，应该是凶狠的恶毒的愚昧的。他们却装出唯我独左正义而又公正的面孔。

他所看到的都像是一幅幅漫画，被扭曲着放大着。他有一种被表象愚弄的感觉。

宁志远是邮局的外线工，是个独生子，父母视他如生命，担心他的安危，不准他参加红卫兵运动。他却瞒着父亲参加了《青年近卫军》的文艺宣传队。每天这个时候他要去宣传队排练。他是宣传队的队长、男高音独唱和笛手。他的心里充满音乐也充满快乐，感叹着他所处的时代充满激情也充满喧嚣，缺乏的是对爱情的吟唱。刚满十九岁的他，内心澎湃着对爱情的渴望，而音乐正是他渲泄情感的气阀。

他情不自禁地哼着刚刚学会的西班牙情歌《卡门》，这是被禁止唱的歌曲。所有的情歌都是禁歌，因为它们麻痹革命斗志，散播资产阶级思想和情调。假如分门别类上纲上线，情歌是属于反革命歌曲，更何况《卡门》是唱遍全世界的经典情歌，毋庸置疑是最反动的歌曲，把这样的歌曲大声唱出来等于高喊反革命口号，是要被批斗的。

宁志远忍不住想大声唱出来，但还是不敢，只好憋住气，用他的肢体来渲泄。他踮起脚尖，摆出舞姿，他要在阳光灿烂的街头踏着《卡门》的节奏舞起来！

忽然，他看到宣传队的小演员何小芳急匆匆大喊着向他走过来：队长，林司令要你赶快到司令部去！

什么事？

去了就知道。

宁志远的情绪一下子降到冰点，这个时候被叫到司令部去总是没好事。他不喜欢与人辨论，不喜欢讨论政治形势，更不喜欢打打杀杀，他只喜欢和队员们在一起唱革命歌曲跳革命舞蹈，宣传毛泽东思想。

走到半路，宁志远碰上了李欣和黄玫玫，他们是一对形影不离的恋人，也是志远最为羡慕的最幸福的恋人。他们年青、漂亮、才华横溢。李欣是宣传队的编导，小提琴手，男中音，是宣传队的灵魂和核心。黄玫玫优美的舞姿让人看到目不转睛。此时，他们正腻在一起，一脸的幸福让人羡慕、嫉妒、恨。

宁志远要他们一起去宣传队排练新节目。李欣说：队长，今天是玫玫的生日，我想请假。志远说：是生日重要还是革命重要？李欣说：玫玫今天 18 岁，是她的成人礼，一生仅此一次。黄玫玫看到队长生气了，拉着李欣的手说：我不想过生日了，去吧。

到了《青年近卫军》司令部，他们看到了紧张的气氛，每一张脸都绷得紧紧的，司令林达生对宁志远的迟到很不高兴。

你已经不再是大少爷，而是一名革命战士！他说。

有人被逗笑了，气氛开始有点活跃。

发生什么事了？宁志远问。

保皇派向我们发起进攻，他们调集了大批武装力量从四面八方将我们包围了，我们要立即组织反攻。

不是要革命大联合吗，他们怎么能这样？

他们是保皇派，我们是造反派，他们是反革命组织，我们是革命群众组织，怎么联合？毛主席教导我们说，要在革命的原则下实现革命的大联合。同志，你要讲点原则。现在，凡能拿枪的都要拿起枪来保卫我们的司令部。

我不会开枪。第一个反对者是李欣，他想快点离开这个是非之地。

你不拿枪更好，我差点忘记你是狗崽子。还有谁是狗崽子，统统站出来，枪杆子必须握在无产阶级手中，林达生说。

又有几个人站出来，其中有李欣的恋人黄玫玫

不能拿枪的和女队员们一起高唱革命歌曲为战士们鼓舞士气，志远说。

至远和林达生是好朋友，凡事都帮着他。

队长，我请求离开，我说过我今天请假，李欣说。他不喜欢有人拿"狗崽子"这种侮辱人的称呼和他开玩笑，生着林达生的气。

不能，现在是我们向毛主席表忠心的关键时刻，谁也不准离开。达生说。

宁志远拿起了枪，用眼睛瞄了瞄，这是一把苏式骑枪，杀伤力很强。

李欣，你想走也晚了，志远说。

李欣退到女队员中间，他知道战争是很血腥的，对于他，很难面对。

远处有零星的枪声响起。《青年近卫军》占据的是市政府，这是一座四层高的大厦，是全市最高的建筑，也就是说《青年近卫军》占据着制高点。

在造反派阵营里，《青年近卫军》是最敢于冲锋陷阵的。它的上千名队员都是年青的工人和学生，有一股初生牛犊不怕虎的闯劲。现在一楼、二楼、三楼由几百名勇敢的战士保卫着。司令部设在四楼。

林达生是宁志远的师兄，当初要不是他死拉硬拽，把宁志远拉进来，宁志远到现在恐怕还是个不革命的逍遥派。此时，宁志远拿着枪，和他战斗在同一个战壕里，终于成了一名革命战士，让他感到无比欣慰。

"志远，站在窗户的后面，注意隐蔽。"达生说。

枪声渐渐近了，也越来越密集，达生估计保皇派和城东边的造反派《湘江风雷》交上火了。他要战友们举起枪，隐蔽好，随时准备开战。

枪声越来越近，不久，有人从大街向他们投手榴弹，密集的子弹也随即从四面八方扫射过来。《青年近卫军》开始还击，宣传队员们唱起了由李劫夫谱曲的毛主席语录歌：革命不是请客吃饭……。凡是反动的东西，你不打，他就不倒……。下定决心，不怕牺牲……。

一天很快就过去了，一楼伤亡惨重，四楼还好，没有伤亡。大家保持着昂扬的斗志。宣传队员嗓子都唱哑了。

第二天黎明战斗就打响了，保皇派增加了兵力和心理攻势，十几个高音喇叭对着他们的大楼高喊：你们被包围了，缴枪投降不杀，反戈一击有功！负隅顽抗，等待你们的是革命群众的审判！

林达生也对着窗外喊：誓死捍卫毛主席的革命路线，决不投降！

现实的状况是：子弹没了，水被截断了，吃的也没了，经过一天一夜的战斗，大家都又渴又饿。胜利似乎很渺茫，斗志不能没有，水和吃的也不能没有。

林司令，兵马未动，粮草先行。有人说。

林达生曾几何时读过兵书，学过兵法，他根本就不知道打战的这一套，就凭着一腔革命热情和拼死一战的精神走进这无比残酷的战场。他说：上次我们打保皇派四天四夜没吃没睡，我们胜利了，缴获了很多枪支弹药和压缩饼干。战友们，只要我们胜利了，牛奶会有的，面包也会有的。

他知道只有镇定、镇定、再镇定，等待转机的出现。

李欣说：司令，我们投降吧，！

林达生立即用枪指着李欣，黄玫玫扑在李欣身上。千钧一发，大家倒吸一口冷气。

这时，后面的门被人撞开，随即走进一个少女，只见她手提两只热气腾腾的铁桶，香喷喷的馒头像小山一般尖尖的叠在上面。

"娟子！"达生和志远同时认出他们的好朋友齐小娟，一同喊了出来。

战友们，大家辛苦了！娟子说着，递上救命的馒头。

娟子，你真是我的救命恩人！达生发自内心地喊了出来，狠狠瞪了李欣一眼，调转枪口。

小娟的眼睛却盯在志远身上，这个让她心甘情愿为他而死的男人正端着枪倚在窗旁，夕阳的余晖洒在他的脸上，轮廓分明的脸变得更英俊，更迷人，更有男人味道。

他多像保尔.柯察金啊！娟子几乎叫出声来。

"有水吗？"志远问。

"我去打水，我已经把自来水管修好了。"娟子风风火火地打水去了。

"她是人还是神？怎么会自天而降？"有人问？

"她是老天爷派来救我们的吧！"

"她真像女神，那么漂亮，"

"真不知道她是怎么穿过枪林弹雨的，她太勇敢了。"

只有志远知道齐小娟是怎么进来的，有她在，他们就不会饿死。

娟子提来了一大桶水，看到馒头吃光了，又亮出杀手锏。

"我这还有压缩饼干。"娟子说。她身穿黄军装，臂戴红袖章，还背着个大大的黄色军用包，像个八路军女战士。她变魔法一般从军用包里倒出一大堆压缩饼干。"没吃饱的再吃。"

万岁毛主席！所有的人都欢呼起来。

"娟子，走吧！"志远严肃地说。

"不，我要和你战斗在一起！"

"娟子，再不走我就生气了。黑夜，意味着死亡，而你活着，意味着我们的胜利。你应该懂我的意思。"志远说。

"好吧。我活着，明天你们才有饭吃。再见，战友们！"

漂亮勇敢活泼快乐的娟子走了。

战斗还在继续。一楼已经被保皇派占领了。没多久二楼又失守，伤亡很大，形势非常不利。

天亮时，保皇派已攻上三楼。有的女孩子哭起来，她们没有想到战争会这么残酷，而失败又来得这么快。

我们投降吧，志远说。

再坚持一会，达生说。

不久，保皇派从三楼冲上来，对着大厅就是一梭子子弹。何小芳立即倒在血泊中，黄玫玫的手臂露出白森森的骨头，血在喷涌。

志远丢下枪，大喊：我们投降，别再开枪！

四楼的战士都丢下枪，举起手。大家看到小芳在抽搐，黄玫玫昏迷在李欣怀里，李欣的泪在奔流。所有的人都哭了。

保皇派的司令走过来，他翻开小芳的眼皮看了看，说：已经死了，抬走吧。

不！女孩子们扑了过来。保皇派举起了枪，：除了伤员，你们谁也不许动，受伤的立即抢救，尸体抬走，想借死人闹事，没门！

可爱的小妹妹何小芳被抬走了，志远领头唱起《怀念战友》为她送行。

当我离开战友的时候，

好像那雪山奔腾万丈！

啊，亲爱的战友，

我再也不能看到你雄伟的身影，可爱的面庞，

再也不能听你弹琴，听你歌唱！

悲壮的歌声伴着伤心的泪水，他们反复吟唱着。面对着生离死别的巨大悲痛，面对着失败，年轻的心怎能不流泪不流血？

战斗结束了，所有造反派的司令部都被保皇派砸个稀巴烂，办公用品和高音喇叭被扔在大街上，头头们和虾兵蟹将被吊在广场示众。《青年近卫军》所有的战士都成了俘虏，被关进监狱。

三、李欣被判处死刑

一个月后宁志远被释放，他立即被父亲送到乡下母亲的身边。

宁志远太需要休养了。一个月的监狱生活把他折磨得骨瘦伶仃，他的内心更存在着巨大悲伤，何小芳惨白的脸满是鲜血的身体，黄玫玫手臂的白森森的骨头，就像挥之不去的阴影，笼罩在他的心头。

本来，他走出监狱的第一件事就是去看望黄玫玫，这是李欣再三嘱托他的。可是父亲等在监狱门口，仅仅一个月父亲好像老了十岁。在志远的印象里，父亲是个胆小的人，黄叶落下怕打破头，又怎经得起他如此这般的折腾。父亲说：跟我回到乡下去，立马就走，否则我就死在你的面前。他只好乖乖地跟着父亲回到乡下的家。

乡下的家在邻县，离城里的家有八十多公里，离县城也有六十多公里，是大山环抱之中的小平原。稻田一望无际，小河弯弯曲曲穿过稻田，从他家门前淌过。在平原的边缘上，小山峦波浪般起伏，绵延到天的尽头。志远的家就在波浪的褶折里。

宁志远从小在城市和乡下轮番长大，六岁时父亲将他从乡下接到城里读书，认为城里的学校好。可是他不喜欢城里，哭闹着要回乡下。父亲化了好多心思，为他买城里小孩穿的学生装，锃亮的皮鞋，理三七开的西式头，吃的更不用说，只要他想要的都给他买，可他就是不喜欢。父亲妥协了，在他念三年级时又送他到乡下的小学读书。

在乡下有比父亲更疼他的奶奶和母亲。志远除了上学就是疯狂玩耍。他最喜欢的是爬树和玩弹弓，二、三丈高的大树他能徒手爬上去，然后坐在树桠上用弹弓弹鸟儿玩，渐渐地二十几米远的鸟儿能被他弹中头部，从树上掉下来。可是奶奶说这不算什么，他爸小的时候能弹中飞鸟，而且弹无虚发。他也练习弹飞鸟，可从没弹中过。后来，志远也练出了一门绝招，弹水里的鱼，无论鱼在水里游得有多快，他都能弹中鱼的眼睛。也许是他常常坐在高高的树上往远处看，让视力特别好。他两眼炯炯有神，目光四射，与众不同。

父亲说：小子，你爬树，游泳，玩弹弓再好也不如念书好，书念好了能当官，当官才能挣很多的钱，官越大挣的钱越多。那时志远听不懂这话。

念初中时他又回到城里，这时，他已稍稍懂事，渐渐爱上城市。

他爱上了城市的马路、电灯、电影院、商店，更喜欢城里的学校。乡下的学校没有课外活动，学生放学就回家干农活。城里的学生玩的花样层出不穷，符合他的性情。

志远念书总是一般，父亲说：看来你没读书的天分，早点工作吧。

初中毕业他进邮局当了外线工。外线工就是爬在电线杆上接电话线，志远是这行当里的状元，他爬电杆爬得快，骑在电杆上操作又快又稳。外线工也很辛苦，常常在野外埋电杆，电杆埋好后靠人工把线拉上去。那时没有机械化，全靠工人手工操作，埋一根电杆要挖上好几天，磨磨洋工要半个月。上班时，他多半时间在野外挖坑埋电杆。野外操作有津贴，收入比一般工人多。

志远很喜欢这工作，自由，工资高，可以在野外弹鸟，可以骑在电杆上大声的疯狂的唱歌，假如在高高的山岗上，还可以站在电杆的顶端俯瞰下面的世界，有飘飘然胜过神仙的感觉。

志远到了乡下，母亲每天为他煨鸡汤，那是将整只鸡放在坛子里，然后坐在灶前将小扎小扎的稻草塞进灶堂里微微燃烧着，慢慢将鸡汤熬出来。

母亲一边干活一边和他聊着乡下正在发生的事，让志远吃惊的是乡下非常平静，对文化大革命知之甚少，少有人关心政治，大家关心的是生产队分多少的粮食，轻重不匀的农活的分工，当心着天气的变化。今年已经很久没下雨了，还不下雨谷子会抽不出来，农民会没饭吃。

农民朋友听说他回来了，都来看他，送他一些乡下土产，他也回赠他们糖果手套和旧衣服。在农民眼里志远家很富裕，父子两个吃皇粮，一个月的收入比农民一家全年都高。志远的家就是他们借钱的地方，志远妈是个好人，是农民们的债主。志远父子回到乡下也会给他们带来乡下难得有的饼干和糖果，还有万金油止痛片和退烧药。

每次回到乡下的家中，志远不得不佩服父亲宁顺生。祖祖辈辈是农民，宁顺生小小年纪就跑到城里学手艺，吃了很多的苦，终于成了手艺精湛的首饰匠。后来，宁顺生在城里买了一间小小的店铺，店铺虽小，却在最繁华的街道上。由于宁顺生的手艺好，店铺又在十字路口，找他打金首饰的阔太太很多，也还是赚了一些钱的。很多同行劝说他打金不如卖金，开间金店比做手艺轻松，宁顺生坚持做手艺。正如此，他家定的成分是手工业者，属于劳动人民，党的依靠对象。这多有先见之明啊，要是开金店，财产被没收，成分还是资本家。在乡下也一样，宁顺生盖房时只盖三间，买土不买田，而土也只买一点点，就像农民的自留土，只够种点菜吃。解放时，屋子和土地都保留住了，成分下中家，也是依靠对象。他爸说，在解放前，他家过的日子比地主富农工商业主更宽裕，而后者早被打倒了。宁顺生常说：穷好，前无牛栏后无仓，一觉睡到大天光。吃光喝光，快活健康。

志远的母亲林秀英是个一辈都留守在乡下的女人。除了生志远时，丈夫将她接到城里生产，其余的时候她就住在乡下。不是她不想进城，而是丈夫不准她进城。丈夫说你长得这么好看，进了城就会被别人拐走，我儿子就没娘了，屋子也会被乡里人占去。那我这辈子还图个什么呢？她只好留在乡下侍候婆母照看儿子和乡下的屋子。如今婆母已去世，儿子去了城里，她也老了，习惯了乡下的清闲日子。

志远来到乡下，心里着实不安。在他被释放时，还有李欣和林达生被关在监狱里。那场战争共计死了十几个人，林达生是坏头头，肯定要被审判。可是，李欣和自己一样，是被蒙蔽的群众，为什么没有释放呢？李欣比自己还要无辜啊，除了出身不好，又有什么理由要把他关起来呢？

志远恨不得插翅飞回家去，问个究竟。可是，精明的父亲在临走时将他身上的钱全部搜走了，他总不能饿着肚子徒步回城呀！

志远在焦急中煎熬着，吃不香睡不好。两个月后他收到父亲的来信，革命委员会成立了，工厂复工，学校复课，要他立马回去上班。

志远接到这封信就像得到了大赦令，他向母亲要了路费回城了。

志远在班长那儿报个到，立即去找齐小娟。齐小娟是邮局的电报员，在营业大厅上班，消息灵通，要打听到李欣的消息，找她没错。

等了半天齐小娟才无精打采地来上班，一见志远，立即神采焕发，变了一个人。志远问：娟子，有李欣的消息吗？

我是替你看管李欣的吗？她说，生气地撅起红红的嘴巴。

好妹妹，别生气了，快告诉我吧。

他的问题很复杂，快转到省监狱去了。

他不就是个学生吗？有什么复杂？

他是 5.28 事件的幕后组织者和总指挥。

幕后？志远有点不相信自己的耳朵。说李欣是组织者和总指挥是在开玩笑吧。可是，娟子是一本正经的，不像是在开玩笑。

那林达生呢，是什么？

达生早就释放回家了，跟你一样是受蒙蔽的群众。

不可能呀，娟子。我，还有所有有的宣传队员都是被达生叫去打仗的，李欣是坚决反对打仗的人，怎么会是幕后总指挥呢？

你问我，我问谁？他的罪是革命委员会定下来的，大家都说是达生栽赃给李欣，让李欣替他当炮灰。

志远说：我不相信达生是这种人。

正好，达生向他们走了过来。志远用眼睛盯着他，样子很疑惑。

志远，别这样盯着我。我知道你在怀疑我陷害李欣，可是，志远，大家都可以怀疑我，唯独你不能，因为你了解我，知道我是一条硬汉子，敢做敢当。况且我非常喜欢李欣，很钦佩他，尽管我常常骂他狗崽子。

达生，你自由了。而他呢？还关在监狱里，你该怎么解释！

志远，在你释放后，我经历了人生最黑暗的日子，每一天都被审讯，被毒打，他们的目的就是要我承认李欣是那次武斗的组织者和总指挥。我不承认就被打得死去活来。你看这。

达生掀起上衣，浑身的伤痕，在肋骨处还有明显的骨折的痕迹。

可是，我没有承认，我就是死也不会把白的说成黑的，把无的说成有的，李欣他什么时候参加过头头们的会议呢？他出身不好，是可教育好的子女，我说过他参加宣传队可以，要他当宣传队长万万不能，我怎么会让他来指挥我？指挥《青年近卫军》？他们，也就是拷打我的人说，事实并不重要，只有我按他们说的写一份材料，照他们的写，就给我自由，否则，要我将牢底坐穿。我没写，真的没写。后来我被放出来了，祥哥说是他把我放了。

孔祥三，他有这么大的神通？志远好惊讶。

志远哥，你在乡下啃红薯的时候，祥哥当上了革委会的副主任，管的就是公、检、法。

娟子，那我们就去找他呀，他是我们的大师兄。你去找他更合适，那天，就是我们被包围着，你给我们送馒头来了。那时炮火正猛烈着，你是怎么冲上来的？是祥哥在掩护你吧，我说的是事实吧。

娟子脸红了，她说：是祥哥网开一面，放我上来，他是喜欢我，我却不喜欢他，我有我喜欢的人。

好了，好了。娟子，就算你帮我，我们一起去找孔祥三吧。

三人来到革委会，就是文革前的市政府。志远他们才想起孔祥三当了革委会副主任，行使的是副市长的权力，还会认他们这些兄弟吗？虽然过去是好兄弟，但是后来祥三是保皇派，志远和达生是造反派，势不两立，成了敌人。如今革命大联合，他们又可以称兄道弟，只是那份亲密的感情还在没在呢？

孔祥三见师弟们主动来找他，内心很高兴。尤其是娟子一口一个"祥哥"，叫得他骨头都酥了，他要让娟子亲眼看到他的威风。

他故意慢条斯理地从办公桌上抬起头来，用手指着一大堆的文档说：政府瘫痪这么久了，好多文件都等着我来审批，除了批文件，还要听汇报，一天到晚忙得晕头转向。有什么办法呢，革委会里就我最年轻，我不干，谁干？娟子，来给我当秘书吧，只要你点个头，我就下调令，明天你就坐在这个位子上。

祥三指着旁边的那张办公桌说，眼睛盯着小娟，爱情的火焰在眼睛里燃烧。

小娟说：祥哥，今天我们是为李欣的事来找你的。

哪个李欣？孔祥三问。

就是和达生关在一起的那个李欣。

李欣他怎么啦？

还关在牢里，听说要送到省监狱去。

我没听说有人要送到省监狱去，送省监狱都是要犯，是要被枪毙的，那也要我批准呀。

这句话如一声惊雷，把大家震昏了。会不会弄错了，志远他们一齐问。

我不知道。祥三再一次说。

祥哥，齐小娟都听说了，你怎么会不知道？达生说。

小娟，你听谁说的？祥三问。

我……，齐小娟支支吾吾答不上来。

善解人意的祥三说：这也许是一个讹传，你们先回去吧，下午我去调查这件事，如果没有原则问题，我会跟他们打声招呼，让他们放人。达生，不是我吹牛，如果不是我保你，你现在还关在牢里。

达生不好意思地说：是。

祥三说：达生，我知道你不服气。你要向志远学习，多读点书。国家是什么？是一架巨大的机器。军队、法院、警察、监狱都是国家机器的一部分，只要国家存在，就有人被抓，被审判，被投进监狱，被专政。你以后还是老老实实当工人，不要一听到依靠工人阶级就不知道自己姓什么了。你要是再抓起来，我也救不了你。明天你们再来吧，我忙得很，没时间多陪你们。娟子，明天给我个实实在在的答复。

走出市政府，娟子说：当了官就是不一样，口水泡泡喷了我一脸。明天你们来吧，我不奉陪。

四、孔祥三的疑惑

那一晚，志远翻来复去睡不着觉。他反复回忆齐小娟的表情，齐小娟在说李欣的事时，那表情不像是空穴来风，就算她是个爱出风头的人，也不会说出这种没根没据的话。枪毙，太可怕。枪毙！枪毙！！就像重重的钢锤砸在志远脑袋上，他感觉自己的头在裂开，在破碎……。

好不容易等到天亮，好不容易等到孔祥三来办公室。

一大早，孔祥三的表情非常严肃，他要志远回去，达生留下。

志远刚刚走，祥三就把一迭材料递过来。

达生，你看看这是你写的吗？

达生看到材料上写着：李欣曾经要我参加反革命组织，我没有同意，……。5月25日他对我说保皇派要攻击造反派了，要我准备好枪支弹药，我不相信，他告诉我说，他是造反派的联络员，我被他蒙蔽了。……5月28日那天，我亲眼看见他用枪打死打伤十二个人，……

李欣是这次武斗的决策者和总指挥。……后面有达生的签名和按的手印。

天哪！达生喊了起来，我什么时候写的这份材料？

我还看不出这不是你写的吗，笑话！你是小学毕业生，文笔不通，写的字像鸡爪刨出来的，这字多漂亮，文采多好。这是以你的名义写的假材料，是诬陷李欣的！你说，你跟李欣到底是什么关系，有人要以你的名义去陷害他呢？

祥哥，这事真的很蹊跷，我一出来就有人说我嫁祸给李欣了。原来他们想害死李欣还捎上我这个垫背的。

嗯，分析得不错。这里还有一份李欣亲笔写的供词，你看看。

我名李欣，现年十九岁。青年近卫军宣传队队员，今年的 5 月 28 日，在专署大楼的四楼上，出于对无产阶级文化大革命的极度仇恨，我在苏式骑枪里装满子弹，用枪向楼下扫射，打死打伤多人，……

祥哥，李欣很胆小怕事，人又很老实，是我们这个组织里唯一没摸过枪的人，他根本就不认识枪，怎么会说他拿的是苏式骑枪？他是志远以排节目的名义骗到司令部的。我以性命担保，他没杀人，他也不会说自己杀了人，这材料是假的。

达生，5.28 你们一共打死打伤我们二十五个战士，其中有十二人是苏式骑枪射中的。你们一共有多少支苏式骑枪？

六支。

所以，说李欣拿的是苏式骑枪更合情理。凭着这份材料，李欣可以判死罪。我也认定这材料是假的。达生，我们政见似仇雠，情谊如兄弟，你要我帮这个忙，我一定帮你。既然他们要我管公、检、法，我就要好好管一管，这件案子我要追查到底。昨天看了案卷后，我已经在案卷上批了："证据不足，驳回重审"。但这只能拖延一阵。我们要赶紧走下一步，第一，你亲笔写一份关于 5.28 武斗的详细情况，来龙去脉要详细，要具体到每个细节和每一个人，一定要写出真实情况。在你被抓捕后，他们是怎样拷打你，逼供你的，以及李欣在整个事件中的表现。你的证词很重要。第二要志远写一份证明材料，证明李欣是在不知情的情况下到了武斗现场及李欣在现场的具体表现，最重要的是李欣到底摸没摸过枪，如果连枪都没摸，就谈不上杀人了。第三，要其它的知情人写一份关于李欣在文革中的表现，特别是在武斗前的表现。第四，要李欣的母亲赶紧写一份申诉材料，和你们的证明材料放在一起递上来为他申冤。这些材料要备几份，一份交给我，一份交给省高级法院，还有一份交到最高人民法院。只要有一个机构受理，就有希望把李欣从枪口下救出来。要火速办理，不可延误。还有，关于假材料的事，你不能透露给任何人，这是关系到你性命的事，你要有心理准备。

是。谢谢祥哥，我赶紧去办。祥哥，我代李欣谢谢您。

达生走后，祥三再一次查阅了李欣的案卷，不禁为李欣叹息：李欣，宝庆一中的学生，48年出生，今年十九岁，比自己还小几岁。55年父亲去世，和自己一样自幼丧父。母亲白素玉是中心医院的外科大夫，目前正受到隔离审查。这很正常，在这非常时期，所有的有权威的医生都会受到审查。如果李欣没事，他母亲也没事。假如李欣的案子成立，对他母亲的审查就会变成无限期。那么，最可怜的是李欣的妹妹李卉，才十五岁，刚初中毕业，在政治的压力下她将会无所适从。

从案件的严重性来看，是有人要置李欣于死地。祥三想：谁要置李欣于死地呢？他又得罪了谁呢？陷害他的动机又是什么？如果说5.28事件一定要找一个人来顶罪，造反派里出名的坏头头还很多，轮不到小兵李欣。如果说李欣出身不好就可以随便杀死，那又何必整那么多材料呢？陷害李欣的动机是政治阴谋吗？看不出李欣有什么政治背景。复仇吗，有可能。自古金钱、爱情、复仇是罪犯的作案动机，十件人命案有九件如此。那么，李欣本人有仇人或情敌吗？或者，他的父母或祖父母和谁结下了血海深仇？利用政治阴谋复仇，目前倒是大好的机会，混水好摸鱼。可是，谁会迫害一个乳臭未干的才十九岁的中学生呢？真是扑朔迷离。

案件疑影重重。据达生说审讯时他和李欣多次被毒打，逼着他们承认李欣是5.28武斗的总指挥。看守所的狱警不停地用各种手段折磨他们，逼他们写出交待材料。两个年轻人宁死不屈，在得不到口供和书面材料的情况下，他们伪造材料。还想绕过他这个主管公、检、法的革委会副主任，将李欣秘密押送到省监狱，借省法院的手将李欣处死。一切都策划得滴水不漏，真是作案高手。可惜假材料被他识破，也正是这些假材料证明这是一起冤案。这也许是天不亡李啊！

五、朱有良的政治陷害让李家遭遇不幸

志远在外面等着达生，见达生紧绷着脸出来，便知大事不妙。果然，达生将他拉到无人处说：李欣很快要被处死了，我们要赶紧去救他。达生把祥三的话重复了一遍。

志远气愤得捶胸顿足，大喊：是我害了他，我要是不叫他来宣传队，这一切就不会发生。

达生说：我也有责任，他本来是要走的，是我用枪逼他留下。祥哥说，害他的是我们，救他，我俩责无旁贷。

志远说：祥哥说得对，祥哥都愿意帮李欣，我们更要尽心尽力。

二人边走边商议，不觉到了第一医院。白素玉是有名的外科大夫，虽然隔离省查，有些手术非她莫属。志远找到她时，她刚从手术台下来。

志远看到一袭白衣在优雅而轻盈地飘动，一张雪白、高贵、端庄、温柔的脸向他微笑，让他倍感亲切。白素玉柔声问：你们找我有什么事吗？

志远忽然心痛起来，他不忍心在圣母一般的母亲面前说出那么残忍的事来。他的眼泪流出来，大颗大颗的滴在胸襟上。

孩子，别哭，告诉我发生什么事情了？

达生说：阿姨，我们是为李欣的事来的。

李欣，他发生什么事情啦？

阿姨我们最好是找个地方坐下来慢慢说，达生说。

在白素玉的心里，李欣是个聪明懂事的儿子，从不让人操心。自从自己被隔离审查，已经有二十多天没见到儿子了。此刻，李欣怎么啦？

白素玉把达生们领到一间空病房里。达生把最近发生在李欣身上的事说了一遍，白素玉天转地旋昏了过去。

白素玉三魂去了二魄，仿佛听见李欣在远处喊：妈妈，快来救我。又觉得有人在摇晃着她，要把她的身体摇散，耳边有个声音在大喊：阿姨，醒醒。

她用力睁开眼，回忆起昏迷前的事情，泪水默默流下来。

志远从激动的情绪中平静下来，说：阿姨，现在不是伤心难过的时候，救人要紧。接着，他把孔祥三的建议说了出来。

白素玉说：我正在接受政治审查，是个失去了自由的人，我怎么去救我的孩子？

志远说：难道就想不出办法？你能不能像刚才这样晕过去，让我们把你抬走？

白素玉想了想说：这是个很好的办法，那个负责监视我的人在大门口看着我，当我在他面前晕过去时，你们就去那个病房找徐司令员，徐司令会有办法救我的。她指了指特护病房。

白素玉慢慢走到大门口，踉跄一下倒在地上。很多人围了上来，志远飞奔着冲进徐司令的病房，大喊：白医生昏倒了！一位将军从病床上一跃而起，朝白医生走去。

当白素玉醒过来时，将军紧握着她的手说：小白啊，你把我救活了，却把自己累死了，我早就说过你需要回家休息，现在，你立刻回家休息一个月，说我批准的。市革委都听我的，一个医院的革委会主任算老几。小白，谁不让你休息，我用枪崩了他。小白，让我司机送你回家。

白素玉说：不用了，我能慢慢走回家，谢谢你，你的药我都给你开好了，你一定要听医生和护士的话。，好好吃药。

志远和达生扶着虚弱的白素玉从大门走出去，只留下那个监视她的人傻呆呆地站在那儿。

走出医院大门，白素玉休息片刻，说：孩子啊，我不能回家。

阿姨，为什么？

医院要是知道了我儿子被捕的事会把我抓回去的，我必须先保护好我自己，才能救出我儿子，白素玉说。孩子们，以我目前的处境，必须藏到一个他们找不到我地方，这个地方不能离你们太远，我要和你们随时都保持联系。还有，我已有半年没领到工资了，很穷困，我还得找个能生存下去的地方。

这是多么智慧的母亲啊！志远再一次被感动了，他说：阿姨，有个地方不知你去不去，那就是我家。我家只有我和我爸，我爸不爱说话，但是通情达理。他在机械厂上班，你先住下，等他回家我跟他说。

白素玉说：这样最好，如果能得到你父亲的帮助，我的困难就能解决了。

说着就到了志远的家，志远的家在宝庆城中央大道最为热闹的地方，解放前这地方被称为"小上海"，他家的对面是本城最豪华的饭店，隔壁是最大的百货公司。

白素玉随着志远走进家门，才发现这个看似普通的家非常舒适。小楼有三层，面积不大，干净明亮。

志远说：阿姨，这一楼是厅房、厨房和我爸的卧室，二楼是书房和我的卧室，三楼是客房。您想住哪？

谢谢，我就住三楼吧，不知会不会妨碍到你？

不会的，阿姨。

达生说：阿姨，你住三楼更保密，你今天不来，我还以为志远家的三楼是杂物房呢。

上了三楼，安顿好后，白素玉的泪再一次流下来，她说：孩子们，我与你们非亲非故，却得到你们如此真诚的帮助，我太感谢你们了。我马上写上诉材料，也请你们与我一起写，你们的材料会让我更多的了解案情，我的上诉也会更加有理有据。

志远说：我想马上去找黄玫玫，由她来写李欣在文革中的表现，她是最了解李欣的。

达生说：玫玫的右手已经被截肢了，她已经不能写字了。

白医生满腹狐疑，问：为什么会被截肢呢？

达生把那天发生的事告诉她。白素玉的难过可想而知。她啜泣着说：玫玫即使手没有了，也会帮李欣写出证明材料，因为她那么爱我的欣儿。

这一晚，他们写到很晚，尽管思绪不停地被泪水打断，他们还是思绪万千，下笔千言。天快亮时，达生猛然问白素玉：阿姨，你们家有仇人吗？

白素玉摇了摇头，说：没有啊，我们的生活很低调，欣儿的父亲去世已经十二年了，他也是个很懦弱的人，我们从来没得罪过谁。

志远开导说：阿姨，你有没有仇家对我们很重要，假如有仇人，我们就要调整战略战术，你仔细想想吧。

我会的。孩子们，你们也累了，明天还要上班，早点休息吧。

志远他们走后，白素玉陷入了沉思，往事一幕幕涌上心头。

1948 年，白素玉与丈夫李卓然带着刚刚出生的儿子从美国留学归来，卓然应邀当任普爱医院的院长，她也成了普爱医院的外科大夫。普爱医院是由基督教会创办的，是宝庆市唯一的西医院，52 年被政府接管，更名第一医院。那一年他们 25 岁，风华正茂。精湛的医术，文雅高贵的仪表让他们名燥古城，受到各界人士的青睐。

然而，卓然最景仰的人是中共宝庆市地下党的总书记叶龄。叶龄的伟大而崇高的理想，火一般的爱国情怀，滔滔不绝的豪言壮语深深打动他的心。他把自家的别墅让给叶龄做地下党组织的报社，一份份鼓舞人心的《进报》就是从那儿印出来的。这还不算什么，卓然曾冒着生命危险拯救了好多地下党员，其中有学生领袖苏宁。苏宁也是富家千金，她的理想就是要建立一个民主自由的新中国。苏宁很快就成了素玉的朋友，素玉总把苏宁比喻成当代的秋瑾。因为他们是共产党的好朋友，所以很坚定地相信共产党会建立一个深得民心的廉洁公正的自由幸福的新中国。他们痛恨国民党政府的腐败与无能，愿意和地下共产党一起推翻国民党政权。

终于，盼来了中国人民解放的那一天，新中国诞生了！一个崭新的政权让他们浑身充满活力，建设新中国的使命感让他们感到无与伦比的幸福，他们是新中国的主人，他们所做的一切都是为了博爱、平等、自由、幸福。

可是，1952年的那一场镇反运动，险些让李卓然做了刀下鬼。

有人向派出所举报卓然是国民党埋伏下来的特务，那时，派出所有着生杀予夺的权力。所长齐长松竟不问青红皂白，将卓越然抓进监牢，准备拉出去枪毙。吓得素玉连夜去找地委组织部长苏宁，苏宁立即赶到派出所，以组织的名义证明卓然的清白。所长答应调查。第二天中午时分，所长第二次将卓然拉到刑场，正准备行刑。又是苏宁开车赶到刑场，与苏宁一起赶到现场的还有地委书记叶舲。叶舲代表中共宝庆市党委，当场宣布卓然是共产党的朋友，是党的依靠力量。齐长松被革去所长职务。

后来，中共宝庆党委对这一事件进行了周密的调查，事情的起因是一封来自朝鲜战场的检举信，写信人是一位志愿军战士，信中举报卓然曾认国民党宝庆市卫戍司令部司令陈桂中为父，陈桂中颁过委任状给卓然，任命卓然为国民党特务科科长，卓然还亲手杀害过地下共产党。写信人署名：鲍雪海，后经组织调查寄信的部队根本没有鲍雪海这个人，连长说从笔迹来看有点像连里某一个战士写的。而那个战士正在硝烟弥漫的朝鲜战场上，调查到此结束。

1955年秋天，由"胡风反党集团"案而引发的肃反运动，又一次使李卓然身陷图圄。这一次，同样是署名"鲍雪海"的军人，从部队寄出举报信，举报卓然参与了反党集团的活动。

此时，因"高饶反党集团"事件，叶舲和苏宁同时受到组织的审查，和卓然一样失去了最宝贵的自由。

组织的调查是缓慢而谨慎的。不幸的是，卓然在狱中生病了，本来只是小小的感冒，由于得不到及时的治疗，肺部被感染了。等到素玉去看他时，他已经奄奄一息，留给素玉的最后一句话：我好悔啊！

卓然去世后，素玉觉得自己好像也死掉了。她不吃不喝躺了整整十天，好不容易从死神的阴影里走出来。但是卓然临死前的情景仍然像尖刀刺痛着她的心。卓然临死前大脑格外清醒，心跳与血压也很正常，可是他的肺不能再呼吸，窒息让他的身体剧烈地抽搐。如果那时能进行抢救，他不会死去。可是，监狱里谁也不提抢救的事，素玉只能紧紧抱着卓然，悲哀地呼唤着，啜泣着，直到死神从她怀里将卓然拉走，而她自己也昏迷过去。

多少年来，她是医生，抢救过好多的病人，自己的丈夫却只能眼睁睁的看着他，死在自己的怀里。每当她想起这件事，不管是坐着还是躺着，她都会站起来，面向着西方双手合十向上帝忏悔，都会沉浸在不能自拔的悲痛之中。她都会问：卓然啊，你是后悔从美国回来吗？是后悔没有跟随素玉的父亲去香港吗？是后悔不该认陈桂中做义父吗？是后悔认识叶龄吗？叶龄真是个反革命吗？

总之，卓然走了，他把一切苦难留给素玉。

素玉担起了家庭的一切重任。她更加沉默无语。她的医术也日臻完美。她成为医院首屈一指的外科大夫。几乎所有的达官贵人都指定她为私人医生，只愿意找她看病开药。他们都表示要帮她，被她婉言谢绝。也有很多男士向她表达爱意，她看都不看对方一眼。她就像天上妩媚皎洁的月亮，只能让人仰首观望。

素玉的内心是痛苦的，是茫然的。

那个署名"鲍雪海"的人是谁？他为什么要一而再，再而三的陷害卓然，直到夺去他的生命。他与卓然有着什么样的血海深仇？

素玉不知道。她问婆婆，婆婆也不知道。

善良而高尚的卓然只知道世上有"仁爱"而不知有"仇恨"，可怜到死都不知道自己是被仇人害死的。

素玉想到过为卓然报仇。卓然不仅是她深爱的丈夫，还是她的良师益友，他们不仅享受着夫妻间如鱼得水一般的欢乐，还享受着凡人可望而不可及的精神生活。音乐、阅读、运动是他们生活的一部分，美食和休闲也是他们生活中必不可少的，这一切都随着卓然的死嘎然结束，以往的欢乐已无处寻觅，这岂是一个"恨"字了得。可是，她是那么的软弱。每当她想到"仇恨"二字，就会心头颤抖，浑身发冷。原来，"恨"与"爱"一样让人一想起就会屏住呼吸，停止思维。

她忍受着被痛苦一口口咀嚼的滋味，心总是被仇恨占据着痛苦着折磨着。

素玉觉得自己活得太累太痛苦，而复仇的路又是那么艰辛那么遥远，她担当不起，只能放弃"仇恨"。

但是，卓然死得多委屈多冤啊，他那么俊逸那么有才华，是不可多得的胸外科大夫。最重要的是他那么爱她，视她为生命，只愿为她而生为她而死，是要和她白头到老的，竟在他三十五岁时不明不白的死去，他是多么的不甘心啊，素玉怎么能当这一切从未发生过？

素玉想：我一定要战胜懦弱，我怎么能害怕"仇恨"这两个字呢？不管怎么说我都不能害怕仇人。这是光明与邪恶的较量，我是光明的，而他做出的一切都在黑暗中进行，勇敢的人应该是我而不是我的仇敌。

然而，一拨接一拨的政治运动惊涛骇浪一般，险些将素玉吞没。

1957年冬天，共产党忽然向全世界宣布：中国共产党需要整顿作风，需要民主人士的意见，需要和民主党派做朋友。

医院党委找到素玉，要她给亲爱的党委提一点意见，那怕是一点点。院党委会很重视她的意见，因为她是医院的知名人士，是医院里党员们学习的榜样。

素玉说：我对医院党委从来没什么意见，只提一点建议，建议食堂开夜宵，每天午夜医护人员都饿得不行，大家都想吃口热饭。

党的书记说：哦，这建议太宝贵了，明天就改。

素玉说：领导不能光为我们考虑，还得考虑食堂工作人员的劳动强度，必须增加大师傅级别的工作人员，这样才能花样多味道好。

意见提得太好了，再多提一些吧。

素玉再也没提意见，无论利诱还是威逼，她都沉默以对。

虽然她只提了一个建议，党委认为这个建议很恶毒，第一，诬蔑党委不关心群众，挑唆党与群众的关系。第二，资产阶级享受思想严重。第三看不起工人阶级。她被插白旗，成了准右派，差点被开除。

第二年，破除迷信的运动来了。刘梅香一生信佛，当过"南岳会"

会长，运动中被勒令反省，本来就是地主分子，现在更是顽固的阶级敌人。刘梅香必须在每月的最后一天向居委会汇报思想。这一天她拿着《监督手册》去见新上任的居委会主任，就是这一天，刘梅香肿着脸回来，向素玉诉说外甥女儿朱有凤打她一事。

刘梅香天天盼着能与外甥女儿朱有凤见面，想不到分别十三年的见面竟是在居委会。有凤是新来的居委会主任，而她是来接受监督改造的地主分子，是审判者与犯人的见面。

刘梅香正想打个招呼，却见有凤怒目圆睁，见面就甩过来几个耳光，打得刘梅香眼冒金星，倒在地上。

有凤咬牙切齿地说：刘梅香，我等这一天已经等了十三年了，我要向你讨还血债。

刘梅香从地上爬起来问：有凤，我欠你家什么血债？

有凤说：刘梅香，你炸死我的父母，杀死我的哥哥，你忘记了？你忘记了，我可是天天记着！

刘梅香柔声说：有凤啊，你误会我了，你亲眼看见你父母是被陈桂中抓起来的。

有凤厉声喝道：你明明知道陈桂中是杀人不眨眼的魔鬼，你竟在他面前诬陷你的亲妹妹，你是何等的恶毒！我父母被陈桂中抓走时，你在哪里？你就在他们身边啊，你为他们求情吗？没有。我父母死了，你借刀杀人成功了，还想说你没杀人。

有凤啊，我没为你爸妈求情是我正在气头上，我消了气自然会去求情。谁知会发生了后面的事情，出乎人的意料啊。

有凤说：你为什么把你的破东西藏到我家啊，没有你的破东西，我家会变成这样吗？

刘梅香哭着说：一想到那件事，我也气得打自己的耳光呀！

听到这，有凤冲到刘梅香面前，又是一顿毒打。

刘梅香此时已经年逾花甲，一双小脚想走也走不动，双手无缚鸡之力，几个耳光下来，已经东倒西歪，晕头转向，只能抱着头躲在墙角里。

有凤说：我警告你，你就是我的仇人，我就是为报仇调到你住的居委会来的，你我除了仇恨，再无别的关系。我还要警告你，你最好不要乱说乱动，否则，我会向派出所反映，不是我动手打了你，而是你不肯老老实实改造思想。我的二哥已经从部队转业了，当了公安局长，专门管你们这些牛鬼蛇神。你想知道我二哥是谁吗，他就是你们要找的鲍雪海。

谜底揭晓了。

原来，她们一家早就被捏在复仇者的魔掌里。

卓然从美国回来后，刘梅香将朱家黑了她财宝的事告诉卓然，卓然说：财宝丢了是小事，只要我们能生活下去就行，有良与有凤丢了才是大事，我们一定尽快找到他们。

卓然天性善良，一直把朱家兄妹当成亲兄妹，而他们竟害死了他，他们怎么下得这种毒手呢。

眼前的复仇者是那么强大，捏死刘梅香和她的亲人就如捏死一只蚂蚁。刘梅香白素玉陷入了巨大的恐怖之中。

更可怕的是，朱有凤每个月借汇报思想的机会毒打刘梅香后，要白素玉亲自将刘梅香领走。白素玉明白，这是朱有凤对她的挑衅。

白素玉不得不考虑要怎么做才能保护好自己和亲人，求助于社会吗？人们已经被政治绑架了，没有人敢与之抗衡。人们不敢说话，不敢申张正义，软弱而麻木，人云亦云。就是她白素玉也不敢和朱有凤抗争，因为朱有凤是党员，自己是一名群众，而且出生在臭名昭著的旧官僚家庭。朱有凤对她说过，她骂朱有凤就是骂共产党，她恨朱有凤就是恨共产党，她要扳倒朱有凤就是要推翻共产党。因为朱有凤是党员，她白素玉敢吗？好多回她想去找朱有凤理论，她曾经对朱有凤说：刘梅香是无辜的，她只是为了保护自己的财产。以后发生的事与刘梅香无关。如果你认为刘梅香有罪，就诉诸法律，让法律来惩罚她。

朱有凤说：笑话！法律会判我有罪吗？你要弄清楚我是谁。

朱有凤，一个居委会主任。国家机器上的最小的罗丝钉，政府机构的基层组织负责人。她协助派出所管理治安，如果说派出所是要命的阎王，她就是索命的小鬼。在那时居委会主任的工作是每天召集居民们开会，要居民们在人群中找到敌人。在学习传达政府的各指示后，他们逼着居民们检讨自己的行为，反省自己的思想。历史本来是向前走的，当局要人民"忆苦思甜"，吃忆苦餐，让历史走回去，不再向前发展。居委会主任心领神会，让居民们每隔三、五天吃一顿野菜拌糠的"忆苦餐"，告诫居民牢牢记住穷苦的过去，满足于现在吃不饱饿不死的生活。当局说到国际国内形势大好时，居委会主任总是亦步亦趋，要居民们看清形势，党要你干啥就干啥。居委会是政府的嘴巴，耳目，其作用相当于盖世太保。而且，主任们个个能言善辩，欺蒙群众真是前无古人，后无来者。党很慷慨地给予他们崇高的荣誉，让他们入党升官。他们的身价一天天提高，权力也越来越大。谁家的孩子能参军，能入党，能招工，能上山下乡，居委会说了算。居委会能证明人的年龄、身份、表现，能限制人的自由。譬如，有人要将自己的本地粮票换成全国粮票，这本是鸡毛蒜皮无关政治的一件小事，却要去居委会开具证明；有人为了生活要去建筑工地做苦力，要居委会开具证明才能当一名可怜的苦工；有人要结婚也符合婚姻法，要居委会开具证明才能扯到结婚证明书。因为只有居委会才能证明居民有没有资格外出、工作、结婚生子。一个居委会管辖几百户居民，居委会主任可以是阎王爷也可以是救命的菩萨。

朱有凤身为政府的基层干部，为了维护执政党的利益打击阶级敌人，那又怎样？法律是为无产阶级政权服务的，它必然向朱有凤倾斜。

每一个时代都有牺牲品。白素玉就是这个时代的牺牲品，除了悲哀，又能怎样。

刘梅香天天都在生死边缘上挣扎。每个月的最后一天是她挨打的日子，常常旧伤未愈又添新痕。她见到朱有凤就如老鼠见了猫，大气都不敢出。朱有凤见了她也如疯了一般。

朱有凤小的时候，刘梅香十分疼爱她，一年有一半时间住在姨妈家。现在仇恨像烈火一样燃烧在朱有凤心里，她盼着每个月的最后一天的来到，在痛痛快快的发泄之后，再在刘梅香的《监督手册》上写满污辱她的言词。

刘梅香觉得这样活下去太屈辱了。她是个自尊心很强的女人，丈夫为官几十年，她一直过着养尊处优的日子。丈夫死的那一年，她做了两件让人佩服到顶的大事。一是让儿子做了陈司令的螟蛉之子，二是与市长家结了秦晋之好。她大摆酒宴，在酒宴上将生意正火的酒楼送给陈司令，将私家花园送给白市长。丈夫死了，她仍然是宝庆城里最有权势的女人。

如今落汤凤凰不如鸡，朱有凤兄妹害死她唯一的儿子，还要折磨死她，打了她整整三年。自己已活到六十多岁，该享的福已经享了，最舍不下的孙女李卉已经十岁，是该走的时候。如果有凤不害死卓然，仅仅是毒打她，她是不会恨她的，毕竟是她的原因才引起以后发生的一切。但是有凤忘恩负义，恨她恨到了不可理喻的程度。如今，刘梅香更相信因果报应，如果朱老大不黑她的财宝，决不会落到碎尸万段的下场。她也不会受到如此多的羞辱，她想她在死后一定能变成厉鬼找朱有凤报仇。

那一天是月末，也是农历的大寒，快要过年了。刘梅香将家里收拾得干干净净，为李卉做好中饭，换上干净的衣服，带上只属于她的《监督手册》，扭着一双小脚，步伐坚定地走向资江，向着江心纵身跳下。

刘梅香死了。

白素玉将刘梅香留下的房子捐献给国家，带着儿女搬进了医院的宿舍。宿舍小是小些，但脱离了朱有凤的魔掌。白素玉的心稍微安定一点，她开始向学术界进军，她发表论文，参加学术座谈，几年下来成了医学界的权威。成为权威只是白素玉保护自己的手段，她不能什么都不是，得有一个庇护她的地方。

转眼到了文化大革命，白素玉和医院院长同时站在批斗大会上。院长是走资派，她是反动学术权威。

有一天李欣告诉她，朱有凤也站在批斗台上，看到很多人在打她，他也用皮鞭狠狠抽了她两下，李欣说看到朱有凤也有这一天，他痛快极了。

白素玉说：儿子啊，你闯祸了。我们的仇人不止朱有凤一人，朱有凤能肆无忌惮的欺负我们是仗着她哥哥的权势。她的哥哥是公安局局长朱有良呀，我以前没讲给你听，是怕你心理压力太大。现在，你已经成人了，我才告诉你。儿子，即使闯下天大的祸，也不用害怕。打了就打了，难道还去向她道歉？你打了她我真的很高兴。

而今，朱有良终于露出他狰狞的面貌，向李欣伸出了魔掌。

朱有良选择这个时候来报仇雪恨真是选择了最佳时机。运动走到了近乎疯狂的程度，一切法律都成为空谈，一切人权都遭到践踏，一切都可以"以革命的名义"进行，一切罪恶都被这场伟大的运动掩盖过去。

看来，来者不善，善者不来，儿子这次凶多吉少。为救儿子，白素玉准备豁出命来。

今天，达生和志远问到仇人一事，让她回忆起这么多令她伤心的往事。关键是还不能够将这段往事如实告诉达生和志远。极左思想，对地主阶级的仇恨，已经让人失去理智，告诉他们这些，达生和志远又会怎么看待这段恩怨？如果他们认为李欣的遭遇不是陷害，而是阶级斗争的必然结果，那又如何是好。最好是不告诉他们，以后的事走一步看一步吧。

就在这时有人敲门，接着志远领着父亲宁顺生进来了。

寒暄几句后，宁顺生说：白医生，您一定不认识我了。二十年前，我老婆生志远时，是难产，我很愚昧，以为请个接生婆就行了，结果生了两天两夜，还没生下来。有人提醒我去找医术高超的白医生。我赶紧到医院找你，那时你正在给一个当官的看病，那人的警卫还拦着我，不让我找你。幸亏被您看到了，问清楚情况后，提着手术箱就赶来了，救了他们母子两条命。你是我全家的救命恩人，是我一生中最应该报答的人，总想有一天能报答你才好。你看志远都这么大了，他是你救下来的，现在让他给你磕个头吧。

志远常听长辈们讲起他出生的事，原来救他的是眼前的白医生，便"扑嗵"跪了下来。

白素玉拉起志远，对宁顺生说：这件事我还真忘了，我一生救的人太多了。

宁顺生说：白医生，大家都说你是神医。你儿子的事我听志远说了，真是比窦娥还冤。都是做父母的，将心比心，我知道你有多着急。你就安心的住在我这儿，缺什么告诉志远，能帮你的我一定帮，千万别把我当外人。

白素玉悬着的心放了下来，对宁顺生充满感激。

宁顺生走出房门，仰天长叹：天意啊！

白素玉再一次想：朱家兄妹是我仇人，能不能告诉宁顺生呢？这些年来人们都被阶级斗争愚弄着，以为所有的地主都是《白毛女》里的黄世仁，《收租院》里的刘文彩，对剥削阶级的仇恨达到极点。要是老宁也认为朱家兄妹为父母兄弟报仇雪恨，是符合阶级斗争的规律的，是合情合理的，那他们一定不会救李欣。朱家兄妹利用将阶级斗争进行到底的革命形势报仇，占了天时，利用手中的权力杀人又占了地利。现在有几个热情的年轻人，路见不平，拔刀相助，是多么难得，我千万不能失去这个机会。谨慎，目前还不能对老宁说。

六、孔祥三去桃花镇调查李欣案件

　　孔祥三也没停下来，他一直在暗中调查。谁炮制了这个案件，谁写的假证言，谁趁着林达生昏迷时给材料按了手印，谁给李欣定的罪，找到这些，案件才会有线索。

　　有权力介入这个案子的人很多，因为革命委员会刚刚成立，权力的界限不清晰，有些事情好像每个部门都可以管又都可以不管，究竟归谁管说不清道不明。这件案子究竟经过多少人的手，那份假材料是什么时候什么人放进来的，一时难以查清楚。

　　说到这里，我要补充一下中国的现实。自从成立了新中国，一个单位就是一个小社会，实行的封建的家长式管理。在农村，里约乡规可以取代法律条文。到了文化大革命，生产队本是管生产的地方，也成立了最高法院，大队书记是法庭的审判长。他们的规章制度是法律的补充条例，其作用可能比法律条律更大。在企业，党支部书记，管思想管生产管福利还是企业法律的审判长。到1967年中国仍然是自上而下的封建吏治的法律模式。"无产阶级专政"以革命的名义取代了宪法上的所有律令。

　　无产阶级顾名思义是一无所有的阶级，它与人民群众是一个概念还是两个概念始终含糊不清。那时，人们并没有意识到共性应该服从个性，所以到了特定的历史时期，个体变成了会思想的芦苇随风摇摆，风从东边吹来它们向西倒，风从西边吹来它们倒向东边，随整体运动。假如引导得不好，就变成破坏力。例如：杀人历来是犯罪，特别是杀害无辜的人，自立法以来都是要偿命的。可是到了运动中，很多人屈死在批斗台上，冤死在群众的唾沫中。因为是死在"人民群众"的手里，竟无处申冤。自古以来：众罪难责。假"人民"之手达到个人目的，充分开发了"人民群众"的另类价值。可以肯定此时法律已是一纸空文，"人民群众"变成了巨大的破坏力。

在"天高皇帝远"的小山城，能给李欣定罪的只有公安局，在公安局里有谁有机会制造李欣的假材料？

孔祥三认为有三个重要的部门，能为案件的最后定性提供了材料。一，预审科。二，看守所。三，公安局里直接办案人。局长本人也有机会将假材料放进卷宗，因为他是最后一个阅卷人和审批者。

预审科科长朱有凤，党员，小学文化，曾经是居委会主任，62年调进派出所当治安民警，64年调公安局预审科，一年后升级为预审科科长，是火箭式干部。

看守所所长齐长松，南下干部，党员，小学文化，曾被开除公职，前年重新当上派出所所长，去年调任第三监狱任监狱长兼看守所所长。

直接办案人是公安局长朱有良，高中文化，49年参军，52年入党，参加过抗美援朝，58年转业到了公安局任副局长，60年升为局长直至现在。

这三人中是谁要李欣的命？从时间上来看，朱有凤和齐长松都是在朱有良当了局长后才调进公安局的，他们三人是亲戚朋友还是老乡呢？总之关系非同寻常。

孔祥三当了多年的政工科科长，搞政治调查是他的专业。很快就查出朱有凤是齐长松的老婆，也许她还是朱有良的妹妹。假设他们是至亲，目标和利益是一致的。假如，假证言是由朱有良炮制，交给齐长松，齐长松将关押在看守所的林达生打昏，按上他的手印再交给朱有凤。他们一家人陷害李欣，能够做得天衣无缝。

那么，他们陷害李欣的动机是什么呢？首先假设，李欣与朱有良他们有仇，从年龄、经历、需求来分析，悬殊太大，彼此也没有相互斗争过的痕迹。

假设，李欣与朱有良他们的后代结下冤仇，这三个人只有一个后代，就是幸福快乐的齐小娟。齐小娟是齐长松前妻的女儿，与朱有良兄妹没有血缘关系。李欣与齐小娟不是邻居，不是同学，不是同事，他们是在宣传队认识的，没有恋爱关系，也没有仇恨。

假设，白素玉与朱有良结下冤仇。白素玉是单身，朱有良也是单身，朱有良追求白素玉，遭到白素玉的拒绝，因爱成恨，泄恨李欣。这大有可能，他授意达生和志远试探白素玉，但是白素玉说没有仇家。这也许是白素玉在隐瞒实情，白素玉太清高了，一定把朱有良的追求看成是对她的污辱。

假设，齐长松与白素玉有仇。根据档案记载，齐长松是东北人，50 年从县里调到宝庆市来的。在解放前他应该不认识白素玉的家人。52 年他曾在李卓然的案件中受到过处分，被撤销所长职务，有报复李家的动机。

齐长松是什么时候与朱有凤结婚的呢？没有记载，但能肯定是在解放后。因为朱有凤是在刚解放时来到宝庆市的，那时她还未婚。

如果，以上几种假设都不成立，那就是上辈人结的仇。公报私仇，徇私枉法，其隐蔽性有如水乳交融，难以分辨。这案子太需要智慧了。

喜欢逻辑推理的孔祥三，每一个毛孔都为李欣案兴奋。

孔祥三在调查李欣案件时，有一个意外的收获。他十分爱慕的齐小娟是齐长松的女儿。这真是歪打正着，他早就想详细了解齐小娟的家庭情况，想不到她家庭虽然有点复杂，但有特好的政治背景，长辈们都是党员，都是公安局的干部，难怪她在自己面前趾高气扬，全不把他放在眼里。孔祥三想：虽然自己当上了革委会的副主任，毕竟是个政治暴发户，论资格是个小字辈，运动正在进行着，还不知是谁笑到最后。也许齐小娟认为他不过是政治舞台上的一名过客，又怎么会瞧得起他呢？

先不管这些，还是接着调查下去吧。孔祥三平时最爱读推理小说，崇拜福尔摩斯，克丽斯蒂娜，南柯道尔等人，从小就想当一名侦探，眼前这一桩离奇的案子，令他欲罢不能。

在朱有良、朱有凤的档案里，他们没有填上他们是亲兄妹的事实，也没有填写籍贯。他推断他们是想隐瞒过去。

偏偏孔祥三对他们的过去产生了浓厚的兴趣，孔祥三决定以准女婿的身份，登门拜访朱有凤。

孔祥三见到朱有凤，便觉得朱有凤不是一个平常的女人。朱有凤的眉漆黑、好看，长眉入鬓，有一股狠劲。眼睛深深的凹进去，特别的黑特别的亮，好像眼睛后面还藏着一双眼睛。她和孔祥三说话时眼睑下垂，好像有点羞怯，但她的表情告诉对方，她是天不怕地不怕的女人。她总是在防范着对方，这又让人感觉她是一个有故事的女人。孔祥三想起《红楼梦》里说王熙凤"粉面含春威不露"，朱有凤就是这样的女人，这样的女人别有风韵。

朱有凤对齐小娟的朋友一向欠热情，孔祥三来了半天，她连冷水都不曾让他喝过。好在孔祥三能说会道，最善察言观色，两人也就有一搭没一搭的扯了起来。

孔祥三说：阿姨，听你的口音好像不是宝庆人。

朱有凤说：我二十岁来这里，已经十八年了，什么都随了宝古佬，就是乡音难改。

孔祥三：你的口音像桃花镇人，桃花镇的人爱把'我的'说成'鸭格'。

朱有凤说：我在桃花镇出生，不过很小就离开了，

孔祥三说：桃花镇还有你的什么人？

朱有凤说：什么人也没有，都在解放前离开了。

正说着，齐小娟回来了，说：孔付主任，百忙之中来到我家，真是蓬壁生辉。

朱有凤这才抬眼看了看孔祥三说：原来是孔主任，失敬失敬！

即然齐小娟回来了，孔祥三便说是来请齐小娟看内部电影的。那时的内部电影只有革委会几个常委才能看到，对于普通老百姓来说是莫大的荣幸。齐小娟高兴得差点扑进孔祥三怀里。

原来，朱有凤是桃花镇人，孔祥三想朱有凤要是知道他是为李欣去的，是决不会告诉他的。

桃花镇是朱有凤的出生地，却没有她的任何社会关系，没有亲人，没有亲戚，也没有她的历史。这怎么可能？桃花镇离宝庆很近，也许在那里能找到一些线索。

　　孔祥三来到桃花镇，镇子很小却古色古香，一条青石板路自西向东穿过小镇，两边的屋子白墙青瓦，雕龙砌凤诉说着昔日的繁华。小镇的外面一片桃林，桃花开时，小镇掩映在红霞之中。

　　孔祥三从几个老人那儿了解到，桃花镇有一半人家姓朱，但在解放前离开小镇的只有朱老大一家。朱老大的家在镇子的最东头，再往东就只有稀稀落落的几户人家了。

　　一个老头坐在屋门前悠闲地晒着太阳，孔祥三上前搭讪，递上一支香烟便闲扯起来。孔祥三认为这是最好的调查方式，如果开个干部调查会，难得听到几句真话。

　　闲扯由眼前看到的事情慢慢扯到解放前，孔祥三问：老伯，解放前你镇上出了哪些能人？

　　老头说：出了个土匪头子陈桂中，后来当了宝庆府的卫戍司令。那人是猴子精投胎的，有煞气，他当司令，宝庆城方圆几百里无土匪。解放时，他被政府枪毙了。

　　老伯，除了陈桂中还有那个？

　　还有李琰。李琰小时候给两江总督的儿子当书僮，后又在蔡锷手下当过差，见过大世面。民国时做了湖南省的盐务局长。盐务局长是个肥差，他赚的银元是用船装回来的。同志，当年盐贵得吓人，老百姓都吃不起。听说他发了大财后，在宝庆城盖了花园，娶了小老婆，买了好多好多的铺子。他到省城做官后就没回过桃花镇，我们都是听老一辈说的，现在的年轻人都不晓得。

　　孔祥三说：李琰不是在桃花镇发起家的，只算半个桃花镇人。

　　同志，也不能这么讲，桃花镇是李琰的包衣地，也是他的墓地。他生在这里，葬在这里，还在这里成的亲。他与陈桂中在这里结拜兄弟，还有个连襟叫朱老大，也住在桃花镇上。李琰还是桃花镇人。

　　老伯，朱老大住在那里，又是个什么样的人呢？

朱老大虽然是个蒸酒熬糖的，却是个大能人。他做麻糖的时候，香气能飘几里路远，长沙九如斋，广州一品斋都卖他家的麻糖。他自己在衡阳开了个南货店，生意好得不得了，麻糖都卖到南洋去了。那时镇上家家户户都有个把人给他家当长工。男人给他家熬糖，女人打封包印封包。做糖是个累活，全靠着一双手拉出来，上百斤糖甩在铁杆子上拉上两丈远，再甩到铁杆子上去，再拉，直到糖里全是孔眼，咬一口又香又脆，这才放到案板上，切得像纸一样薄，撒上芝麻。朱家有个祖传密方，按密方配出来的香料洒在糖上，糖不化不粘，香气扑鼻。

老伯，朱老大现在还做糖吗？

早死了，是被陈桂中的炸弹炸死的。两夫妻一起死的，很惨。

陈桂中和李琰是把兄弟，朱老大是李琰的连襟，陈桂中怎么会炸死朱老大呢？

同志，人心叵测，谁知道他们之间有些什么恩恩怨怨？这件事当时传得沸沸扬扬，也不知是真是假。有人讲是陈桂中炸死老大两口子的，有人讲李琰老婆买通当兵的用炸弹炸死他们的，有人讲是老大夫妻不小心将自己炸死了，还有人讲军车本来就装了好多炸弹，半路上翻车把老大夫妻炸上了天。总之，人没有了。陈光中派人去收尸时只寻到女人的一双小脚和男人的一只手掌。

朱老大死的时候，李琰在吗？

早死了。他老婆活着，难得来桃花镇，老大死的那天早上，她来了，还哭了一场。

她为么子事哭？

她是老大老婆的亲姐姐。

老伯，你怎么记得这么清楚。

这就巧了，那年，陈桂中带着宝庆城的人到雪峰山去逃难，就住在我屋里，这样的大事我还不记得！陈桂中到了雪峰山，他们脚还莫站热，日本鬼子就投降了。老百姓那个高兴啊，是你们这些年轻人见都没见过的。你想八年抗战胜利了，中国光复了，是老百姓日日夜夜盼着的大喜事，家家户户欢天喜地放鞭炮祝贺，放了两天两夜，地上炮仗灰都有一尺多厚。那烟花啊，总是你家放了他家又放，那个又睡得着呢？那天清早，我站在屋门口，看到老大夫妻带着凤妹子准备出门。他说他们要出一趟远门，钥匙要放到我家里，等大宝二宝回来了，把钥匙交给他们。老大边说边锁门，一辆马车飞快的停在他门口，李琰老婆下来了，要他们进屋去。这是她第二回来。

她以前还来过吗？

就是几天前和逃难的人一起来的，陈桂中住在我家，李琰老婆就住在老大家，亲姐妹嘛。第二天早上走的时候，老大还将李琰老婆扶上马车，两姐妹抹着眼泪难舍难分。第二回来，李琰老婆在老大家呆了一、两个时辰，陈桂中领着逃难的人来了。陈桂中也进了老大的屋里，不多时，我看见卫兵把老大夫妻反绑着推上军车，李琰老婆也哭哭啼啼坐上马车走了。第二天一早就听说老大夫妻炸死了。我想这是老天爷体恤这两个女人，在冥冥之中安排两姐妹见最后一面。

原来是抗战胜利那一天发生的事，怪不得老伯记得这么清楚。大宝二宝又是什么时候回家的呢？

说来话长，老大刚死，衡阳的伤兵就撤退下了，老大的作坊成了伤兵收留所。那时的伤兵仗着打日本鬼子受了伤，对老百姓凶神恶煞的，谁要是敢得罪他们是要吃子弹的。几个大胆的伤兵把凤妹子锁在屋里作践她。凤妹子那时十四、五岁，每天惨叫着喊救命，哪个敢去救她呢？这样过了七、八天，伤兵撤走了，凤妹子也不见了，想必是伤兵把她带走了。伤兵前脚走，二宝后脚就跟着进了家门，用板车拖回了大宝的尸首。大宝死在衡阳，敛尸的人说大宝脑壳被打碎了，是遭凶死的。埋了大宝后，二宝向我问起父母和妹妹的事，我如实告诉了他，他一句话都没说，离开了桃花镇。前几年，我在宝庆城看到他们，他们却假装不认得我了。他兄妹二人是在我鼻子底下长大的，就是脱了一层皮，我也能把他们认出来。同志，你说对不对？

是的，是的，老伯，我想问一声，朱二宝的学名是不是叫朱有良，凤妹子是不是叫朱有凤同志，你怎么晓得二宝和凤妹子的学名呢？你是不是来搞调查的？

老伯，没事。今天的话就像天上落的雪花，落在这里，溶在这里。

那就好，同志，你看看，老大的屋和我家的屋就是不同，几十年过去了，他屋梁上的朱漆还放着红光，是血光煞啊！土改时，镇上的人都说朱老大是桃花镇最大的地主，每年雇佣上百个长工为他家蒸酒熬糖。工作队就把这屋子没收了，分给贫农，没人敢住，闹鬼。

孔祥三仔细看了看，朱漆还在，那些描金的图案已经斑斑驳驳，金粉剥落后，只剩下肮脏的痕迹。

老伯，你住在隔壁，见到过鬼没有？

鬼倒是没看到过，就是屋子里总是呼呼响，蛮吓人的。

我能进去看一下吗？

当然，门没锁呢。

孔祥三推开门，一股霉味扑了过来，差点将他噎住。屋子里幽暗而凌乱，到处都是几寸厚的灰尘，的确让人恐怖。

当祥三适应了屋内的黑暗后，他仔细地打量起来。屋子很宽，有十几口大灶，看样子是作坊。作坊的东边是主人的卧室，祥三推开卧室的门，门"哗"的一声倒了下来，灰尘腾飞，迷住祥三的眼睛。祥三觉得有人将他拉进卧室，睁开眼便看到挂在墙上的相框，相框里的人全对着他笑。

祥三定了定神，取下相框，奇怪的是相框上的灰尘很少。他拿着相框走了出去。

老头还坐在那儿，见祥三出来翘起大拇指，说：有胆量！

祥三笑了笑，把相框擦得干干净净，仔细看看，相框里的两张照片已经发黄，但人物清晰可辨，大照片的上端写着：李卓然白素玉结婚大典。1944年8月2日。李卓然西装革履，英俊潇洒。白素玉身披婚纱，婷婷玉立。围在他们周围的有几十个人，好在照片有一尺见方，人物能辨认出来。

祥三把相框递过去，说：老伯，这照片里你认识谁？

老头盯着照片看了好久，指着大照片上的人说：陈桂中、李琰老婆、朱老大，老大老婆，大宝、二宝、凤妹子，我就只认得这几个。小照片上的人除了新郎新娘，我都认得，是朱老大一家。

老伯，谢谢你，这照片我就拿走了。

孔祥三给了老头一整包香烟，兴奋地离开了桃花镇。

他走的时候，老头还在说：同志，镇上人都说朱老大是个精明人，家里殷实得令人羡慕。不知作了什么孽，不到一个月，死的死，散的散，落了个家破人亡的悲惨结局。

七、朱老大黑心昧下金梅花

　　正当孔祥三调查之际，白素玉也写好了上诉材料，达生写的材料很长很重要，由于是他真实的情感，很打动人，其它人的材料都写好了。孔祥三回来后，白素玉将材料送到他的办公室。

　　孔祥三见到白素玉，被她做人的尊严深深打动。办公室的工作人员从不懂"尊重"二字，傲慢与偏见让他们刁难所有上访的人。

　　白素玉不卑不亢，笔直地站立着，凛然不可侵犯。这真是很难见到的一道风景。

　　孔祥三请白素玉坐下来，他假装看材料，心里在琢磨着要怎样与她谈话。

　　从桃花镇回来，孔祥三就调出了李卓然和白素玉的档案仔细阅读，细细推敲。他们44年8月结婚时，与朱老大一家合影留念，可见关系密切，非同一般。婚后他们赴美国留学，45年8月朱老大家出事，48年他们从美国回来。那么，44年8月到45年8月发生的事情她知道不知道？

　　白素玉的婆婆刘梅香是在清晨赶到妹妹刘桂香家的，前一夜。刘梅香听到日本人投降的消息就往刘桂香家赶，接着将妹妹妹夫害死。前几天她姐妹俩还是亲亲热热难分难舍，几天后就有了不共戴天之仇？老大夫妻死后朱有康也被杀害，接着有良有凤不知去向，这里面一定有很多的故事。刘梅香已于62年投江自杀，这又是一道难解的谜。所有的一切，只能从白素玉这儿寻找线索。

　　从白素玉的经历来看，丈夫两度遭人陷害，最后死在狱中。婆婆被逼自杀，儿子又蒙上不白之冤。难道她就不知道是朱家兄妹寻仇报复？她为什么紧咬牙关不将仇人说出来？

孔祥三想：白素玉是值得推敲的。

白素玉是知识分子，喝过洋墨水，在美国受基督教洗礼，被教会洗过脑，是富有同情心的。她不至于傻到宽恕朱家兄妹，任他们残杀自己的亲人吧？

可能是因为害怕，朱家兄妹都在公安局，他们在公安局会有很多爪牙耳目，把他们告上法庭，状子还没交到到法庭上，自己已成阶下囚。

最大的可能是白素玉有难言之隐，说出来反而让自己受到牵连。

一定要给她信心和勇气，还有利诱，让她把知道的都说出来。

孔祥三对白素玉说：一切利用手中的权利，打击、报复、陷害无辜群众的行为，都是党纪国法决不允许的。不管他们职位有多高，权力有多大，资格有多老，只要这么做了就是违法。你不必害怕他们，这条法律你应该懂。

白素玉点了点头。孔祥三接着说：从你的申诉来看，李欣是被人冤枉的，你推断是谁在冤枉他陷害他？

白素玉摇了摇头，眼里涌出了泪花。

孔祥三说：你是去告御状的，我也支持你去告，李欣才十九岁，还刚刚成年，不能年纪轻轻就屈死在狱中。

白素玉的眼泪哗哗地流下来，她想起丈夫和婆母的屈死，悲从中来。

法律是讲究证据的，你这里也有很多旁证材料，但是希望你能提供更具体的材料，例如：某年某月某日，你或你的家人与某某人因某某事情结下冤仇，你怀疑某某人在报复。这种材料法官会很重视，是可以提供的，这样你的胜算更大。

白素玉只顾低着头流泪。

孔祥三觉得时机到了，他说：同志，你还想不想救儿子？

白素玉说：我是个医生，对于垂死的病人我从未放弃过，我总是坚持着再坚持着，很多病人就在我的坚持下活过来了。我会放弃我的儿子吗？

那就对了，我给你看一张照片，来，仔细看看。

孔祥三递过白素玉与朱老大一家的合影。

白素玉看过后，脸色大变，问：你想知道什么？

孔祥三说：你听着，让我来说吧，1945年8月，刘梅香随着逃难的人群来到桃花镇朱老大家。刘梅香将随身携带的财宝交给朱老大夫妇保管。几天后，日本人投降了。刘梅香又一次来到朱老大家，她要朱老大交还财宝。但是，朱老大已经狠下心来黑了刘梅香的财宝，并让儿子将财宝转移到衡阳去了。刘梅香一怒之下，将朱老大夫妻炸死，还派人到衡阳杀死了朱有康，重新夺回财宝。朱李两家从此结下血海深仇。你不敢说出朱家兄妹迫害你的事，是因为刘梅香杀人在先，朱家报复在后。你只能忍着。

孔主任，我婆母没有杀害他们，他们是我婆母唯一的亲人，他们的死，我婆婆也很难过。但是，她一直被朱家兄妹误解。朱家兄妹害死我的丈夫，逼死我的婆母，又陷害我儿子，他们是我的仇人。我不想恨他们，我只想他们放过我儿子。我求过他们，但是没有用。

你说你婆母没有杀害朱老大和朱有康，那么，他们是谁害死的？这件事你婆母是怎么跟你说的？

孔主任，我将我婆母告诉我的故事全讲出来，好让你了解事情的真相。

1945年7月，日本鬼子打到了衡阳，宝庆危危可及，卫戍司令陈桂中率兵带着全市百姓向西撤离，也就是老百姓说的"逃难"，此行的目的地是雪峰山。

途中经过桃花镇，妹妹桂香的家就在那里。

当时天色已晚，梅香请求陈桂中让她留宿在妹妹家中。梅香当着陈桂中的面让卫兵们从马车上抬下一口皮箱，打开皮箱故意让陈桂中看到皮箱里是满满一箱银元。

到了妹妹家后，梅香提起丈夫前几年去世，儿子媳妇又远在美国，自己孤寂一人，不胜嘘吁。

妹夫朱老大说：姐姐啊，陈桂中是你儿子的干爹，市长又是你的儿女亲家，军界政界都有你的人，还用当心什么呢？

梅香说：妹夫有所不知，现在时势混乱，日本人共产党外战内战都在打，谁胜谁负天下归谁，都未知晓啊。

朱老大是个精明的商人，知道姐姐此次来一定有求于他，就说：姐姐也不必担心，还有我们一家呢，大宝朱有康已经二十岁了，二宝朱有良也有十八，三女有凤十五，都到了能为你分忧的年龄，你有事尽管吩咐。

梅香说：还是你们福气好啊，有儿女几个，可恨我肚皮不争气，只有卓然一个儿子。

桂香说：姐姐不必伤心，你平时待我们一家太好，我家的房子，田地都是你给我们的，我们家的好日子也是你给我们的，我的儿女就是你的儿女，加上卓然，你有四个儿女呢。

朱老大说：是啊，是啊，还有我们夫妻两个愿意为你当牛做马。

梅香说：那我就不客气了。眼下兵荒马乱，我有一些财物要找个妥当的地方藏起来。我早就想好了，你们家蒸酒熬糖的作坊宽敞，却杂乱得很，把东西随便丢了进去，三个时辰都找不到，地下的酒窖也是藏物在好地方。我箱子里的东西藏在你这儿万无一失。

梅香说着打开皮箱，原来这箱子是夹层的，掀开上面一层银元，下面金灿灿耀人眼目的首饰，佛珠手串的香气扑鼻而来。

梅香对老大说：你来点个数，半斤重一朵的金梅花九十八朵，每一朵都刻着我刘梅香的名字。九寸翡翠观音一尊，观音的手心里雕刻着一朵红梅花。七寸的和田玉佛佗一尊，手心里也有一朵红梅花。沉香木、红玛瑙，羊脂玉佛珠各一串，每串一百零八颗，每颗珠上都刻着一朵梅花。四两重的金手镯二十对，玉手镯二十对，另有镶着珍珠玛瑙宝石的金项链、手镯、耳环、戒指，每样都有几十个，也雕刻着梅花。这些就不一一清点。这是我全部财产，我的棺材本。你家大宝二宝都长大了，就要成家立业，我会给他们置房置地。我以后会把宝庆城里的照相馆盘下来给有凤作嫁妆。将来要用的钱都在这里，你替我藏好。你不要把它们藏在一个地方，要分成二、三十份，屋梁上，墙角边，地窖里，都藏一些，就是被贼偷了，也不会全丢失，你说是不是这个理。

老大说：姐姐说的全在理上，你是女中豪杰，姐夫在时都敬你三分。

梅香说：我就不信，偌大的屋子还藏不下我这点东西。

桂香说：藏倒是藏得下，就怕日子久了，风声会传出去，不知姐姐什么时候来取？

梅香说：我看日本鬼子越来越猖狂，这一年半载是回不了宝庆城，这些财宝这劳你们费心了。现在，你们去捡些石头来装在箱子底下，我再把银元盖上去。我要让陈桂中看到我的银元一个都没少。

第二天，天刚亮，陈桂中亲自来接李太太，卫兵也过来抬皮箱。梅香故意打开箱盖，用眼睛扫了一眼银元，吩咐卫兵把箱子抬上她的马车，然后坐上车和难民一起上路。

到了雪峰山下的安化，刚刚安顿好，日本人就投降了，中华大地光复了，逃难的人个个欢天喜地，打点行装就要回城。

刘梅香马不停蹄赶往桃花镇，到了妹妹家门口，只见他夫妇带着有凤正离家外出。

梅香连忙将他们拦了下来，进屋就说：妹妹妹夫，我取东西来了，你们要是有事出门，我也不打扰你们，取了东西就上路。

只见他夫妻吱吱唔唔，说这道那，进屋也不提财物一事。梅香火了，说：话不必多说，快快取来东西，我好赶路。

谁知老大"扑嗵"一声跪在她面前，说：姐姐，对不起，东西全丢了。

全丢了，怎么丢的？

是贼进了家，把东西全偷走了。

你当我是傻子，你们家大宝二宝呢？拿着我的东西藏起来了吧。我怎么就瞎了眼，相信了你们呢？

桂香说：姐姐呀，东西真的丢了，你逼我们也没用，你就杀了我们吧。

梅香气得大哭，说：我教你分成几十份藏起来，怎么就会全丢了呢？你不打算还给我了，是吗？上有天，下有地，中间有良心。那你在神明面前起个誓，不是我逼你，你要是没瞒我的东西，再毒的誓言也伤不着你，你要是瞒了，神明在上，你的诅咒会兑现。你敢还是不敢？

桂香说：神明在上，我夫妻要是瞒了姐姐的财物不得好死，死了也会碎尸万段。

梅香说：再拿你的儿女发誓。

这一下刘桂香犹豫了。老大忙说：神明在上，我要是瞒了姐姐的财物，儿女将遭天打雷劈，我家断子绝孙，我女儿遭万人作践。还有那个贼，也一样断子绝孙，不得好死。

梅香越想越伤心，边哭边说：你要是能拿出一、两样来，我也信你，一样都没有，能信吗？

正哭着陈司令来了，他说：嫂子，你哭什么呀，有什么事跟兄弟我说嘛，何必自己伤心呢？

梅香把事情原原本本说了一遍，这边老大夫妻早已吓得面如土色。

陈司令说：要是几个小钱也就算了，这么多的钱不查个水落石出，是我陈桂中无能。来人，将他夫妻绑了，丢在车上带回司令部接受调查。

桃花镇离宝庆城不过三十公里，在平时半天就可以走到。只是这支"逃难"的队伍扶老携幼，在慢慢移动，直到天黑才靠近宝庆城。

城里的居民听说陈司令领着父老乡亲回城了，便在城里燃放鞭炮迎接。难民也放起鞭炮庆祝抗战胜利。一时鞭炮声响彻云霄，人们沉浸在狂欢之中。八年抗战终于迎来了胜利，天下太平了，家人团聚了，这是中国人民日日夜夜的祈求啊！

朱老大夫妻被绑在军车上，自知此去凶多吉少，几次企图逃走。押车的大兵大为恼火，便将两颗炸弹绑在他们身上，说：你们要是再敢逃跑，炸弹不长眼睛。

朱老大夫妻吓得不敢动弹，一颗烟花不偏不倚落在炸弹上，只听一声巨响，老大夫妻被炸上天空。事后，陈桂中派人去收尸，只找到女人的一双小脚和男人的一只手掌。

刘梅香坐在马车上，一路伤心落泪。马车比起那些步行的人来，要快得多。两个时辰，她便到家了。回家后只觉得头痛欲裂，昏昏沉沉睡了好几天，后面发生的事，她一无所知。

一月过去，陈桂中来家探望，说起朱老大夫妻的事，梅香才知妹妹妹夫已死。到底是同胞姐妹，梅香也伤心难过。忽然想到几个外甥，不知眼下如何，便叫管家去桃花镇看望。管家回来细细道来，梅香方知大事不妙。

原来，在他们走后，从衡阳撤下来的伤兵入驻桃花镇。仗着打日本鬼子受了伤，便天不怕地不怕的无作非为。他们将有凤锁在屋里，肆意糟踏。镇上的居民无人不怕伤兵，伤兵见没人敢管，越发大胆。后来，伤兵开走了，有凤也不见了。镇上人说不知是不是被伤兵老爷们强行带走了。

有凤失踪后，二宝回来了，用板车拉回已经死去的大宝。二宝安葬好大宝后，也不知去向。

梅香从此天天烧香拜佛，求菩萨保佑二宝和有凤安然无恙，早日回来。

孔祥三听后说：这么说来，朱老大夫妻死于意外，那朱有康又是谁杀害的呢？

白素玉说：我听婆母说，有康和有良挑着财宝到衡阳时，国民党部队正在与日本人交火，有康他们进不了城，住在郊外的客栈里，被贼人盯住了，后来被贼人杀死在客栈里，财宝也丢失了。

你婆母怎么知道的？

衡阳警署给宝庆卫戍司令部来了公函，陈桂中也去调查了，他告诉我婆母的。

那些财物再也没有找回来吗？

没有。我和卓然回国后，我们花的每一分钱都是靠我们自己挣的，李家再没有一分多余的钱。

你说，有康有良到了衡阳就被贼人盯住了，我想有康有良不会傻到让财宝暴露在外人的眼里。这贼怎么知道有康有良有那么多的财宝呢？会不会是陈桂中暗暗派去的人呢？

婆婆也曾这么怀疑过。她总说，要是杀害有康的凶手抓住就好了，这样就能弄清事情的真相。

孔祥三说：想不到地主阶级内部的斗争也这么残忍与丑恶，一样也有误会与遗憾。

孔主任，金钱是没有阶级性的，面对金钱的是人，是一个人的良心和人性。

关于那些财宝，你还知道些什么？

我公公李琰曾在西藏的喇嘛庙里买下一尊金佛，佛的一面脸如满月，高鼻方唇，双目慈祥地俯视人间，非常高贵尊严。另一面则双眉倒竖，怒目圆睁，面目狰狞，令人望而生畏。佛的右手举着一朵莲花，左手执着一柄金叉。卓然告诉我，这是双面佛，佛的一面是绿渡母，魔的一面是修罗。此佛右手的莲花可以将人托入西天的佛国，左手的金叉可以将打入地狱，万劫不复。此佛价值连城。后来，抗战暴发，日本鬼了打到江西，湖南即将沦陷，逃难在即。我婆母觉得这尊重四十九斤的金佛实在难以携带，便要金匠将佛打成九十八朵金梅花。

如此说来，知道金梅花的还另有其人。

的确是这样的。

白医生，你反映的情况，我们会派人去核实的。法律是讲究事实的，任何人都不能利用手中的权力歪曲事实。你现在可以走了。

一场谈话就在官腔中结束了。

八、白素玉上京为儿子伸冤

白素玉回到志远家，看到女儿李卉在志远家里。

妈妈！李卉扑进她的怀抱。

卉儿，你怎么到这儿来了？

志远说：是我找到她的，阿姨，你明天就要走了，我让李卉与你见一面，你不会生我的气吧？

太谢谢了，志远。卉儿，妈妈担心死你啦，这段日子你是怎么过过来的？家里还有钱吗？

妈，家里的存折早就被冻结了。我呀，去食堂打饭，常常交出去一两饭票，阿姨们找给我一斤，买五分钱菜，她们会找给我一元。这样我总是有饭吃。妈，你人缘真好。

卉儿，这样做很危险，要是被发现了，会连累她们的。

阿姨，我爸早就说了，你走后让李卉住在我们家里，一直住到你回来。

你爸想得真周到。志远，我在这里谢谢他。

正说着，宁顺生回来了。他对志远说：刚才，我在门口碰到祥三，他说你要出远门，需要几张介绍信，他给你送来了，问你还需要些什么。我要他进屋坐一下，他说他还有点事，不坐啦。我很纳闷，你要出远门，我怎么不知道呢？

志远接过介绍信，那是以革委会的名义开出来的。这样的介绍信级别很高。介绍信只有公章没有具体内容，可以根据需要填写。里面还有一张字条，写着：保密！

志远明白这是祥三给白素玉准备的，是很重要的身份证明，没有它，白素玉寸步难行！

李卉也过来见过宁伯伯，还说要给宁顺生做女儿，这让宁顺生特别高兴。

宁顺生说：白医生，俗话说穷家富旅，你又是出门办事，也不知归期。我为你准备了五百块钱和五十斤全国粮票，是我这几年攒下来给志远娶妻用的，先借给你，你以后还给我就好了。拿着吧，不用谢！还有，我刚才去了火车站，给你买好了明天的火车票。

志远说：爸，火车站那么远，我去买就好了。

白素玉又一次被他们父子感动得热泪盈眶。

第二天清晨，白素玉踏上了上访的路。

九、孔祥三设计让李欣保外就医

孔祥三一直想亲自提审李欣，又怕打草惊蛇。他想，我一定要用调虎离山计支开朱有良、朱有凤、齐长松三人，在没有他们干扰的情况下，好好审讯李欣，重新取证。

有什么绝妙的办法呢？他想到了"毛泽东思想学习班"。这年头，什么事情只要和毛泽东思想紧密联系在一起，就会产生巨大的威力。有一首歌：毛泽东思想是法宝。孔祥三就要用到这个法宝。

孔祥三在 65 年参加了由中共宝庆地委举办的"毛泽东思想学习班"，经过一个月的封闭式学习，出来后，由政工科长一下子提拔为市团委付书记。这样的学习班后来又办了一期，也是封闭式学习，参加学习班的个个都是市一级干部的第三梯队，是未来的政治新星。如果办一个这样的学习班，让朱有良、朱有凤、齐长松都参加，他们肯定求之不得。不过不能太明显，朱有良由革委会提名参加，然后给朱有良权力，告诉他这次学习班是选拔干部的，要他高要求严把关选出几个人来参加，他一定会选出朱有凤和齐长松来。这样，他们三人都会暂时离开公安局。通常这样的学习班，内容要神秘，地点要秘密，时间要保密，人一进去就不准出来，是失去自由的，这就是所谓的封闭式学习。而且，时间长，不少于一个月，其实就是背颂最高指示，学习最新指示，理解中央文件，打打扑克，吃吃喝喝，大家心照不宣，等着回去官升一级。

孔祥三向革委主任周明亮提出建议，主任正为自己上任几个月还没有树立威信而苦恼，觉得这个建议正合心意，办个学习班，培养一大批亲信，威信不就上来了。

正如孔祥三所料，几天后，朱有良、朱有凤、齐长松提着简单的行李住进"毛泽东思想学习班",学习班离市区很远,地址是孔祥三选的。第二天,孔祥三去了关押李欣的第三监狱,代理监狱长见他来了不敢怠慢,笑脸相迎。

孔祥三开门见山,说:把李欣押出来,有些事实要找他核实。

监狱长有点犹豫。

孔祥三说:有人把这个案子反映到了高级法院,法院要重新审理,指示革委会在这几天把案卷送上去。朱局长去了学习班,革委会下文要我重新审理,文件在我这里,你要不要看一下。

监狱长说:不必,不必,你老本来这有权提审犯人。

监狱长要干警将李欣带进办公室。

孔祥三看到到一个身高一米八左右的年轻人带着重重的脚镣手铐站在他面前,长长的头发将脸遮去了一半,手腕脚腕上流着脓血,浑身散发着恶臭。仔细看他的脸,脸浮肿得变了形。不知是久不见阳光,还是脸肿得太厉害,他眼睛都睁不开了。

孔祥三的心像被扎了一下,感到很痛。他让李欣坐下,可是李欣竟倒在地上昏迷过去了。

孔祥三喊:快叫狱医来抢救。

代理监狱长说:狱医也去学习班了。

孔祥三一下子就明白了,原来狱医也是齐长松的亲信,怪不得李欣被折磨成这样。

孔祥三说:立即送医院抢救。

监狱长说:没有闲人可派。

孔祥三一脸严肃地对监狱长说:你是个老同志,假如你们领导刚刚走,监狱里的要犯就死了,你该承担的是什么责任?怪不得你干了一辈子,还是个看守,原来这么胡涂。这样吧,他死在这里,你承担责任。他死在医院里,不用你承担任何责任。现在用我的车,你只要派一个干警,我们一起把犯人送到医院去。

代监狱长喃喃自语:见鬼,老齐要他死,老孔要他活,我夹在中间难做人。说难也不难,我派老齐的亲信何为去就是。

李欣醒过来，看到的全是熟悉的脸。他们都是妈妈的同事，他一张张脸读过去，就是没有妈妈。他问：我妈呢？白素玉的搭档张雨医生轻轻说：她不能来。李欣的眼角淌出泪水。

张医生说：我们正在给你做检查，哪里不舒服？

李欣抬头看了看，身上除了镣铐还打着点滴，带枪的干警何为站在床头，恶狠狠地看守着他。何为是监狱里的活阎王，李欣经常被他暴打。李欣说：我哪儿都不舒服。

李欣已经被理了发洗了澡换上了病号衣，身上臭哄哄的气味没有了，好久没有这么舒服地躺在床上，他刚说完那一句话，便迷迷糊糊昏睡过去。

也不知过了多久，他听到老何喊：起来，起来！

李欣睁开眼看到李卉和宁志远站在门外。鸡汤浓浓的香气包裹着他，他好想吃东西，想挣扎着坐起来，可是浑身没有一点力气。

老何指着志远问：你是他什么人？志远回答：朋友。

老何说：你扶他起来，不准交谈，不准递纸条，只允许喂东西。

志远将李欣扶起来，一口一口喂着他，心里酸楚楚的，才几个月，李欣已变成了另一副模样，早知如此，打死也不会要李欣去司令部。

喝完汤，干警老何仔细检查过了才让志远拿出去。老何又指着一直默默流泪的李卉问：你是谁？李卉说：我是犯人的妹妹。老何说：以后只准小姑娘一人来送饭，除了医护人员，其它任何人不得进入病房。

志远听人说过，到监狱去探监一定要意思意思，便塞给他一包香烟，其实里面全是钱。老何看了一眼，塞进裤兜。志远他们走出医院，到了避静处，李卉看到张雨在焦急地等着她。

张雨说：李卉啊，你哥哥因为伤势严重和重度缺乏营养而导致所有的脏器都衰竭了，他需要输血，注射进口的球蛋白和其它增强免疫力的药品，否则他很难活下去。血可以从你身上抽，但药品非常昂贵，是不可能给犯人注射的，必须想办法自费购买。我只有很少的钱，不够。你快点去找钱，趁着我是他的主治医生，有机会把药品配进其它药物里，只有这样我才能将他救活。

志远说：医生，我是 O 型血，也可以抽我的。求你马上去搞到这些药吧，等会我就给你钱。

经过几天抢救后，李欣能走路了，食量也大大增加。宁顺生买了大滋大补的中药，加上黄豆和母鸡一起炖汤给李欣喝，浮肿消了，嘴唇上有了血色。不过医生说他还没脱离生命危险，至少需要一个月的治疗。

李欣靠在床上，眼睛凝视着窗外。已经有好久没有这样仰望蓝天了，从入狱的那天算起，已经被关押了整整四个月，这四个月，他活在地狱里。每天都要过一次堂，逼他承认加入过反革命组织，逼他承认在武斗中开枪打死过人，不承认就被毒打，他的头发被揪掉了一大半，牙齿全被打松。他们用几十斤重的镣铐锁住他，镣铐紧紧卡住他的手腕脚腕，每走一步痛彻肺腑，每时每刻他都在死亡线上挣扎。李欣知道是朱家兄妹在陷害他，冤枉他，要把他整死。他咽不下这口气，不甘心让他们得逞，从不承认审讯者对他的指控。幸运的是他活下来了，此刻他还能仰视明净如水的天空，看到鸟儿在自由地飞翔。

从小到大，李欣一直生活在两个不同的世界。自从父亲去世后，母亲的脸上很难得出现笑容，也很少陪伴过他。祖母常常被人打得鼻青脸肿，痛苦写在她苍老的脸上。家里的气氛总是那么压抑，他幼小的心灵里抹上不可磨灭的阴影。学校才是他欢乐的天堂，是他展示才华的地方。他是少年先锋队的大队长，每天早上都是他高举着队旗，骄傲地从全校师生面前走过。他是合唱团的指挥，随着他手臂的挥动，优美的歌声响彻校园。他是校刊的编辑，老师和同学在阅读后都交口称赞他的文采。他是班主任的助手，同学们都听他的话。在学校里他听到的是赞美，收获的是快乐。

可是，自从贯彻党的阶级路线，成了可教育好的子女，他身上的光环顿时消失了。他还是一样的努力表现自己，一样的保持全年级第一的好成绩，换来的是种种歧视和伤害。他不再是学生干部，连合唱团都没资格参加。他感到社会对他不公正，不平等，渐渐地变得很悲观。学校是一个令他自卑的地方，而家又成了他避风的港湾。在学校他很内向，恪守"沉默是金"的家训。在家里他是妈妈的骄傲，妹妹的偶像，他会编出很多的笑话让妈妈妹妹笑弯了腰，幽默机智地让家里充满快乐。

他谦虚、谨慎、温顺、细心、但不乏热情与勇气。他举止得体，气质非凡，浑身充满艺术灵感，但又脆弱与胆怯。老师与同学们总看到他在沉思，在轻轻叹息，但是他迈出的脚步却是那么坚定。他忧郁的眼神，常常打动那些情窦初开的少女的心。他羞涩的微笑总让女孩子们捉摸不定。他的沉默寡言，让人猜不透他是无话可说，还是会在沉默中暴发。无论在哪里他都才华横溢，他是人们公认的最优秀的年轻人。慢慢地身上有了双重人格：他很骄傲，也很自卑；他想报效社会，也想报复社会。

但是，他一直生活在巨大的政治压力之下，他在感受着这个时代带给他的是屈辱、压抑、不公和残暴。他为自己的前途担忧，以自己的努力，完全可以成名成家，报效社会。不幸的是，他活得像一个天生的罪犯。种种迹象都让他悲观绝望，他已经预感到他将会沦为社会最底层的一员。他想反抗，他想报复这个总是给他带来不幸的社会。

自从到了病房，犯人李欣和看守老何就一起生活在这十几平米的空间。他们一日三餐都由家人送进病房，时间都是早上八点，中午十二点，晚上六点。白天有两个民兵守在病房门口，老何会到外面去溜跶十来分钟。到了晚上六点民兵准时离开，老何就很少离开病房。老何好像很无聊，老婆送饭来的时候，是他一天里说话最多的时候。而这时李卉也坐在李欣身边，喂他喝汤。不过，老何会用眼睛盯着他们，不准他们说话。晚上老何就睡在病房的另一张床上，睡觉前他会去医院食堂吃夜宵，喝水，把门窗关上，把手枪放到枕头下，然后躺在床上发出均匀的鼾声。

李欣是多么多么的渴望自由，但是，只要朱有良坐在公安局长的位置上，他就只有死路一条。他想只有自己救自己，才是唯一的选择。要救自己现在是最好的机会，也是可一不可再的机会。

十、李欣孟柯同是天涯沦落人

在李欣的死牢里，曾经关押过另一个死囚。他看来比李欣关押得更久，受到的折磨更多。起初，他们的情绪都很悲观，谁也不想说话。终于有一天他们打破了沉默，李欣说：我们认识一下吧，我叫李欣，是市一中的学生。对方说：我叫孟柯，机械技校的老师。李欣说：我被仇人陷害为杀人犯入了死牢。孟柯说：我被情敌诬陷为现行反革命成了死囚。李欣说：相交何必曾相识。孟柯回应：同是天涯沦落人。

从此他们成了无话不谈的朋友。

原来，孟柯入狱前与同事于成是最亲密的朋友，后来，两人同时爱上漂亮的女同事，于成要孟柯把女友让给他，遭到孟柯的严正拒绝，于成恼羞成怒将孟柯平时的言论收集起来，写了一封告密信给朱有良，于是孟柯以现行反革命罪被捕入狱，受尽折磨。

孟柯说：我说过早请示晚汇报是形式主义，不是马克思主义；说过血统论是唯心的，不是唯物的；说过只有少数人真正读懂了马克思的《资本论》；说过列宁好色，斯大林残忍；说过很讨厌开会、写心得；还说过时代的进步是用科学来衡量的，假如监狱里关满了犯人，讲台上没有了老师，不能说是时代进步了。这些都只跟于成背后议论过。当我被捕后，我意识到这些话会让我枪毙，所以，我全部否认。我确实只跟于成一人说过，请求公安局调查取证，谁知公安局用严刑拷打逼我承认。

李欣问：你承认了吗？

孟柯说：没有，要是承认了，早被枪毙了。

李欣说：我的仇人也是朱有良，他为报私仇诬陷我杀人。

李欣把朱有良陷害他的事说了一遍。

孟柯说：朱有良是于成父亲的部下，我常常听于成说起朱有良，说朱有良因为受过伤而失去了男性功能，至今未婚，所以性情古怪。还说朱有良脾气暴躁，没有党性、人性，让他坐在公安局长的位子上，是全市人民的悲哀。李欣，要指望朱有良纠正错误将我们释放是不可能的，我们必须自己救自己。

李欣问：你有办法吗？

孟柯说：办法是有，还不够成熟。现在不是还有你吗，我们一起想办法吧。

李欣不知道孟柯的办法是什么，但是孟柯提审的时候越来越少，而他提审越来越多，挨打是必然的，只是轻重而已。他有点怀疑孟柯是个内奸，因为监狱长是不会把一个现行反革命忘记的。

就在这时，孟柯告诉他，他已经把脚镣手铐琢磨透了，知道怎么打开它。孟柯从鞋底抽出一根细细的钢丝，说：我是学《动力学》的，知道杠杆的力学原理，这虽然是一根细细的钢丝，它到了我的手中就是一把万能钥匙。

他把钢丝塞进手铐的锁眼，手铐真的被打开了，他再塞进脚镣里，脚镣也打开了。他又用钢丝打开李欣的脚镣手铐，让李欣顿时感到轻松很多。孟欣详细的给李欣讲解镣铐的结构，讲解怎样找到镣铐里看不见的支点，钢丝与支点的互动关系，怎样巧妙的利用手指的力量将镣铐一步步打开。他把镣铐一一锁起来，让李欣反复去理解、感觉、实践，直到李欣轻松自如地将镣铐打开。孟柯说：李欣，从今以后，你只要有一根钢丝就可以打开镣铐，总有一天你会有一根钢丝的，千万不要绝望，机会总是有的。

这一次，李欣真正相信了孟柯。

孟柯告诉他，小的时候家里很贫困，父亲就用业余时间给人修锁配钥匙，还用萝卜刻个印章什么的盖在自己画的肉票上，让母亲去买肉。他从小比别人更能理解"要打破脚镣手铐，全靠我们自己。"这条经过千锤百炼的真理。

李欣也讲了自己的成长经历，从此他们成了生死与共的好朋友。

在漫漫长夜里，他们悄悄为越狱做准备，他们必须像地下工作者一样有暗语暗号暗器。他和孟柯设计了许多的暗号，例如：正号是我，负号是你，乘号是第三人，除号表示零。句号代表白天，逗号代表夜晚，顿号代表小时，省略号代表分钟。方框是窗，圆圈是门，波纹是路，回字是河，箭头是方向，箭柄很长表示很远，短则很近。太阳代表危险，云彩代表安全，云彩下有雨点那就是受伤了。诸如此类，他们会用暗号告诉对方，什么时候，我在哪里，有没有危险。

　　他们在一起诉说心中的悲伤，也憧憬未来。

　　孟柯说：我上的是中山大学，学的是动力学，汽车是我的专业，我的梦想是到底特律去做一个汽车工人。

　　李欣说：我的梦想是去哈佛念大学。

　　他们约定十年后在纽约的自由女神铜像下相见。想不到十天后孟柯又转到了另一间监室。再过几天，在放风时，一个狱友悄悄告诉他，孟柯无罪释放了。他为他高兴，也有点遗憾。眼下是逃走的最好机会，他需要一根打开镣铐的钢丝。

　　用什么方法找到孟柯？

　　他回忆起他们在商量越狱时种种暗语，于是决定试试。他趁护士没注意时将笔藏在枕头下。深夜，老何睡着时，他撕下贴在身上的一条胶布，在上面写，孟柯、十、然后把它贴在衣服里面。

　　第二天，他趁着吃饭时把胶布贴在小碗的底下，吃完饭他将小碗放进大碗里。在递碗时他用力捏了李卉的手指，李卉假装接过碗，用身体拦住老何的视线，李欣轻声说：机械，学校。

　　老何什么也没看到，李卉把碗放进空筛子里，向老何请示：我可以走了吗？老何说：走吧。

　　李卉一路走一路想：机械学校，什么意思？回到家赶紧将碗翻过来，看到胶布上：孟柯，十，机械学校与这几个字有着什么联系？忽然灵光一闪：哥哥一定是要我到机械学校去找孟柯，把这胶布交给他或她。

十一、孟柯帮助李欣越狱

孟柯入狱后，咬紧牙关不承认自己说过反党反人民反毛泽东思想的言论，零口供一样可以定死罪。但是，枪毙一个人也不能只凭一封举报信，何况孟柯出身好，历史清楚，一直是好学生、好老师。

办案组不得不去孟柯单位取得旁证材料。

当办案人员在学校提到孟柯说过的那些反动言论时，无论老师还是学生都说：这些话只听于成老师说过，从没听孟老师说过。

老师与学生都说于成仗着自己是老革命的儿子，常常讲出别人不敢讲的话，为人很张扬。孟老师是个谦虚谨慎成熟稳重的人，讲话很负责任，怎么可能讲出那样反动的话来。

朱有良把办案组收集的情况向老首长汇报，首长赶紧将儿子调到部队去，指示朱有良赶快将孟柯释放，他不想事态扩散，留下后患，将来反而难以收场。

就这样孟柯被无罪释放，学校为他开了平反大会，肯定他的成绩。并以此告诉各位：共产党不会冤枉一个好人，也决不会放走一个坏人。

这一天，孟柯正在想用什么办法能救出李欣，有人领着李卉来找他。

李卉什么也没说，只递给孟柯胶布。

孟柯看后问李卉：这是谁给你的？李卉说：我的哥哥李欣。

孟柯说：他现在哪儿？

李卉说：他正在第一医院抢救，住在 1 号隔离室。

孟柯问：有几天了？李卉说：十天。孟柯问：好些了吗？李卉说：能走路了。

孟柯说：回去告诉你哥哥，我会还钱给他。李卉说：有看守在病房里，不准我们说话。孟柯说：见到你哥时就点点头，眨一下右眼，总可以吧。

李卉问：是不是这样？她点了点头，又眨巴了一下右眼。孟柯说：行，就这样。

李卉走后，孟柯沉思了一阵。决定去救李欣，而且一定将他救出来。

孟柯在病房附近观察了三天，摸清了看守，医护人员，李卉等人的活动时间。然后，他去外贸公司找当司机的表哥。他表哥三天两头跑广州，见到表哥他说自己有一个好朋友得了肾病，要去广州治病，想搭个便车，问表哥什么时候会去广州送货。表哥说：刚刚从广州回来，过两天要去樟木头送雪峰蜜桔，去樟木头要经过广州，可以将朋友带到广州去。不过，樟木头比广州远，在凌晨两三点就开始上路，下午五点赶到樟木头交货。孟柯说，保证在凌晨两点半钟将好朋友送来，要表哥将车停在离朋友家不远的公路上。

那天晚上他在医院转了一晚，医院有三个门，离 1 号隔离室最近的是北门。停尸房离北门五十米，北门是专给死人用的。从北门出去是一条长满野草的小径，有的芦苇丛比人还高，到了夜晚，每一株野草后面，都好像藏着一个不甘心死去的鬼魂，非常阴森恐怖。从小径走出去是一条沙砾铺成的路，路不宽，行人稀少，路灯昏暗，因为有停尸屋，行人只要经过，都会不由自主地加快脚步。孟柯从医院的北门到公路来来回回走了好几趟，徒步行走要二十分钟，骑单车七分钟。深夜溜到 1 号隔离室的北窗外，他用脚量了量，北窗一米高，离围墙约五米，用手拍拍病房的墙，病房里传出李欣的两声咳嗽，那是安全的暗号。他用手指在窗玻璃上划了几下，转身离开。

第二天孟柯把自己关在屋子里不让任何人进来，他化了一天的时间找遍了自己收藏起来的各式各样的钢丝，找到了一根很合适的钢丝。

接着，他为李欣准备行头，现金粮票和证件，到药店买了四片安眠药，给广州的同学写了一封满怀思念的信，拜托她照顾来广州治病的弟弟。下午五点他假装路过1号隔离室，看到玻璃窗上的暗号下面多了一杠，暗示李欣已经准备好了。五点半他站在不显眼的地方等候李卉。

开始，李欣很担心李卉不懂他的意思，没有去找孟柯。中午李卉送饭来，趁老何没注意，向他点了点头，还眨了一下右眼。他心里涌上一阵狂喜，那是孟柯答应他的暗号。

以后几天没有任何动静，昨天深夜他听见墙外有轻微的响声，他作出回应。天一亮他看到一块玻璃上有手指画的两点和一个逗号，另一块玻璃上有一个很短的箭头指在圆圈上，还有一块玻璃上有一个加号。玻璃很脏，用手指划出的信号不用心看不出来。他真的很佩服孟柯的聪明，那是孟柯告诉他：今晚两点我在医院的北门等你。他在加号下画一杠，表示已经做好准备。

李卉从志远家出来，看到孟柯在远处向她使眼色，她连忙拐进胡同。

看看前后无人，孟柯要李卉把饭盒打开，他把一根钢丝放进汤里，把四片白色的药片放在饭的最下面。说：明天早上六点，我在渡口等你，有你哥哥的消息告诉你，你一定要准时来。

李卉将饭递给李欣，心脏有点乱跳。她故意用身体拦住李欣，望着老何的老婆微笑着。那个女人从来不搭理李卉，一个犯人的家属有什么好理睬的。看到李卉冲她笑，便把脸转向丈夫，问老何菜好不好吃，老何吃得津津有味，连连夸老婆的厨艺好。

李欣趁机藏好了钢丝和安眠药。

晚上十二点，护士每天都在这时给他打针吃药换药，然后回值班室，直到早上六点再来打吊针。今天也与以往一样，护士走后，老何锁了病房的门，去医院的食堂吃几个肉包子。此时，李欣提着镣铐把捏成粉末的安眠药放进老何的茶杯。老何回来关好门窗，洗把脸，喝完剩在杯子里的茶水，脱下衣服，把枪枕在头下，灭灯，睡觉。

在老何心里，李欣是不用防守的，一个快死的人，身上还带着几十斤重的镣铐，每走一步都要付出巨大的痛苦。他在心里骂道：活尸，本来早就要你死的，看在你朋友给我一百块钱的份上，让你多睡几个安稳觉。老何防范的是外人，他把医生护士都看得死死的，就怕他们为李欣通风报信。

老何平时就安安心心的睡，今晚喝了放了安眠药的茶水，越发睡得死死的。

等老何睡熟了，李欣拿出钢丝轻松地塞进镣铐的锁眼，从第一个支点开始，小心地将手铐打开了，后来脚镣也打开了。他用手揉揉麻木的手脚，经过十几天的治疗，手腕脚腕的伤口已经愈合，全身的伤口已基本痊愈，身上有了力气。几个月来他住在黑牢里练出了一双夜眼，坐在这漆黑的屋子里，视物如白天一般，什么都看得清清楚楚。他看到老何手腕上的夜光表指到了一点三十分，便将钢丝藏好，将枕头塞被子里，把被子堆成一个有人睡着的形状，将镣铐锁好放进被窝里，只露出一点点铁链。他走到老何床前穿上老何的衣服鞋子，戴上老何的警帽，用老何看过的报纸将老何的茶缸擦得干干净净，再将报纸带走。他轻巧地拔出窗销打开窗，不慌不忙从窗口跳下，再利用惯性巧妙地把窗销插上。夜色沉沉，天黑得不能再黑。可医院对李欣来说是鱼儿在水里自由的游走，他沿着从小就熟悉的墙根走到医院的北门。孟柯早已把北门的锁打开了，他拉开门出去，再把门掩上，用嘴发出"咕咕"的鸽子的叫声，正好午夜两点。

孟柯也"咕咕"叫了两声，从黑暗处走出来。李欣与孟柯紧紧拥抱了一下，孟柯说：赶快换衣服，我给你准备的东西全在衬衣的口袋里。孟柯打开他带来的旅游包，里面有一支莹光棒，微弱的光将里面的衣服照得清清楚楚。

李欣换好衣服，把老何的警服放进包里。已是深秋，风吹着落叶，发出沙沙的响声。黑暗中，孟柯用脚将他们留下的痕迹磨去。说：我用自行车载着你到 107 国道上，你搭上我表哥的货车立马去广州。按照常规，早上六点，护士来敲门，那时，你已经到了郴州。等到八点公安局长上班时，你已经到了广东。因为你外公在香港，逃港是最佳选择，公安局认为你会逃往偏僻的地方，其实越是危险的地方越安全。很多受到迫害的名人都是从香港逃到美国去的，深圳河成了很多逃犯的生命线。

孟柯，我们一起到香港去吧，李欣说。

李欣，我已经和李卉约好了，要把她送到最安全的地方。还有你妈妈，我不知她在那儿，她也会遭到牵连，如果能找到她就好了。

孟柯，你说我是不是太自私？

李欣，求生是人的本能，要怪只能怪造化弄人。

远处的路灯像摇摇欲坠的星，已经能看到货车模糊的影子。前面是坡，李欣从单车上下来，与孟柯一起走，孟柯说：你需要的东西我都为你准备好了，你的新名字是孟夏，是我弟弟。一定要记住你的新名字，忘记李欣两个字，到了广州去中山大学找我的同学陶冶，我和陶冶曾经是恋人，我和她说起过我弟弟还有全家，你在她面前尽量少说话，免得节外生枝。陶冶和香港的同学一直保持着交往，我已经拜托她帮你联系香港方面。还有，我没有在信中留下通讯地址，怕她给我写信，在信里说起你，这样会多一分危险。假如她向你要我的联系方式，你就说下一次给她。成败在于细节，你一定要牢记。万一没有找到外公，你一定要设法逃港，留在国内多一天就会多一分危险，我祝你成功。

谢谢！

他们再一次拥抱。

几分钟后，货车消失在茫茫黑夜里。

早上六点，天下着雨，护士来敲1号隔离室的门，敲了几分钟没动静。隔离病房住的是传染病患者，最近，患急性肝炎的人太多，隔离病房人满为患，连走廊上都住满病人。到了早上有很多病人要打针吃药，护士们忙得团团转，她只好先放下1号门，去了其它病房。

护士每见到一个病人都要背一段毛主席语录，她每天背的都是：扫帚不到，灰尘照样不会跑掉。病人要用毛主席语录回答她，如果回答错了，她还要去纠正。这样，等她发完药打完针已经七点。她又去敲 1 号门，仍然敲不开。她回到值班室写记录，忽然听到街上传过来锣鼓声和口号声，又一条最新指示传达下来了。

糟了，她想：我又吃不成早餐了，护士长肯定会派我去游行，天哪，我会被累死掉的！

她放下值班记录，赶紧去吃早餐，吃完了，再一次去 1 号病室，这时已经快八点。

门仍然敲不开，她觉得不对劲，便绕到北边的窗外。窗户关得紧紧的，窗户外面真脏，她用布擦了擦，越擦越模糊，连续擦了三块，才她看清楚看守和病人都躺在床上。

护士隔着窗喊了几声，还是没动静。这时，老何的老婆送早餐来了，因为敲不开门，也绕到后面的窗户。老何老婆用手绢又擦了两块玻璃，还将脸贴在玻璃上大喊。这时，老何翻了一下身，又睡着了。

八点正，值班的民兵来了，他们见叫不醒老何，干脆把玻璃打碎，伸手拔掉窗销，打开窗户跳进去。然后他们打开病房的门，让护士和那个女人进来。

老何红光满面躺在床上，一脸的舒服。老婆大喊：起来吃饭！

护士掀开李欣的被子，吓得手里的东西全扔在地上尖叫起来。

床上只有两个枕头两副镣铐，犯人不见了。

这一声尖叫让老何醒了过来，接着，愣住了。

犯人怎么就在他眼皮底下跑掉了呢？

他看看自己的身体，都正常，再掀开枕头，枪还在。他完全清醒了，让他狼狈不堪的是，他的警服被犯人穿走了，身上只剩下一条裤衩。他又暗自庆幸犯人没有伤害他也没有拿走他的枪，他知道李欣有多恨他，这么好的机会没有报复他，算他走运。他想：李欣是被冤枉的，他逃跑只为逃生，是被逼的。也许，下一个走进牢房的，就是我了，但愿我不要像他那样被打得死去活来。

十二、孔祥三成立李欣专案组

那一晚，李卉翻来覆去怎么也睡不着，她有一个不祥的预兆，就是一旦她走出宁家的门，就再也回不来了。她不想不辞而别，便坐到桌前给志远写信。

宁伯伯、志远哥：

我要离开你们一阵，也许是一天，也许更久。

我走后，你们不要找我，不要去医院，不要打听我哥哥的事，那样做会给你们带来危险。我们已经给你们带来太多的麻烦，希望我走后你们能平平安安的。我有很多感谢的话要对你们说，是这张纸写不完的。我的心里很难受，很舍不得你们。

祝你们幸福！

李卉　即日

写完后，李卉坐在桌子旁边，盼望着黎明快点到来。

五点半钟，她听到宁顺生拉开门的声音。宁顺生每天在这个时候去黑市买肉食，他说去晚了有钱也买不到肉食，只有多给李欣吃肉，他才会好得快。

宁顺生一出门，李卉也离开宁家，直奔渡口。

渡口已经等了好些人，因为下着雨，打着雨伞的人几乎都将脸遮住了。这时，她看到了孟柯，他将伞高高举起。李卉悄悄跟在他身后。

天特别冷，淅淅沥沥的雨让人看不清江面。当人们看到渡船时，船已经到了码头。

李卉跟着孟柯坐船过了河。在宝庆，资江是城乡的分界线，过了江，便是乡下。

秋天的乡下，有几分凋零，尤其是雨天。

孟柯放慢脚步，对李卉说：你哥哥已经逃走了，公安局正在追捕他。因为你是他妹妹，肯定会受到牵连。你还小，会受不了审讯。为了你的安全，我将你藏到我姑妈家。我会对她说你是我的女朋友。

李卉个子很高，发育也很好，又显得成熟，一点也不像十五岁。

听了孟柯的话，李卉一点都不惊讶，她从孟柯脸上上看到的是平静、稳健、自信，那平静告诉她，哥哥目前是安全的。

孟柯接着说：几天后，我会来看你，如果有危险，我会提前将你转移。又问：你昨天住在谁家？是你的亲戚吗？

李卉将自己与志远家特殊的关系告诉给孟柯。孟柯说：他们是值得信赖朋友，如果我是安全的，我会去他们那儿打听你妈妈的消息。

孔祥三是在上午十点得到李欣逃走的消息。那时他正站在主席台上检阅游行的队伍。游行的人群经过他面前时立即高呼主席的最新指示：抓革命，促生产，促工作，促战备。实现革命大联合！锣鼓声和鞭炮声也骤然响起，孔祥三很陶醉，因为他在俯视全市人民，而从他身边经过的人正在仰视着他。他突然觉得自己的形象高大起来，以前齐小娟总嘲笑他是"三寸丁"，此时他有点瞧不起她了。

忽然，有人将他拦腰抱起来，扔在地上。一看是监狱的代监狱长，不由气得大喊：你在干什么？

监狱长将他拉到人群外，在他耳边小声说：孔主任，出大事啦，李欣从病房里逃跑了。

这句话像一声炸雷，盖过广场上所有的声音，让孔祥三彻底懵了。

孔祥三缓过神来的第一句话：什么时候逃走的？

昨天晚上。

谁在看守，还有谁知道？

何为，是个老干警。革委会的人不知道，医院的人都知道。

朱有良知不知道？

谁知道他在哪里学习，想向他报告也找不到人。

走，跟我去医院。

孔祥三跳上代监狱长的单车直奔医院。

病房的门关着，祥三问：看过现场了吗？代监狱长说：现场早就被破坏了，我来的时候，医生护士院长还有看热闹的人站满了病房。

代监狱长敲开门，老何搭拉着头坐在自己的床上，两个民兵奉命看守着他。

祥三看到李欣的床上，镣铐完整地摆在那儿，好像是一副展品。

他问老何：犯人是什么时候逃走的？

老何说：不知道，昨晚十二点多我才睡觉，那时，犯人在床上躺着。

祥三问：什么时候发现他逃走了？

老何说：听护士说，早上六点她来叫我，就看到床上没动静，应该在六点以前就逃走了。

祥三怒斥：你呢，昨晚干什么去了？

老何小声回答：我睡着了。

代监狱长说：他呀，真把我气死了，早上八点半被人叫醒来，醒来后才发现衣服被犯人穿走了，一边叫老婆回家给他拿衣服，一边打发人来监狱报案。我接到报案已经九点半钟，什么都没安排就来找你。

祥三说：老何，你是个老干警了，怎么能这般缺乏工作经验，像保护现场这样简单的程序你应该懂吧？

老何打着哭腔说：我醒来时，屋子里已经站满了人，窗户的玻璃打碎了，窗户敞开着，门也敞开着，就是他俩把现场破坏了。

何为指着两个民兵，民兵急了说：是他老婆要我们把玻璃砸碎的，不是我们故意的。

祥三对看守长说：我立即去公安局组织专案小组，你把这个蠢货押到监狱去。叫护士长来锁门，两个民兵守在门口。你们俩要提高警惕，发现行迹可疑的人就抓起来。

代监狱长抱怨：天天严打，每天都会送来几十个犯人，看守又没增加。现在监狱里关了几百人，吃喝拉撒都成问题，哪有闲人去看守保外就医的。现在出事了，我不负责，我是不会来趟这浑水的。

祥三安慰他说：老同志，你的责任轻，我的责任更重。

中午，孔祥三成立专案组，他任组长，下面是刑侦组和缉捕组，两个副局长任执行组长。刑侦组立即去医院现场，缉捕组去车站公路码头，如果不是群众集会，要立即戒严。同时监控李欣的家人，下午六点，刑侦组第一个案情分析会结束，这个会是在病房现场召开的。

刑侦组的人一进去，就将病房仔仔细细搜索一遍，凡能带走的都送到局里的技术科去。凡能拍照的都拍下来。那一天凡是进入病房的人都要接受了调查。每一个人，都必须模仿当时情景，交待清楚自己的动机和行为，调查竟然毫无收获。

雨从早上三点下到七点，地面被雨水冲洗得干干净净。病房里满是带着泥沙的脚印，一个迭一个，没有一个是完整的。

专案组认为，一切疑问有待对老何的审讯，对外界的调查和对犯人家庭成员、社会关系的监视。

缉捕组主要是蹲守，目前还没找到犯人。晚上九点全市大戒严。

十三、李欣成功逃往香港

李欣在下午三点到达广卅，四点找到陶冶。陶冶的热情与真诚让李欣少了很多担心。

陶冶问：去医院看过病了吗？

李欣说：去过了。

陶冶又问：医生怎么说。

李欣说：说我已经是轻度尿中毒，再不透析，就会变成严重的尿中毒，我恐怕不能再见到妈妈和哥哥。医生说目前只有香港才有先进的透析设备，要我立即找到愿意治疗我的医院，他们可以帮我转院治疗。

医生真是这么说？

李欣很肯定地点点头，说：陶姐，我想请你马上给香港的同学打电话，请她帮我找到我的亲戚，我的亲戚在香港很有地位，他们一定会帮我的。

陶冶看到李欣形销骨立，苍白的脸上泪花在闪烁。同情与怜悯油然而生。她说：走吧，我们现在就去给香港的同学打电话。

电话通了，陶冶要她的同学去联系香港筲箕湾 106 号的白一虎先生或他的儿子白亦朗先生，告诉他们从湖南宝庆府来的亲戚要求与他们通话。同学告诉陶冶，白一虎和白亦朗都是社会名流，他们的白氏集团就在她工作的弥敦道，她会立即联系他们。要陶冶不要离开电话室，她会在二十分钟后来电话。

下午五点，李欣接到了外公打过来的电话，当他听到外公用地道的家乡话问他是"哪一个"时，他激动得心都快要跳出来。

李欣用家乡话说：外公，我是迈克，您的外孙啊。

啊，迈克……，电话的那一头立刻传来哭声。

李欣六岁时随着父母到香港探亲，外公外婆的百般疼爱给他留下深刻的印象，他也给外公外婆留下无限的思念。他们已经失去联系十年，这十年让白一虎老了二十岁。他哭着说：迈克，我的宝贝，你现在在哪里？

迈克是李欣在美国出生时的美籍名字，也是他的昵称，这名字只家里人知道。

李欣用家乡话告诉外公他正在广州，接着和外公用家乡话在诉说亲情，陶冶听不懂，"外公"在她听来是"歪椅"，她只能从李欣的表情看到他激动的心情。

放下电话后，李欣说：陶姐，外公说我的表舅正在广卅秋季贸易会上，等会他就开车来接我，我们不如去学校的大门口等他。

陶冶想不到这么快就帮孟夏联系上香港的亲戚，她还没来得及询问孟柯的情况，孟夏就说要走了，她有点遗憾。

陶冶说：孟夏，你家里有这么有地位的香港亲戚，怎么从未听孟柯说起过。

李欣说：只是远房亲戚，想不到他们这么念旧。

陶冶说：你哥哥也是个重感情的人，我伤害过他，不知他会不会记恨我

李欣说：要是他记恨你，就不会让我来找你，我觉得哥哥仍然在爱着你，他至今还没有女朋友呢。

陶冶说：我也爱他，但是我们相距太远，也没有可靠的关系能帮我们调动工作。唉，真是没情缘啊！

李欣说：陶姐，你也不要太难过，人的一辈子长着呢，说不定哪一天你们又会走到一起。

说着到了学校大门，他们还在谈论爱情、缘分、婚姻之间为何那么神秘，那么不可预测。谈到孟柯，陶冶几度哽咽，几乎说不下去。总之，爱情是年轻人交谈的主题，这也是李欣要的效果，他不想陶冶过多的打听孟柯的状况。

下午六点，一辆加长型豪华轿车急驰过来，停在学校门口，从车下来一位西服笔挺，气宇轩昂的中年人，接着又下来一位衣着考究，英俊潇洒的年轻人，他们一下车就朝大门走来。李欣认出他们是舅舅和表哥，立即迎了上去。

舅舅，我是迈克，李欣说。

多年的思念，一下子变成现实，李欣和舅舅不由拥抱在一起，泪水也忍不住流出来。舅舅抱住李欣，说：迈克，你们受苦了。放开李欣，仔细看他，想不到外甥会这么瘦，好像病入膏肓，白亦朗又是一阵心酸。

这边表哥白羽向陶冶道谢，他为今天的事送给陶冶一只价格昂贵的手表。

回到白亦朗下榻的酒店，李欣说起家里的种种不幸，舅舅也说起他们对李欣全家的思念和牵挂。舅舅说：迈克，你到香港治病没问题，但要办一些手续。首先要拿医院病历向公安局申请，再在香港找一个有地位的人做担保人，还要……

李欣说：舅舅，我只想你马上设法让我到香港去，我不是去治病，而是逃命。我被朱家兄妹陷害，成了死囚，今天早上刚刚逃出来，现在警察正在追捕我。

李欣把朱家兄妹害死李卓然，逼死刘梅香，诬陷他是杀人犯的事简单地诉说了一遍，然后脱下衣服让他们看自己身上的伤痕。真是伤痕累累，怵目惊心。

白羽气得将拳头狠狠砸在桌子上。

白亦朗没想到站在自己面前的是一个逃亡的死囚，他缓缓地说出下面一番话。

迈克，我是香港的太平绅士。我之所以能获得太平绅士的殊荣，是因为我遵纪守法，恪守商业道德，又为香港市民做出过重大贡献。今天，我要是帮了你，我违背了我的道德准则，给我的人生留下耻辱。作为犯人，你不应该选择逃跑，而是要向高级法院申诉，让法律给你洗清冤屈，还你清白。你没有通过合法手续就要去香港，在香港是违法的，我不能帮你做违法的事。你走吧，回到监狱去吧。

这番话像一颗颗子弹射在李欣身上，他一下子瘫在地上，绝望地把头埋进手心里。

白羽很心痛，说：爸爸，你首先要弄清楚表弟是不是个犯人，他犯下了法律的第几条第几款？我也是学法律的，知道香港是法治的社会，但是大陆是吏治的社会，法律有严重的弊病。你想想我的姑父姑母，他们多么高尚，多么懦弱，他们会去做违法的事吗？竟然成了罪犯！朱有良利用法律害死了姑父，又来陷害表弟，表弟逃出来了，向我们求救，你又用法律和道德让他去死，这是多么的残忍！是的，你要他回监狱去，你很高尚，你维护了所谓的法律和社会道德。但是，你的良心犯罪了，你把一个无辜的人送进监狱，你对不起爷爷奶奶和姑母。

听到这番话，白亦朗沉默了好一阵。他说：羽儿，你的话是对的。我宁愿不要太平绅士的荣誉，也不能做良心的罪人。但是，我们有什么办法能让迈克安全地到香港呢？

白羽说：其实逃港很简单，大陆那边是管得很松的，相反，香港这边管得很严。很多逃港的人从大陆那边逃过来，被港府遣返回大陆。亲爱的爸爸，办法是有的，如果我们把迈克藏在车的后备箱里，就能让他安全到港。有哪一次大陆的边防认真查过香港人的轿车？有哪一次港府的警察会到白家检查？因为你和爷爷都是太平绅士！你们的金字招牌能让表弟安安稳稳地在香港治病，等他恢复健康，将他送到美国去。表弟是在美国出生的，家里还保留着他的出生证明书。

白亦朗点点头扶起李欣，为他擦去眼泪，说：迈克，对不起，舅舅刚刚犯胡涂了。好孩子，我们现在就走，赶在八点闭关前过关，也好让外公外婆早点看到你。

晚上九点，当公安局拉响全市戒严的警报时，白家正举杯庆贺李欣与外公全家团聚。

十四、李欣案件让孔祥三有了危机感

听完专案组的汇报，已是晚上十点，孔祥三还有很多事情需要认真思考。

自从李欣住进医院，他就没停下来过。他把李欣所在的宣传队队员全部找到，要他们一个一个的写出 5.28 武斗的现场。在那几天几夜里，他或她看到李欣干了些什么说了些什么，凡没写清楚的地方，对不起，重写，一定要交待得清清楚楚，然后签名，盖上指模。这是复杂而细致的取证，有些人怕承担责任不愿配合调查，他化时间耐心地做思想工作，这样他拿到所有宣传队员写的旁证材料。这部分材料证明李欣没有摸过枪，更谈不上杀人。

他又去找造反派的坏头头们，要头头们写出那场次武斗发生的原因和经过，他们是否认识李欣，是否与李欣一起策划过武斗事件。这部分材料证明，头头们除了林达生没有谁认识李欣，与李欣共同策划 5.28 武斗事件更是无稽之谈。

他去了市一中，找了李欣的同学和老师，与他们谈话，要他们回忆与李欣在一起时，李欣的爱好，举止和言论，曾经暴露过的思想与情绪，这些由他执笔，谈话人签名。这部分材料一共有二十几页，没有谁说过对李欣不利的话。

他化了大量的时间，找过上百人，取得的材料足有半尺厚，所有的材料都清清楚楚明明白白证明李欣无罪，要把李欣的案子翻过来已经胜券在握。

这只是他的第一步，接着他要追查出炮制假材料的人，假如通过笔迹排查确定是朱家兄妹，他会要白素玉到法庭上去，指控朱家兄妹利用党和人民给他们的权力公报私仇。到了这一步，他就能控制住朱有良，逼他说实话。他，孔祥三要实现的最后目标，是侦破二十二年前的那一桩奇案。

孔祥三活到二十多岁还没有见到过真正的黄金，更没有拥有过黄金，他只知道黄金是世界通用的货币。五二年，人民政府要求每一个公民把自己所有的黄金卖给国家，支持国家建设和抗美援朝。从那以后，人们很难再看到黄金。就在解放前四年，朱有良丢失了百余斤黄金，如果现在能找到它，将它献给中华人民共和国，那会轰动整个中国！这光荣的使命他要悄悄去完成，他要成为福尔摩斯第二。

可是，李欣却在这个节骨眼上逃走了，不仅让他所有的辛苦付之东流。还把他的计划彻底破坏了，朱有良眼前是扳不倒了，说不定他还会惹上官司。他在心里说：李欣呀李欣，你就要重获自由，现在却生死未卜，你全家也难逃厄运，我本想帮助你，结果却连累了自己，这真是世事难料啊！

已是午夜，祥三却毫无睡意，他仍在琢磨李欣是怎么打开镣铐的，没有人见到过钥匙的模样呀，李欣的钥匙是由专人看管的，专案组去调查时钥匙还锁在保险柜里。除非李欣有缩身术，让手脚从镣铐里褪出去。还有，他又是怎么逃出病房的。病房的门窗都还关着，完整无缺，连只苍蝇都难以飞出去，可是他却逃出去了。假如他不是有魔法，就是有个有魔法的人在帮他。会不会是志远和达生在帮李欣逃走？这两人平时也鬼得很，假如是他们，那自己会死得更快。但是，他很快否认了刚才的想法，因为他们知道他正在绞尽脑汁救李欣，而且信心满满地认为李欣一定会平反伸冤，不会冒着这么大的风险去帮李欣越狱。可恨那个帮他的人连一点痕迹都不曾留下，也许留下了，又被无知的人弄没了，让案件进入迷宫。李欣要是被抓到，就死定了。要是没抓到，很多人会遭殃，包括自己。

孔祥三为什么如此担忧？因为他清楚地记得，是齐小娟领着达生和志远来找他，要他帮忙，他头脑发热，表示愿意为李欣做调查，如果没有大事还可以放李欣出监狱。白素玉交来上诉材料，他本应与朱有良通通气，装模作样向他了解案情，毕竟他是局长，但他没有这么做，而是瞒着他去调查取证。最主要的是他在陪审缺位的情况下独自提审李欣，还擅自作主让李欣保外就医，这是不符合程序的。结果就在保外就医时，犯人逃跑了。因此，他对本案负有重大责任。

他不知道齐小娟还知道些什么，如果知道是他指使白素玉上诉，朱有良一定会让他坐牢的。事不宜迟，他要立刻去找志远和达生，向他们了解情况。

孔祥三不顾一切敲开宁家的门，宁顺生告诉他，邮局派志远和达生去长沙的总局学习最新通讯新技术了，几天前去的，明天回来。

怎么办？离开宁家后，孔祥三努力冷静下来，下一步要做的是到办公室去，看看哪些材料是再也不能放在办公室的，要赶快转移。他把这些天取得的李欣的旁证材料取出来，他想这些材料最好是交给白素玉，要她带着材料赶快逃走。但是又到哪里去找白素玉呢？

孔祥三第二次敲开宁家的门，他要宁顺生把门关好，说：宁伯，白医生回来了吗？

宁顺生说：好像还没回来，她曾经来过一封信，说是快回来了，要我们不要担心她。

宁伯，如果她来你家，请把这个给她，要她带着这个赶快逃走。

祥三递给宁顺生一个黄挎包。

祥三，发生什么事了？

宁伯，李欣从病房逃跑了，公安局正在追捕他。他家已经被监控起来，就是要抓捕白医生。宁伯，中国的运动是此一时彼一时的，新的运动一展开，前面运动的遗留问题就被风刮跑了。所以，无论是李欣也好白医生也罢，最好是先躲起来。躲过了今朝，到了明天，也许新的运动来了，就没人管这事了。

啊，祥三呀，你和志远、达生不会有事吧？

宁伯，这段时间要志远和达生千万别来找我，我不会扯上志远和达生的。但是，有一个人我不敢保证。

谁呢？

齐小娟，齐小娟的舅舅是公安局朱局长，他是李欣案的负责人。

齐小娟会不会说出志远、达生的事，很难说。宁伯，别着急，吉人自有天相，一切顺从天意吧。

宁顺生说：是啊是啊，让你操心了。

宁伯，我走了，我还有事。记住，千万别让志远和达生来找我。

祥三估计：明天上午朱有良就会回公安局，是革委会要他提前从学习班回来接管李欣案的，到了下午，自己就会失去自由。

十五、朱有良陷害孔祥三入狱

十月二十号早上八点，朱有良接到革委会的紧急通知，要他回公安局。

走进办公室，第一个走过来和他握手的是孔祥三。坐定后，孔祥三告诉他，要他立马回局里的原因是犯人李欣逃跑了，局里已于昨天成立了专案组，由于他经验丰富，特任命他为专案组组长。

朱有良一听李欣逃跑了，暴跳如雷，大骂代监狱长是一桶粪，连个死人都看不住。等他骂完了，孔祥三说：李欣不是在监狱逃走的，是在医院逃走的。

孔祥三很坦然地说起白素玉到他办公室，申请重新审理李欣杀人案，并向他递交了上诉状，告诉他，她要去省法院和中央信访办控告公安局。他认为，作为主管公、检、法的革委会副主任有责任去了解案情。在读过案宗后，就去监狱提审李欣。在监狱里，他看到昏倒在地的李欣，出于革命的人道主义，他让李欣保外就医。

朱有良问：是谁把李欣送到医院的？哪家医院？

孔祥三说：当时监狱派不出人来，只好由我、看守何为和我的司机一起送他去了第一医院。

朱有良说：孔付主任，第一医院是解放前的普爱医院，李欣的妈妈白素玉在那里做了二十几年的外科医生，李欣是在那里长大的。无论是白素玉还是李欣在那里都有广泛的人脉关系，你把他送到那里，就等于放虎归山。你犯了一个错误。你也许是在情急之下做出的选择，接着说吧，到了医院以后又怎么处理。

孔祥三说：我找到院长，要他派思想觉悟高，政治上可靠的医护人员对犯人进行抢救。要医院派出两个民兵守住病房的门口，不让外人进去。看守何为是个有经验的老警察，他守在病房里。

你是什么时候离开病房的？

朱局长，我的工作很多，是不可能在那里看守犯人的。事情一安排好，我就走了。

朱有良用怀疑的目光盯着孔祥三的脸。孔祥三问：朱局长，难道我做错了？

孔主任，我们是在分析案情。你离开犯人前是不是在第一时间命令监狱长立即来医院，嘱咐他增加警力，严密看守犯人。

没有，我认为监狱长会增派警力的，这是他的职责，难道还要我命令？

孔主任，犯人是你带走的，按程序由你负责。你离开犯人时要向监狱长移交犯人，而不是向何为移交，何为只是个警察，不是监狱长。特别是你主观臆断，认为监狱长会增派警力，连个交待都没有，就离开了犯人，你的确犯下一个严重的错误。

朱局长，关于这个问题，以后再讨论。我马上要去参加革委会召开的紧急会议，不能在这里聆听你的训斥。

孔付主任，不要生气嘛，对于司法人员来讲，案情大于天。我问你，自从你把犯人送到医院后，是否来医院探视过？

没有。

你是什么时候知道犯人逃走的？

昨天上午。

孔付主任，你需要回答的问题还很多。你先去开会吧。朱有良特意将"付"字拉得长长的。

孔祥三很尴尬，说：为配合调查，我就不去开会了，先回答你的问题吧。

朱有良理都不理他，扫了会场一眼说：找医护人员谈过话了吗？

有人回答：找过了。

了解了哪些情况？

办案员说：我们搜查了医院办公室，拿走了与犯人有关的所有的纪录。这些记录将送到了上级医院鉴定。犯人的主治医生张雨是共产党员,据院长说出身好,政治上可靠。

和白素玉的私交怎样?

他和白素玉是搭档,医院所有重要的手术都是由他们合作完成的。至于私交,群众反映很一般,没什么特殊关系。

其实,张雨在做实习医生时是白素玉的学生,由于他格外看重医生的职业道德,深得白素玉的喜欢。白素玉毫无保留的将自己积累多年的治病行医的经验传授给他,张雨由衷的感谢她。白素玉外表十分冷漠,即使是对自己的爱徒也如此,手术时让张雨独立操作,自己默默配合。手术完成后,张雨总能得到白素玉的中肯的评价。这些评语,张雨总是想了又想,然后珍藏在心底,成为每一次手术的指导。渐渐地张雨成长为医院里最好的外科医生,他当了主任,是院长的左膀右臂。但是张雨也是个冷性子,和白素玉私下里从不交谈,除了院长,没有人知道张雨的内心对白素玉怀着深厚的情感和知遇之恩。

张雨被院长抽到特别医疗组,当他看到手术台上躺着的是李欣时,无论是医生的职责,革命的人道主义,怜悯与同情,对老师的感恩都让他毫不犹豫地选择用最好的技术最先进的设备最有效的药物来抢救李欣。他是个很智慧的人,不会流露出半点热情,面对李欣就好像面对一个陌生人。他写下的病历:病人入院时正在昏迷中,生命体症微弱,注射强心针后复苏。经查,病人多处软组织挫伤,头部肿胀,浑身浮肿,严重贫血,各脏器衰竭,生命垂危。

病历非常真实,开出的处方无可挑剔。但是他真正的治疗并不是病历上写的一样。他从李卉和志远身上抽了一千 CC 的血给李欣,这些他不会写在病历上。他秘密为李欣注射进口的球蛋白,这些也不会写在病历上,那是病人自己花钱买的,没有处方。他每天偷偷的给李卉一张中药处方,要李卉将中药放进肉食里熬汤,让李欣活血去瘀强筋健骨。只有半个月,李欣差不多痊愈了,但他认为李欣还没脱离危险。他是主治医生,大家都听他的。他是医院的骨干,又是个好好先生。每个人都认为是他的朋友。都说他为李欣治疗是医生的职责，无可厚非。

朱有良问办案员：张医生是白素玉的搭档，还有比搭档更亲密的关系吗？你们不认为他是最可能帮犯人逃跑的人？他最有机会？

办案员说：据护士们说，张医生除了查房，私下里从不走进病房，在询问病人时，只问好些了吗，或者那儿不舒服的话，最多呆五分钟就离开了。

朱有良说：护士的话可靠吗？

办案员说：护士们哭得稀里哗啦，说宁愿做苦力也不当护士，累个半死还要被当成罪犯，真是变了老牛还要挨鞭打。

朱有良说：真讨厌！最后一个见到犯人的护士是谁？

办案员说：是护士小莫，小莫在十八号晚上十二点给犯人打完针，给犯人倒了一杯水，看着他吃完药，就离开了。前后一共五分钟，何为在一旁监视，她没有与犯人交谈。

按照你们的调查结果，没有谁有作案动机和作案时间，可是犯人飞了，是他长了翅膀还是有人给了他翅膀？

大家说只有何为知道。何为已经关在看守所里了。

朱有良问：犯人的家属有没有接触过犯人？

办案员回答：犯人的妹妹李卉每天为犯人送饭？

朱有良说：审问过李卉吗？

办案员说：昨天去找李卉时，邻居说她家的门已经锁了一个月了，这一个月来根本没见到过李卉。

朱有良咆哮起来：是谁安排犯人家属送饭的？为什么这样安排？你们调查了吗？

大家面面相嘘。

白素玉的情况调查了吗？

办案员说：白素玉于五月十号开始隔离审查，九月二十号上午因病请假休息一个月。但是，她并没回家，也没在医院，我们访问了好多人，都说没有看到她。

朱有良问孔祥三：孔付主任，白素玉是哪一天到了你的办公室，把上诉材料递交给你的？

孔祥三说：九月二十四日上午。

朱有良说：这就巧了，白素玉九月二十日上午离开医院，二十四日上午到革委会孔付主任办公室送上诉材料，要求为儿子申冤。二十七日我参加学习班，三十日孔付主任将犯人送到中心医院抢救，十月十九日凌晨犯人潜逃。你们认为这是巧合吗？

孔祥三说：朱有良，你不要血口喷人！

朱有良大吼：我今天就喷你了，你连我都算计了，要我去参加学习班，我上了你的当了！

孔祥三说：朱有良，你说话要负责任。

朱有良说：你死到临头了，还嘴硬，你不过是只黄毛鸭子，毛还没长齐就来和我斗。现在，我宣布张雨，姓莫的护士，两个值班的民兵，孔付主任从现在起秘密监禁，不能让外界知道他们关在那里，凡是来找他们的，都进行审讯调查。向全国的公安厅发出通缉令，缉拿李欣，特别是广东省和广州市。在省内发出通缉令抓捕白素玉、李卉。我立即审讯何为，散会。

朱有良本以为会听到李欣的死讯，因为李欣已经被齐长松折磨得只剩下一口气，他要让李欣和李卓然一样不明不白的死在狱中。谁知道半路上杀出了程咬金，一个还没有站稳的政治暴发户，一个一心想在公、检、法占一席之地的野心家，居然想用这个假案冤案搬倒他这个公安局长。这个家伙救活了李欣，还让李欣逃跑了，让他的复仇计划没有得逞，怎不让他气得七窍冒烟，恨不得将孔祥三枪毙。但是，一个更恶毒的念头在他充满仇恨的心里产生了，他要用李欣案击垮孔祥三，让白素玉、李卉死在这个案子里，一石三鸟，报仇报个痛快。

十六、中央信访办

　　白素玉到北京已经一个月了，今天她终于等到了一纸批文。

　　白素玉本想告状告到最高法院去，但是，最高法院大门紧闭，不接待任何告御状的人。有人说像她这种情况，只能将诉状递到中央信访办。中央信访办在北京市永定路西街的一条死胡同里，白素玉找到那地方时，看到上访的人挤满了西街。有人告诉她，要站在自己省份的窗口排队。当她找到湖南省的窗口，又有人告诉她，信访办早上九点开始发表格，中午休息约两小时，下午五点半下班，星期天休息。要她站在队伍里不要动，等着领表交材料。领表格要十几天，一般都是夫妻或父子轮流排队，像她这样一个人上访的要找个搭档或帮手，不然，一离开这个队就白排了。白素玉找到一个老太婆做搭档，轮流排队。上访的人都带着铺盖卷，将铺盖卷铺在地上，困了就在上面躺着。白素玉没带铺盖卷，老太婆就要她睡在自己的铺盖上。渐渐，白素玉也明白了，上访其实是老百姓太相信法律了，北京又不会派人到地方去解决，只是将材料打回地方处理。好些人上访了好几次，回去被打得满地找牙，被没收财物，被关押。她搭档的儿子也被判死刑，这是老太婆第二次上访，第一次她拿到了一张批文，交给地方法院，地方一直拖着，只好又来，只想碰上青天大老爷，为儿子申冤。有人对白素玉说：这上访就像是变戏法，看懂了的人知道是假的，走了。没看懂的还挤上前去看，直到看明白了才走。所以，总是走了一批又来一批。

　　白素玉想即然来了，即使只拿到一纸空文，也能拖上一阵。孔主任也是这个意思，只要拖上几个月，等到他收集到充足的材料，就可以给欣儿翻案。

经过十二天的焦急的等待，轮到她交材料，领表格。等她填好表交上去，又要等十几天才叫号接待。有过上访经验的人告诉她，运气好的话，接待人员会给批文，有的只给一张回执，倒霉的话什么也不给。等到白素玉被接待时，正好是一个留过学的女干部，白素玉用英语介绍了自己，再用中文提出诉求。女干部很同情她，轻轻告诉她：你交来的材料我仔细看过了，只能再发回地方重审。信访办一点也不能解决上访者的问题，唯一能做的，就是听他们的倾诉。她给白素玉的批文是：对运动中犯错误的学生要从宽处理，不能处以极刑。

女干部说：这是我第一次给上访者写了这么明确的批文。

白素玉长长吐了一口气，她对女干部说：碰到你，我没白来，我的儿子有救了！

告别女干部，白素立即买了十月十九日早上九点从北京到长沙的火车票，后天早上九点抵长沙。到了长沙还要去省高级法院，去北京时她在那儿递交了诉状，她要去了解法院是否已经立案。然后乘坐下午二点钟长沙到宝庆的列车，那是一趟快车，晚上九点到家。十月二十一日早上八点，也正好是徐司令给她的一个月假期到期，她会准时出现在医院的办公室里。

白素玉这一个月太疲劳了，她都不知道自己已经有好久没有上床睡过觉。所以，一上火车她就睡着了，一直睡到有人把她摇醒来，告诉她火车已经到站，要她赶快下车。白素玉成了最后一个下火车的人。

快要立冬，夜晚已有几分寒意。白素玉决定先到家里洗个澡，换件衣服。如果可能的话，她还要去一趟志远家，把信访办的批文给他们看，告诉他们省法院已经立案，会派人调查，重新审理。让大家也高兴高兴。

白素玉刚刚打开房门，就有人紧跟进来，问：你是白素玉吗？她点点头，还不及反映，就被带上手铐。她问：为什么要抓我？回答的是：到了公安局你就知道了。

十七、拯救李卉

　　十月二十日，志远和达生结束了为期七天的学习，下午二点，他们搭上从长沙开往宝庆市的火车。晚上十点火车到站，还好只晚了一小时。他们随着下车的人流走出车站，走上大街。这天晚上天很黑，风很大，刚刚结束为时二十四小时的戒严，紧张的气氛还在夜空中弥漫，街上的人都在匆匆行走，志远和达生也不由加快了脚步。

　　志远回到家，宁顺生自然高兴。他把早已准备好的饭菜端上来，看着儿子狼吞虎咽，恨不能将饭菜倒进肚子里的模样不由又爱又怜。

　　三碗下肚，志远问：李卉呢，睡着了？

　　宁顺生示意志远小声点，说：出大事了，李欣从病房逃跑了。然后将李卉留下的信，白素玉从北京寄来的信，孔祥三的黄挎包统统交给志远，再把孔祥三的话复述一遍，特别提起齐小娟。他问：齐小娟知道你们要给李欣申冤的事吗？知不知道李欣妈上京告状的事？

　　志远说：应该不知道，她问过我，最近忙什么，为什么老是见不着我，我说你病了，我要在家看护。她没再问什么，真想不到她舅舅是公安局长。

　　宁顺生说：她不知道就好。你要是不困，我有重要事跟你说。

　　志远说：爸，我不困，你说吧。

　　宁顺生悄声说：你去长沙学习的第二天，我去了工厂，过了一阵，我头痛得厉害，就请假去医院看病。走到机械技术学校的门口，我看到李卉正朝着校门走。我想，她到这儿来干什么呢，就悄悄跟着她。她好像在打听一个人，有个学生领着她走进去，我也跟了进去。学生把她领到家属宿舍的三楼，敲开了左边第二间的门。学生下来后，李卉进去了。大约过了半小时，有学生在下面喊：孟老师，该上课了。

一个年轻的男老师从屋子里出来，李卉也跟着出来了。孟老师匆匆上课去了，我听他说了一句，好像是说你先回去吧，我会来找你的。李卉就回家了，我也到家，问她去了那儿，她说，她一直呆在家里，我心里很生气。心想，对你那么好，还在我面前撒谎。我没说破她。

志远问：那个孟老师，你看清楚了吗？

宁顺生说：看得很清楚，个子高高的，皮肤有点黑，戴着黑框眼镜，很斯文，也很老成，年龄比你大三、四岁的样子。下午，我去医院看病，又看到孟老师，他坐在二楼的长椅上，手里拿着一卷报纸，面对着窗户。他只要把头靠在椅子的后面，就会用把眼睛凑近报纸，我想报纸里一定有个望远镜，他在偷窥着什么。我也坐到那条长椅上，原来，窗口正对着住院部的隔离病房。第二天，我去医院的三楼等我的化验结果，又在三楼看到他，他手里还是拿着一卷报纸，好像在等什么。医院里一天有好几千人进进出出，挂号要排队，看病要排队，交费要排队，领药要排队，打针要排队，还有拍片，化验，做理疗什么的都要等上大半天，大家只顾忙自己的事，谁管别人。我因为盯上孟老师了，就特别注意他。我看到他每隔几分钟就举起报纸筒看住院部的融离病房。第三天就更奇了，我正想找到他，看他还来不。我从窗口往下看时，看到他捂着个大口罩在隔离病房的花径里扫地。这我就奇怪了，他明明是技校的老师，为什么要来扫地呢？昨天早上，我去叫李卉吃饭，发现李卉的信，要我不要打听李欣的事，不要去医院。晚上祥三告诉我李欣从医院逃跑了，我才知道原来李卉早就知道李欣逃跑的事了。我想，李欣和李卉的事，一定与孟老师有关系。

爸，这些事你没和别人说吧？

没有，这事可不能和别人说，这是人命关天的大事。

对，如果真是孟老师救了李欣，我还要谢他哩。他真是个有本事的人，一个好人，我喜欢这样的人。爸你好些了吗？

宁顺生说：身体是好多了，现在又多了一份担心，我真的好担心白医生和卉儿。

爸，别多想了，去睡吧。

自从见到李卉，志远的心就被她勾走了。李卉像甘露一般滋润他渴望爱情的心灵，激起他青春的欲望。她是那样的文静、温顺、纯洁、善良，举手投足一笑一颦都远离世俗，真是动如弱柳迎风，静如梨花带雨。志远感谢上帝把一个这么完美这么可爱的女孩送到他的身边。

志远一回到家就守在李卉身旁，陪着她读书，听她朗读英文诗句。他也给她讲他的童年，他的妈妈。李卉总是兴致勃勃的听他讲，对他的乡下妈妈充满敬意。

这和齐小娟大相庭径。齐小娟瞧不起乡下农民，说到乡下人，她就会用很厌恶的语气称他们"乡里红薯"。父亲说没有乡下人，城里人会饿死。齐小娟却说乡下人很蠢，给她提鞋她都不要。这让志远很反感，因为不喜欢乡下农民，就是不喜欢他。所以，志远对齐小娟敬而远之。

志远从长沙给李卉买了衣服和皮鞋，想让她惊喜一下，想不到她走了。

她会藏在什么地方？孟老师一定知道。但是，孟老师一定不会告诉他。他要像父亲一样悄悄侦查孟老师的行踪，总有一天他会通过孟老师找到她的。志远知道自己已深深迷恋上了李卉，没有她，他的生活将失去意义。

第二天，天还没亮，志远就守候在厅屋里。父亲一起来，志远就求宁顺生带他去认识孟老师，他说他一定要通过孟老师找到李卉。宁顺生拗不过他，答应了。

吃过早饭，父子一起往技校的方向走，在大街上，他们看到了公安局缉拿白素玉和李卉的通缉令，是刚刚张贴的，还散发着油墨的气味。宁顺生犹豫起来，为志远着想，是决不能让他去冒险的。但是，志远想到的是李卉的安危，恨不得立即飞到她身边，将她带到天涯海角。

见父亲犹豫了，志远不顾一切地说：爸，如果卉儿死了，我也会死，你就让我去救她吧。

宁顺生无可奈何，只好顺着儿子，不多时到了机械技校。

学校的次序还没恢复，传达室没人，校门口没有保安，学生像逛街一样出出进进。宁顺生父子很随便就走进了学校。可是，他们一直等到中午，才看到孟柯和另一个年轻的男老师捧着饭盒去食堂。虽然装着很随意的样子，志远还是记住了孟柯的模样，方脸、高鼻梁，走路时身体有点前倾。过了一会孟柯和男老师从食堂走出来，手里拿着空空的饭盒又回到房间。

志远要宁顺生回去，他一人守候孟柯的房间。一个下午过去了，孟柯和男老师除了上厕所，去食堂，就一直在房子里面。志远守到晚上十点半，孟柯的房间关闭了电灯，他才离开。

第二天一早，志远就来到机械技校，他废寝忘食，四处溜达，眼睛盯着孟柯的一举一动。孟柯没走出过校门，他完全可以判断出李卉没有在学校里。志远有点着急，既然李卉不在学校，守着孟柯又有什么用。宁顺生要他不要着急，只要是孟柯把李卉藏起来的，总会和她联系。

第三天，志远恨不得铤而走险，冲上楼去，逼着孟柯交出李卉。

第四天是星期天，与孟柯同住的男老师在八点钟左右骑着自行车出了校门。孟柯挎着黄挎包不慌不忙地锁上门，走下来了。志远远远跟着他，见他路过付食店时，进去买了一大堆零食，又往前走。到了渡口，他站在码头上等船，志远也装渡江的样子等船。他们上了同一条船，下了船是郊外，阡陌纵横。志远虽然和孟柯保持着距离，但是孟柯横着走，志远也横着走，孟竖着走，志远也竖着走，因为离得远远的，孟柯是无法看清楚他的，但他却知道孟走在那里。走了差不多一小时，孟柯进了一个农家院落，没有出来。志远假装找草药在周边转来转去。

天完全黑下来，孟柯才从院落时走出来，后面跟着的正是李卉。李卉走到院子门口就停了下来，孟柯在她的耳边说些什么，说完孟柯匆匆走了。志远冲进院子，一个箭步将李卉拦住，吓得李卉差点叫出声来。

志远将李卉拉到黑暗处，说：总算找到你了，真把我急死了。

李卉说：志远哥，你怎么找到这儿的？我妈呢？你有她的消息吗？

志远说：还没有。李卉，你在这儿很危险，通缉令都贴在马路旁的电线杆上，幸好你的照片和你一点都不像，不然会有人认出你来的。你不能久留此处，跟我走吧。

李卉说：孟柯也这么说，他还没想好把我藏到哪儿呢。

孟柯是谁呀？

我哥哥的朋友。

是不是刚才走的那一位？

是的，你是怎么知道的？你还没告诉我，你是怎么找到这儿来的？

我呀，是孙悟空的化身，我变成一只蚊子，到处飞呀飞呀，终于在他的身上闻到了你的气味。

你跟踪他？

你把我急得几天都没有吃过一顿饭，幸亏我跟踪他才找到你。

朦胧的夜色里，只有李卉的眼睛在一闪一闪，牙齿放出雪白的光芒，就算什么都看不清，志远也觉得自己看清了李卉楚楚动人的脸。

志远哥，你真的是孙悟空，太厉害了。孟柯也特别聪明，十分可靠。你明天去找他，和他一起商量商量，怎么救出我和我妈。你千万别说你跟踪过他，只说是我向你求救，要你去找他的，好不好？

当然，只能这么说。李卉，天已经很晚了，再不走就没有过江的渡船了。放心吧，最多两天，我就会带你离开这里。

志远回家将找到李卉的经过告诉宁顺生，并说明天就去找孟柯。

志远已经几天不吃不喝不睡，找到李卉后，饱吃一顿，呼呼大睡。

宁顺生心事重重：志远对李卉这么钟情，而李卉又是这么一种处境，小小年纪就成了通缉犯，一辈子要东躲西藏，只怕将来难以成婚，反而让志远苦苦相思一场。

想到这里，宁顺生苦笑一下，说：天意难违啊！

孟柯从教室出来，一个男青年对他说：孟老师，你好，我想找你谈件事，不知你能不能抽出时间？

孟柯觉得这人好面熟，仔细想想，昨天和他一起渡江。即然昨天一起渡江，今天又来找我，恐怕善者不来，来者不善。又见他一脸的诚意，和颜悦色，不像局子里的人。

孟柯说：正好我上午没课，你有什么事就说吧。

志远轻声说：请找个好说话的地方。

孟柯带他到自己的房间，原来，这是一个套间，孟柯住在里面。

孟柯将门拴上，说：请问尊姓大名。

志远说：宁志远。今天是受李卉的委托来与你商量李卉的事情。

哦，原来是志远，常听李卉说起你。她的事我正在发愁，你来得正好。

孟柯嘴上这么说，心里不免紧张，李卉毕竟年轻不懂事，在这节骨眼上怎能将他介绍给别人，她还会做出些什么来？

孟柯接着说：风声越来越紧，她落脚的地方离城又近，正想将她转到别的地方去哩。

志远说：地方我倒有，也很安全，就是不知怎么让她平安地离开宝庆。

于是他们商量起具体办法来，孟柯说：李卉即漂亮又洋气，无论走到哪里都引人注目，一定要化妆成普通村姑的模样。汽车火车都不能坐，只能走路。躲藏的地方要远离宝庆城，要偏僻。她年龄小，还要有人照顾。现在是计划供给制，她的粮食户口都无法带走，吃饭是件大事，一定要能够解决。

志远说：这些困难他都能解决，他可以给她买到乡下女孩的衣服，可以用自行车驮着她到他乡下的家里，乡下的家很偏僻，很难得有陌生人进村，他的妈妈可以照顾她，他家的自留地可以种粮食，吃饭不成问题。

孟柯说：这件事必须慎重，万一出现了意外，你会被连累。你准备如何对应突发事件？

志远说：孟老师，你放心吧，就是发生天大的事，我也不会把你说出来。今天还有些事需要整理，明天早上五点，由你指定我在什么地方带走李卉。如果顺利，中午我就到家了。后天晚上，我会来你家。如果没来，你就赶快逃，我一定是出事了。

志远曾多次听父亲说，赶晚不如赶早，但不要在三更半夜单独行走，那样危险。所以，他将时间定在早上五点。

孟柯认为晚上走更安全。

志远说：早上五点天还蒙蒙亮，尤其是初冬早上有雾，更具隐蔽性。到了六点，雾渐渐散去，他们已经离开国道，走到乡下的毛马路上，离宝庆也越来越远。相反，晚上骑车走在乡间的毛马路上，路况差还不说，碰上几个民兵查哨，卡住不让走才会有麻烦。白天看起来危险，其实很安全。晚上看起来安全，其实暗藏危险。

孟柯说：你说得有道理，就按你的办。明天五点见。

十八、白素玉被审讯

　　白素玉被秘密关押在公安局的牢房里，从关进去的那一刻起就接受审讯。

　　审讯她的人问：知道为什么把你抓进来吗？

　　她回答：不知道。

　　女看守走过来用皮带狠狠抽她两下，鲜血从头上往下滴。

　　审讯她的人又问：十月十八日的晚上你干了些什么？

　　她不再回答，她知道，无论她回答什么，结果都是一样，那就是让她死。

　　审讯者说：不回答，是不是？你的行踪全部掌握在我们手里，就看你老实不老实了，老老实实回答问题，会少受皮肉之苦。

　　白素玉说：从九月二十六日到十月十八日晚，我一直在北京。十九日早上坐2次列车回来，刚进家门就被带到这里。

　　审讯者说：有什么能证明你说的是事实？

　　我的火车票，它现在还在我身上。

　　把它呈上来。

　　白素玉递上她的火车票。

　　你为什么去北京？

　　为我儿子申冤。

　　北京为你儿子申冤了吗？

　　白素玉想：我遇到和其它上访者一样的遭遇了，那就是被抓被打被抄家被开除公职。她说：北京给了我批文，省高级法院会重新审理。

　　审讯者一脸冷笑，说：你真是巧言令色，善于撒谎啊。你以为给了我车票，我就会相信你没有帮你儿子越狱。

白素玉简直不相信自己的耳朵，李欣竟越狱了。

她不禁大声喊：不！我儿子不会越狱，一定是被你们打死了，反而说他越狱了。我的儿子一直那么胆怯，那么懦弱，他不会越狱的，不会，决不会。

女看守走过来，一边用皮带狠狠抽打白素玉，一边说：打死你就知道了！

审讯者见打得差不多了，就说：今天的审讯就到这里，明天，朱局长会亲自来审讯你。

朱有良在审讯了何为后，大骂何为是个蠢货。这个平日里看起来没心没肺的冷血动物，竟然是他要李卉来医院送饭，还让她走进病房里，真是被鬼摸了头。现在给他自己带来天大的麻烦，想救他都没门。

其实，何为让李卉送饭是想从李卉那儿多敲点竹杠。那天，那个自称是李欣朋友的小子一下就给了他一百元，相当他两个半月的工资。他想再敲一百元五十元，把下半年的工资存起来，谁知李欣逃跑了，真是流年不利运气差。他不敢把志远进过病房的事说出来。不说出来，他只是失职，说出来，他是犯罪。他天天在心里求菩萨保佑，千万别让朱有良抓住李卉，他特别害怕李卉会把他受贿的事暴料出来。

朱有良分析案情是：这是一次蓄谋已久的越狱，从白素玉装病请假的那一天开始实施。先让他去学习班去，接着由孔祥三亲用车载着李欣离开监狱保外就医。再安排张雨成为李欣的主治医生，然后李欣像空气一样从病房里蒸发出去。一切都安排得井井有条，天衣无缝，好像偶然发生的一般。

然而，李欣不可能在没有外援的情况下逃走。理由是，何为一定是服了安眠药才会睡得那么死。虽然没能从何为的茶缸里检查出安眠药的残渣，但是又有谁会在睡足八小时后还叫不醒的呢？那么安眠药是从哪里来的呢？还有，李欣的镣铐到底是用什么打开的？是人们传说中的万能钥匙吗？谁为他准备的万能钥匙？只有李卉将安眠药和钥匙放进饭里，并设法挡住何为的视线，李欣才会轻松地拿到安眠药和钥匙。趁何为出去吃夜宵，李欣将安眠药放进何为茶缸，等到何为喝完茶睡着了，用钥匙打开镣铐逃走。这是最佳逃走方案，李卉是李欣越狱的第一个帮手。那个三更半夜打开医院北门来接应李欣的人，对医院周边的环境很了解，对何为的行为很了解，对医护人员进出病房的时间了如指掌，甚至还掌握了天气的变化。这个人不是张雨就是白素玉，是李欣越狱的第二个帮手。

医院北门外的砂砾路直通郊外的国道。一到夜晚人迹罕至。那天黎明时分下起大雨，天亮时路面上什么痕迹都没有留下。李欣选择这个时间这个地点潜逃，确实是占尽天时地利人和。

朱有良进一步分析：帮李欣逃走的人，是一个有经验的，心理很强大，坐过牢带过镣铐的人。这个人甚至有过越狱经验，是李欣越狱案的总指挥。此人非孔祥三莫属。

孔祥三在文革中坐过牢，越过狱，曾单枪匹马救过几个省级干部和文革头头，指挥过大规模的武斗。当上革委会副主任后，自恃位高权重，连朱有良都成了他手中的一颗棋子。何况他喜欢读刑侦小说，凡事喜欢推理，喜欢唱运筹帷幄之中，决胜于千里之外的高调。至于他为什么要救李欣，朱有良认为他已知李欣是一桩冤案，想用这个案子整垮自己。幸亏老天站在自己这一边，又给他机会，让他在收拾了白素玉，李卉之后，再收拾他孔祥三。

也有办案员说，孟柯曾经和李欣同在死牢关过，现在他释放了，会不会是他在帮李欣越狱呢？孟柯是机械师，造个万能钥匙对他来讲是小菜一碟。

朱有良说：孟柯胆小如鼠，受人诬陷被判了死刑都不敢上诉，这样的人敢帮犯人越狱吗？同志，只要抓住了白素玉和李卉，就能从她们的嘴巴里找到李欣越狱的罪证。

为了抓住白素玉和李卉，医院和火车站的周围已经布满警力。

就在这时，潜伏在白素玉家里的干警向他报告，白素玉刚刚回家就被抓获，这真是老天爷都要让白素玉去死。

朱有良看看手表，时间已近午夜。他恨不得立即去审讯白素玉亲手将她抽个半死。不过，这种享受可以等到明天，等到他养精蓄锐有了力气和好心情。

朱有良躺在床上，心里很亢奋。他就弄不明白，为什么到了宝庆城，他要风得风，要雨得雨，他想什么就来什么。譬如：他一心想进公安局，他转业竟然安排在公安局，还当了局长。当了局长后，手里有了权力。他一心想着要用什么罪名害死白素玉一家。不料文化大革命开始了，极左路线使白素玉一家成了俎上鱼肉。几个月前，李欣竟然不知天高地厚参与武斗，还被抓进房子里。有了现成的罪名，让他不费吹灰之力，就以杀人犯的名义将他置于死地。他正想着要用什么更恶毒的手段，让白素玉母女以触犯法律的名义去死，李欣越狱了，等于把母亲和妹妹送到虎口里。总之，他想要李家死绝，李家就会死绝。

朱有良想：这也许是爸妈、哥的在天之灵冥冥作祟，他们何尝不像我一样时刻都想着报仇雪恨呢？毕竟，让他们等了二十二年，这二十二年我的心也天天在流血啊！

十九、朱家父子遭遇窃贼驼背

1945 年八月，刘梅香将毕生聚集的巨额财宝托于妹妹刘桂香，要妹妹、妹夫帮她藏匿起来。

刘梅香刚刚离开，朱老大就对刘桂香说：老婆，你不是一生都在埋怨没有你姐姐的命好吗？现在机会来了，我们何不带着这些财物，离开桃花镇，远走高飞，去一个她找不到的地方去享福呢？

刘桂香说：老大，你可不能做这种没良心的事，这是我姐姐的棺材本。

朱老大说：什么棺材本，她儿子在美国读博士，将来还养不起她？她的棺材本是卓然。

刘桂香说：老大呀，姐姐待我们不薄，以后还要帮我们置房置地开照相馆，我们又何必黑了她的钱财，一辈子躲躲藏藏的过日子呢？

老大说：你不要相信她的假话，她丈夫做官时，家里的银元是用斗在量的，她又给了你几个钱？这几年连年打仗，老百姓没饭吃，还有谁喝酒吃糖。家里的生意一年不如一年，这几年更是坐吃山空，再不想个办法，就只能把这作坊卖掉，卖掉作坊儿子们又拿什么过日子？。

这时，朱有康对刘桂香说：娘，我也想去美国留学，将来好让你和爸过好日子。可是，我们家没有那么多的钱。有钱人和没钱人是不一样的。现在这么多的钱就放在我们眼前，就算你不为自己想，也为儿女想一想，有了这些钱，我们想做什么就能做什么。你不认为这是天赐良机吗？

有良说：娘，我也听说人无横财不富，马无夜草不肥，我们要是搞到姨妈这些钱，就发横财了。

刘桂香说：有康，有良，你姨妈与盖世魔王陈桂中亲如一家，她的钱就是陈家的钱，她钱丢了，陈桂中会放过我们？

老大说：你姐姐把钱财托付于你，而不给陈桂中，明摆着就是你比陈桂中亲。陈桂中在这几年明里暗里不知搞了她多少钱，她都恨死陈桂中了，怎么会把钱财藏在我们家这件事告诉陈桂中。刚才的事你都看到了，就是告诉陈桂中，她没有放一个钱在我家里。

刘桂香又说：现在兵荒马乱的，带着这么多财宝往哪里走哇！

老大说：老婆，我天天都在想，你姐姐要是托我把钱财藏起来，我就有办法黑了它。办法我早就想好了，就等她的钱来。

有康说：爸，你真是南阳诸葛亮，有先见之明，快把办法说出来吧。

老大说：从前生意好的时候，我们不是要挑着麻糖去衡阳的南货铺去卖吗？我把这些财宝融进糖里，装在皮箩的底下，上面盖上麻糖，一路挑到衡阳去。到了衡阳搭火车去广州，到了广州去香港，到了香港去南洋。莫说陈桂中，就是蒋总统都抓不到我。

刘桂香说：衡阳正在打仗，你去找死。

老大说：就是打仗才安全。你想想，衡阳正在打仗，又有哪个认为我会冒死往衡阳走呢？以后查起来以为我只会往重庆走，会把他们引到重庆去破案。老婆，人为财死，鸟为食亡。我就是死一回，也要把这些财宝黑下来。

有良说：爸，一路上要是有人来买麻糖怎么办？

老大说：你真是个莫出过门的傻崽，我是送货的，怎能卖老板的糖。

有良说：要是遇上土匪怎么办？

老大说：呸呸，小孩子，讲话口无遮拦。土匪怎么会抢糖，就是碰到了，给他们几块糖就打发了。这些年有钱人都被土匪抢光了，我们穿得破破烂烂，土匪以为是苦力，不会被抢的。怕只怕抓壮丁，不过，抓了可以逃嘛。

有康说：爸的办法很好，想得也周到。就是妈和妹妹不能与我们一起走。妈是小脚走不动，妹妹年幼没力气。

朱老大说：我们到了衡阳安顿好后，我立即回来接你妈和有凤。她们去衡阳就好办了，可以搭上汽车，此去衡阳三百里，坐汽车只要大半天就到了。

有康说：爸，那我们还等什么，赶快烧火熬糖吧。

刘桂香见丈夫和儿子都铁了心，也不再说什么。朱家立即关上大门，里面如过节一般。父子三人熬糖，母女二人宰鸡宰鸭，再煮上几十个鸡蛋鸭蛋，几升米饭。两副皮箩各重百余斤，父子三人要走两天两夜才会到衡阳，一路上哪能不吃饭。刘桂香将米饭用竹筒装好，鸡鸭加油盐炸酥，鸡鸭蛋伴香料卤过，放在皮箩里。这期间有凤偷偷从首饰堆里拿走一只耳环，那是一只呈"S"型的金凤凰，凤凰头朝下，嘴里含着一颗碧绿欲滴的翡翠。有凤将它藏在贴身的肚兜里。

父子三人吃饱喝足，所有财宝都用饴糖包裹得严严实实，看不出半点破绽。再将饴糖放进皮箩，为遮人眼目，在饴糖上又加上薄薄一层稀糖，再把香喷喷的麻糖放在稀糖上溶在一起，路人再也看不到饴糖，只当皮箩时装的是麻糖，又薄又脆的麻糖下面又能藏什么呢？到了酉时，天已麻麻黑，老大看看周边无人就要有康有良挑上两副皮箩，自己随后紧跟，从东边的小路往衡阳急急奔去。

从桃花镇到衡阳有一条青石板铺成的路，名叫通衡路，路长三百里。五百年来，恐怕是全中国距离最长历史最久的石板路。它不像通衡衢道车水马龙，也不像城镇间的大路人流如涌，沿途少有商铺酒店，也没有茶马古道繁华热闹。它就是蜿蜒在崇山峻岭之间的一条由青石板铺成的人行小路。它自古以来每隔十里八里，便有一个集市。集市上几十户人家，都是做山货生意的，开客栈的和经营小饭店的，通衡路像一条长链将沿途三十个集市串起来。以往这条路上人来人往，集市更加热闹。如今衡阳正在打仗，便冷冷清清的，显得过于寂静。

朱家父子三人铆足了劲，快步如飞。那天月色正好，溶溶月光照在静悄悄的山间小路上，青石板上泛着淡淡的白光，像巨大的路标伸向远方。山风凉嗖嗖的吹过，山树在摇曳着，发出沙沙的响声，偶尔，山林传出枭鸟的号叫，野兽的呼唤。

朱老大不时回头看看，总觉得有个人跟在后面，那也许是个赶夜路的人，离他们很远，好像不想靠近他们。就这样，父子三个轮换着挑着皮箩逢山过山，逢水过水，不觉走到了天亮。这时他们已经过了宝庆，走进了衡阳地界。

朱老大抹了把汗说：大宝，二宝，趁着路上人少，我们歇一下脚，吃过早饭再赶路。于是父子在路边选了个平坦点的地方歇息。慢慢地这路上也有三五人结伴而行，渐渐有了人气。

通衡路到了衡阳地界，山更高，路更陡，南岳七十二峰像一支支宝剑直指蓝天。幸好天气晴朗，山风又大，赶路的人只顾低头看路，没有人多看他们一眼，倒也让朱老大心里十分安然。

到了下午，他们听到了远处的枪炮声，时而由远而近，时而由近而远。路过集市，又见做生意的做生意，做工的做工，显得平平淡淡，好像战争离他们很远很远，让朱老大有了继续东进的勇气。

走了一天一夜后，三人都觉得力气已经耗尽，于是放慢了脚步，走走停停，每爬上一个山头便要歇一阵。站在山头上往下看，朱老大还真吓了一大跳，那个昨天夜里跟着他们的人，今天夜里仍然跟在他们后面。虽然看不清那个人的脸，但是那双眼睛特别亮，在漆黑的远处，有如狼的眼睛闪闪发光。

大宝，你好好往山下看看，看那是人还是野兽？

爸，那是个驼背，你看他走路的样子，驼峰一耸一耸的，脚还有点跛。

大宝，这就更不对劲了，你想想，我们这一路走得像风一样快，平常人都追不上，他一个又驼又跛的人又怎么跟得上呢？

爸，确实是个驼背。

大宝，那更蹊跷，刘梅香家有个武功高强的保镖是驼背，听说那人有一绝活，十步之内，能置人于死地。会不会是刘梅香派来的眼线？

有康说：有可能，爸，赶紧甩掉他。

父子三个便又打起十二分的精神，不要命的飞奔，一路上只听到呼呼的风声和吱呀吱呀的扁担声。翻过了几个高山，走过几个集市，便又是旭日东升。他们身上的担子越来越重，脚步越来越沉，嘴里喘着粗气，只得放下担子歇一阵，顺便吃个早饭喝口凉水。

半顿饭工夫，他们就看见驼背从山下往上走，转眼又不见踪影。

朱老大说：这个驼背是冲着我们来的，就不知他是不是刘梅香家的保镖。

朱有康说：爸，先不管他是那条路上的，跟了我们两天了，不就是他一个人？等到了僻静处，我父子三个用扁担打死他。

朱老大说：这样最好。

傍晚，朱老大父子已经到了衡阳城外。这时的衡阳城里火光冲天，炮弹划过天空发出隆隆的响声，国军正包围着整个城市，迫使日军投降。

二十、抗战胜利的那一天

衡阳城是进不去了，老大只好就近找一家客栈安顿下来再说。

朱老大看好客栈后并不急着进去，在客栈周围转了半个时辰，一则是看后面是不是还有人盯梢，二则看客栈的门窗是否防范甚好，三看客栈来来往往是些什么人。

天完全黑下来时，老大觉得时候已到，领着两个儿子住进客栈。有康说：爸，你也太小心了，我们挑进来的是麻糖，太过小心反而让人怀疑。

老大说：也是，不过小心使得万年船，还是小心为好。

有良已经累得不行，说：爸，早点睡吧。

老大说：你们把门窗关好，我还要向客栈老板要只猫来，不然老鼠会来偷糖吃。

有康不由暗暗佩服父亲细致周到。他说：爸，你去吧，我去给你烧洗澡水。

有康在伙房烧好水，想叫一声父亲下去洗澡，抬头看到客房窗外好像有人在向里窥视，他揉了揉眼睛想看个究竟，窗外黑咕隆咚，什么也没有。有康也好疲倦，眼皮正在打架，心想是自己眼花看走了神。

朱老大借猫回来将四只皮箩迭在床头，将猫拴在皮箩上，自己躺在皮箩的旁边，两个儿子已鼾声如雷，他还在想着明天的行程，无法入睡。

第二天一早，老大对儿子说：我去外面转一转，看看有没有办法进城。我走后你俩用桌子堵住房门，只准守在这间屋里，不许出去。

有康说：爸，我们知道。外面正在打仗，你也小心。

老大从前挑着麻糖在衡阳城里走街串巷，对衡阳城了如指掌。不过，这一天国军把衡阳城围个水泄不通，他无法通过封锁线。城里的大火已经熄了，枪炮声也稀稀拉拉的，战争好像进入了胶着状态。

老大回到客栈见儿子们守在财宝旁边，自己困得两腿站不住，倒在床上一直睡到第二天日高三丈。

这一天好像特别宁静，没有枪炮声，也没有人喧哗。老大说：今早好像没打战了，只要没有当兵的守在城门口，我就有办法进城。

儿子们都说：爸，你早去早回。

老大走到城门口，觉得今天怪怪的，城门大开，安静得让他心生疑惑。他刚走进城内。忽然炮声惊天动地，他以为战争在他身边突然暴发，吓得抱住头躲进角落。待他定睛看时，原来家家户户放起炮竹，人人笑逐颜开，有人从家里搬出香案，点燃香烛朝天叩拜，有人捶胸顿足，痛哭流涕。有人朝城外奔去，说是要将父母接回家来。朱老大拦住行人问：城里发生什么大事了？行人说：你没有听广播吗？刚才市政府在广播里宣布日本人投降了，要我们赶快行动起来，重建家园。

日本人投降了！朱老大一下了懵了，这真是让他又是欢喜又是担忧，而且，担忧远远胜过欢喜。这意味着时局就会安定下来，刘梅香就会从雪峰山回来，她就会将财宝要回去，他的发财梦就会化成泡影。乱世好发混财，它只要还多乱几天，这财他就到手了，真是人算不如天算。

老大象街上很多人一样一路飞奔，他要赶快走到自家在回雁路上的南货铺，如果南货铺没被战火摧毁，他儿子和财宝立刻就有了安身之处，他们全家就有救了。不幸的是当他到达回雁路时。回雁路已成灰烬，有的地方余火还在燃烧。原来前几天衡阳大火，烧的竟是他家的店铺。老大一庇股坐在地上，脚软得站不起来，真是欲哭无泪。半天，他站了起来，心想只要我瞒下刘梅香的这一大笔财宝，一个小小的铺子烧掉了又算什么？此时，从不信佛的他，双手合十，虔诚地求西天佛祖保佑。

有康兄弟正在翘首盼望父亲归来，见朱老大急匆匆奔上楼来，进屋将房门关紧，说：日本人投降了！

有康大吃一惊，说：日本人怎么在这个节骨眼上投降呢？他晚几天就不行吗？

老大说：废话少说，我得赶紧回家把你妈和妹妹接到衡阳来。我算了一下，日本人投降的消息刚刚发布，陈桂中只会比我知道得晚，不会比我知道得早。等他在深山老林知道日本人投降了，再带着几万老弱病残从雪峰山下来到桃花镇至少要三天。我立马去找汽车，搭车回家今晚就到桃花镇。明天一早，我们再搭车回衡阳。最晚也是明天傍晚到，等刘梅香到桃花镇，我们已经去了广州。

有康说：爸，我和有良这几天就住到南货铺去。

唉！老大长叹一声，说：儿子，我急得连大事都忘记告诉你们，铺子被日本人烧掉了，我们现在什么都没有了，就靠眼前的东西过以后的日子。所以，你兄弟要寸步不离守住这些东西，待我明天回来，我全家一起去广州。你俩都很懂事，我也不多嘱咐，有良要听哥哥的话，有什么意外，你俩商量着办，不必等我回来。

有良说：爸，你别回去，要是明天你不回来，我怎么办？。

老大说：这也是没办法，我不能丢下你妈和你妹啊。

老大说完就到公路上拦西去的汽车。那时衡宝路上塞满军车，老大化了五倍的价钱搭上去芷江的军车，一路塞车，走走停停到深夜十二点才到桃花镇。

老大敲开家门，刘桂香说：哎呀，我的夫啊，这几天我的心像敲鼓一样嘭嘭响，一刻都没安宁过。上午听街邻说日本人投降了，他们欢喜得放了好多炮仗。我也欢喜呀，就是心里高兴不起来。我好担心我姐姐坐着马车朝我奔来，向我要东西啊！

老大说：老婆，别急。你姐姐最早也要明天夜里到桃花镇，我们明天一早就搭车去衡阳，公路上军车多的是，只要能搭上车我们就远走高飞了。

刘桂香说：我们现在就走啊，我心里不踏实得很呢。

朱老大说：我即回家了，也要歇口气。你去把全家人洗换的衣服打点好，把值钱的东西包扎起来，帮我弄点吃的，我一天水米没沾牙，都快饿死了。

刘桂香赶紧烧火做饭，老大吃饭时，她又去打点东西。老大吃完说：我去睡会，天亮喊我。

老大虽然精明，却从未在军队呆过，他不知陈桂中随身带着电台，通过电台他已于八月十四日知道日本人投降的消息，并率领逃难的百姓返回家园，比老大早走一天。

这次逃难，号称十万百姓实际不足三万人，都是城中的老弱病残。陈桂中号称有三万士兵，实际不足两万。已有一万士兵调往衡阳参加衡阳保卫战，六千士兵驻守宝庆城，他亲自率三千士兵守护百姓往西边的雪峰山避难。他将百姓按乡、保、里、甲编成团、营、连、排、班，由官兵们任长官，每到一处都有先遣部队安排住宿，士兵们上山砍柴，埋锅做饭，给百姓分配饮食，烧热水给大家洗澡洗脚。随百姓一起走的还有十卡车粮食，这些粮食军民共享。一路上不准喧哗，不得打架斗殴。士兵只许露营，不许进入百姓家里。不管是兵是民，如有偷盗抢劫强奸妇女立地枪毙。因为纪律严明，一路上军民次序井然只管赶路。

到了十五日晚，逃难的军民们已经走了两天，百姓中那些实在走不动已被军车带走，队伍比来时走得快多了，只差二、三十里就到了桃花镇。随行的马车，坐的都是达官贵人的家眷，如今个个归心似箭，也由她们各自先走。刘梅香带着两个马弁，一路飞奔到离桃花镇不足十里之处，因为天太黑，马车上的汽灯又坏了，只得找户人家借宿一晚。

第二天一早，老大有点睡过了头，刘梅香又太心急，在老大还没起睡醒时已经赶车上路，在老大一家正要出门时将他全家堵在门口。

到了上午，陈桂中的大队人马也到了桃花镇。老大夫妻插翅难逃，碎尸万段的厄运，也正合了他们在神明前的诅咒。

二十一、有康惨死，金梅花失窃

有康兄弟在客栈里等了父亲五天，仍不见父母归来，真是坐卧不安，心急如焚。这天有良去伙房烧水，与驼背人打了个照面。这一次有良将他的脸看清楚了。那是一张奇羞无比的脸，甚至可以用"恐怖"二字来形容，眼睛很大，向外凸出，鼻梁挺直，还是个鹰勾鼻。那驼背平日总低着头，生怕别人看到他那张丑陋的脸，刚才正好仰起脸来看门外，不想与有良四目相对，碰个面对面。

驼背赶紧低下头，从有良身边走过去。天还很热，驼背却穿着一件黑色的粗布长衫，腰间扎条罗布汗巾，汗巾上别着一支竹笛。有良看到他驼峰一耸一耸，脚一跛一跛的，觉得十分可笑。

有良走进屋后将看到驼背的事告诉有康。

有康问：这个驼背是不是刘梅香家的保镖呢？

有良说：不知道，我没有见过李家的驼背。这个驼背长着高鼻梁，鹰勾鼻。

有康想起父亲说过：这驼背是冲我们来的，就是不知道他是哪路神仙。他不是刘梅香家的保镖，又会是谁？总之，他一路跟踪，必定不怀好意。便对有良说：我们要盯紧他才行，要弄清楚他为什么总会和我们碰撞在一起。

有良说：哥，我出去转几圈，看看那驼背住在哪间客房。

有良走后，有康踱到窗前，客房有前后两个窗户，前面的窗户对着走廊，无隐私可言，有康总将竹帘拉紧，不让人看见屋子里面。后面的窗户下，一片荒野延伸到连绵起伏的群山。有康常常立在窗前看云聚云散，霞飞霞落，不曾见有半个人从眼前经过。眼下正是立秋时候，天气十分闷热，风从后面的窗吹进来，随风飘进来的是笛声，悠扬、婉转、凄楚，时高时低断断续续，好像要将人带往永恒的悲哀。

有康站在窗前想起在家的日子，平时这个时候，他正躺在自家后院的藤椅上吃着西瓜，享受着凉风吹过的惬意，那日子其实也是蛮快乐的。自从参加表哥卓然的婚礼，他对人生有了全新的认识，盛大的婚礼，豪华的舞会，香车宝马，美女如云，让他震憾。尽管在打仗，尽管有很多人因为战争而流离失所，表哥仍然过着豪华奢侈的生活，他不吃西瓜吃冰淇淋，不坐椅子坐沙发，不吃粑粑吃面包，面包上抹着黄油和果冻，那么讲究那么有气派。自己长得一点都不比表哥差，过的日子比起表哥来有多远差多远。人争一口气，佛争一柱香，最可气的是表哥无论走到那里，人们都恭维他，他是那样的体面，那样的神气活现。有康原本认为自己过得不错，在小小的桃花镇上，他什么都比别人强。他常常讥笑长工们，说：我要是像你们一样，一生一世做穷人，我宁愿去死，你们哪，枉来人世走一遭。现实却跟他开了一个玩笑，从参加婚礼的那天算起，三年过去了，他的家境一年比一年差。如果再这样下去，别说做个体面的有钱人，还要卖掉作坊，去给别人当长工。

有康越想越来气，真是人比人气死人哪！这时，有良从外面进来，走到窗前来透透气。他听到笛声，说：哥，这是驼背在吹笛。

你怎么知道？

我看到他腰间别着笛子。

可是，你听得到声音，却看不到人，他在哪里吹呢？

很远很远。不过，他吹得真好听。

有康问：找到驼背住的客房吗？

有良说：我问了老板，老板说，就住在我们隔壁。

就住在隔壁？这让有康大吃一惊，有康说：有良，我们回家去吧。

有良说：你疯了，辛辛苦苦地挑来，现在又挑回去，我宁愿再等几天，也不想挑回去。

有康说：有良，我问你，如果驼背是冲着这些财宝来的，他会是谁派来眼线？

有良说：肯定是刘梅香，说不定就是她家的驼背。那个老妖婆，怎么会傻到把财宝交给父亲，她又不是不了解父亲的为人。原来，她这么做是留了一手的，派了个眼线在暗中盯梢，这样，她的财宝就不至于丢得不明不白无影无踪。

有康说：所以，我说我们回家去，因为我们早就被线人盯住了。而且，这驼背鬼鬼祟祟，听他的笛子就知道他不是寻常人物。

有良说：哥，我们就不能想办法甩掉他？

有康说：不能，我们只有把他干掉，才能断了刘梅香的眼线。弟弟，我们原本只为谋财，现在又要杀人，你敢不敢做？

有良说：哥，我听你的。

有康说：我们是两个人，他是一个人。我俩年轻力壮，他是个残疾人。他倒是不可怕，就怕节外生枝，被人发现。

有良说：这几天里，客栈的人陆陆续续地走光了，就剩下我们兄弟和驼背。

有康说：爸常说，小心使得万年船，还是小心点好。弟，要做得干净利索，就要先做功课。今晚我盯着他的房门，看看该从那里下手。

有良说：哥，我守在客房里，不让别人进来。

兄弟俩商量过了，便关上房门睡觉。

这是一个青砖四合院，上下两层，中间是天井，四面走廊相通，四角都有楼梯。

有康兄弟住在东厢房靠南的那一间，房门紧靠南边的楼梯。驼背住在东厢房靠北的那一间，房门紧靠北边的楼梯。平时，有康兄弟从南边下楼梯，穿过南边的走廊出大门。驼背从北边下楼梯，穿过北边的走廊出大门。两人都昼伏夜出，虽然住隔壁，却也从未碰过面。

当弯弯的月亮升起在西边的天空时，月光照亮了二楼上东边的走廊。等到凌晨 2 点，月亮才慢吞吞的移到东边，这时东厢房的屋檐遮住了月光，走廊漆黑一团。躲在南边楼梯的有康看到东厢房北边的门悄悄打开了，驼背从门缝里钻出来，蹑手蹑脚地来到南边客房的窗下，将眼睛贴在窗上向里窥视。客栈里，凡朝着走廊开的窗户都是格子窗，里面挂着竹廉拦住外面的视线。按理就是贴在窗上往里瞧，除竹廉什么都看不见。可是这个驼背看了足足半小时。天快亮了，驼背从北边的楼梯下去小便，然后回到自己房间。

见驼背没有再出来，有康才回客房。有康肯定驼背是刘梅香的眼线，别无选择，只能先下手为强，他决定今晚动手。

第二天上午，有康从外面买来一根粗麻绳，进屋后，他关上门对有良说：我要用这根麻绳勒死驼背，然后，将他从后窗推下去。我们再用麻绳把自己从后窗吊下去移走死尸，人不知，鬼不觉，将驼背抛尸荒野。

下午，有康从客栈里要了几个菜和一壶酒。有良说：哥，我们盘缠不多了，还欠着客栈的房钱，干嘛还要喝酒吃肉？

有康说：你哥我念书念到高中毕业，本想继续深造，谁知暴发了抗日战争，家境每况愈下。我也曾向刘梅香借钱读书，她说已经借给我家好多的钱，不肯再借。她家有这么多钱，却不愿资助我上大学，这也是我恨她的原因。我不想杀人，现在又是她逼我杀人。我恨死她了。上午去买麻绳的时候还在想，要不要把这些东西还给她，我只她要十朵金梅花，有了十朵金梅花，我们家就可以过得很好。可以肯定，她不会给我，因为钱财就是她的性命。如果我有更多的金梅花，刘梅香什么都没有了，岂不是大快人心。有良，我们一定会成功的，我们就要发大财了，在这关键的时刻是决不能手软的。所以，我要提前庆祝一下。来，喝酒，干杯！

有良说：哥，你是喝酒壮胆吧，我什么都不怕，你胆虚什么？

有康说：算你说对了，你比我胆大，比我狠，比我毒，爸一向夸你比我有胆识，将来比我有出息。

那天下午，有康喝了好多酒。他特别兴奋，自比了很多很多历史人物，恨自己生不逢时，怀才不遇，沦落到杀人越货，不为人齿的地步。他时尔抚掌大笑，时尔仰首长叹，时尔低声啜泣，时尔将有良紧紧抱住，痛苦的泪水如缺堤的水倾泻而下，有如生离死别一般。

有良只当他喝醉了，喝醉了的有康特别英俊，单纯，就像个可爱的大孩子。那一刻有良特别的爱哥哥。后来，有康歪歪斜斜倒在床上，他说：有良，你给我记住，我最爱的人是你，最恨的人是卓然。

这句话让有良惊讶，为什么要恨卓然呢？他好想好想问个清楚明白。可是，从窗外传来的笛声那么优美动听，将他的心深深吸引，他什么也不想问，什么也不愿想，只想将那旋律刻在脑海里。

到了下半夜月亮西沉，客栈里幽深黑暗，悄无声响。酒醒后，有康一直躲在南边楼梯边，只露出半个脑袋。他在等待驼背从屋里出来，如果再不出来，他就装病诓他出来，然后将他勒死。总之，驼背今晚死定了。

就在他想入非非时，他被人重重一击，从楼梯上滚了下去，再也没有醒过来。

有良一直守在皮箩旁，有康说没有听到他发出的猫叫声，千万不能离开皮箩半步。这时，猫叫了。他打开门，还来不及看明白，就倒在地上，失去知觉。

等到他醒过来，天已蒙蒙亮，有良看到屋里麻糖散落一地，四只皮箩却不见了。有良的脑海一片空白，已经什么都不能想了，头痛欲裂，用手一摸，一手的血，衣服上，地上全是血。再看看房间里，房门大开，后面的窗台上绑着哥哥昨天买来的新麻绳，麻绳一直垂到地面上，显然是有人偷走全部财宝越窗逃走了。

哥呢，哥在哪里？有良模模糊糊地记起一些事。他支撑着自己，习惯的往南边的楼梯走过去，他扶着扶手艰难地一步步往下走，刚下完楼梯，他看到让自己永生难忘的悲痛欲绝的情景：有康躺在血泊中，眼睛睁得大大的，嘴也是张开着，像是受了巨大的惊吓。

有良几乎是一个趔趄跪倒在有康身边，他握住有康的手，大喊：哥，你怎么啦？你不能死啊，不能啊！

有良像狼一般嚎叫哭喊，惊动了客栈里的人，大家都围拢在有康的身边，有两个好心人还想把他救活，可惜回天无力。

老板说：已经没气了，报官吧。

一会警察、甲长、地保都来了。警察将有康的头部仔细验过后说：是被人从背后用铁弹弓打死的，弹弓离头极近，最多三尺，铁弹子进了脑袋了。

警察又仔细看过有良的伤，说：你也是铁弹弓打伤的，弹弓离你足有四尺，铁弹子只伤了你的头皮，没有进你脑子里面，算是捡了一条小命。

有良伤心欲绝，嚎啕大哭，几乎哭昏过去。

警察等有良平静点，开始做笔录，才知道这是一桩谋财害命的大案，财宝之多足可以轰动全国。

于是衡阳警署请高手画了驼背的面相，到全国各地缉拿。

客栈老板自认倒霉，免了有良的费用，还给他两块银元让他安葬有康。

有良买来一辆板车和一张草席，用草席裹住有康，沿着衡宝公路拖着哥哥的尸体回桃花镇，他要让父母和妹妹再见有康最后一面。

到了桃花镇，有康的尸体已高度腐烂，臭气熏天，大团大团的蛆从板车上往下掉。有良直接将板车拉到自家的坟墓，对着有康磕三个头，说：哥哥，你在这稍等，我去叫来父母和妹妹与你团聚。

有良回家，还没走进家门，便有好事的邻居将他家发生的事一一告诉他。有良面色发青，竟没有一滴眼泪。他再一次回到自家的墓地，将草席掀开，抹去有康脸上的蛆虫，有康的脸已经腐烂得不堪入目，他看到了最丑陋的有康。然后，叫来几个要好的邻居和杵作将有康埋了，便北上寻找有凤。

二十二、朱有良利用权力迫害白素玉

如果时光能够倒转，有良宁愿回到抗战胜利前的在桃花镇过着的平静安逸的日子。

解放前夕，流浪汉朱有良在汉口找到当妓女的妹妹有凤，有凤果然被国民党伤兵卖给妓院。兄妹相见抱头痛哭，有凤将刘梅香逼着父母发毒誓的情景告诉有良。有良说：娘的誓言我能理解，爸的誓言也太毒了一点。

不过，他们又怎么会去恨父母？兄妹俩将家破人亡的仇恨统统算在刘梅香身上。

以后，有良一直想着要用什么办法替有凤赎身，正好，汉口解放了。

这是改朝换代地复天翻的巨大变化，一个时代带着伤痕和罪恶过去了，另一个时代迎着曙光，沐浴着春风开始了。旧的政治被打得落花流水一去不返，新的制度如旭日东升势不可挡。有钱人一夜之间变成穷人，穷人一夜之间发了个小财。当官的随着逝去的旧皇朝变成阶下囚，平民百姓又成了新一代的大官小官。一个崭新的时代意味着可遇而不可求的大好机会，也难免英雄末路，沉渣泛起。脑袋瓜子灵光的人看到了自己崭新的人生。路就在脚下，勇敢地冲上前！

解放了，聪明的朱家兄妹找准了自己的人生道路。走投无路的有良参军当了解放军。他年轻有文化，脑子灵活，机遇又好，到了部队如鱼得水似鸟归林。他本来只会做个太平年代的战士，要想升官还得慢慢往上爬。谁知爆发了朝鲜战争。他又随部队赴朝作战，55 年从朝鲜归来已经是部队营长。

刚解放时，南下女干部们到妓院解放妓女，很多妓女呆在妓院里不肯出去。有凤却当着女干部的面，重重地抽了鸨母几个耳光，字字血声声泪控诉鸨母的罪行。如果她不是妓女，那一天她就入了党。之后，她被安排在妓女管教所当了小干部。妓女管教所解散后，上级见她工作积极，安排她更好的工作，有凤却回到了宝庆。一则她要隐瞒住她做妓女的历史，更重要的是她要找刘梅香报仇雪恨。

　　不幸的是，父亲的毒誓如魔鬼一般如影随形。56 年夏天，朱有良带部队到野外拉练，那一夜他伏在又湿又热的土堆上，身上爬满了毒蝎子，他咬紧牙关不动弹。直到部队发出佯攻的信号，战士才发现他们的营长已经被蝎子蜇得昏迷过去。

　　朱有良被送进医院抢救，他被救活了，阴囊却肿得比蓝球还大，为了挽救他的生命，医生切除了他的睾丸，他成了阉人。

　　朱有良认为他的身体给他蒙上巨大的耻辱，他不想再呆在那只有雄纠纠的男性才能呆的野战部队，转业回到宝庆市。

　　有凤回宝庆后做了街道干部，她的美貌与年轻征服了南下干部齐长松。齐长松抛弃了在东北的结发妻子，娶了朱有凤。然而，朱有凤也有难言之隐，做妓女时她流过产得过花柳病。她背着丈夫去医院检查，医生说她再也不能生育。看到丈夫疼她爱她，对她言听计从，她越发想替丈夫生个儿子。齐长松每问到这个月是否怀孕了，她总找话搪塞，这苦楚也只有自己知道。几年后，见朱有凤还没有生育，齐长松回到老家把小女儿齐小娟带到身边。齐小娟分享了齐长松对朱有凤的一半爱，总是用毒毒的眼睛看着她。齐长松的前妻也常常找借口向齐长松要钱，齐长松对前妻的要求从不拒绝，朱有凤常为这些事和齐长松吵架。朱有凤认为如果不是自己做过妓女，她哪里会容忍齐长松如此这般。．

　　朱家兄妹在宝庆市团聚了，但是朱家再没有后代成了他们兄妹心底的痛，由痛生怨，由怨生恨，这种恨只能在折磨别人时渲泄，看到别人更痛苦时才会平衡。

　　白素玉醒过来时，发现自己躺在冰冷的水泥地板上，头痛得厉害，眼皮沉重得抬不起来，手被手铐紧锁着，脚僵硬得无法移动。她用力睁开眼，眼前有很多黑影在移动，黑暗的屋子让她想起牢房，这时她才记起昨晚的事。

昨晚她被捕了，被毒打了，被关进牢房。她的心猛地痛起来，她记起审讯她的人告诉她：李欣越狱了！

她不相信李欣越狱了，李欣一定是被朱有良害死了。朱家兄妹是什么人哪，为什么如此狠毒？他们的父兄掘下了埋葬自己的坟墓，却将原罪叛给我婆母。他们像圣经里的撒旦，时时刻刻想着怎么害人。

李欣的事让她伤心绝望到不想活下去。

白素玉为自己不幸的遭遇伤心流泪，但她不愿让朱有良及他的爪牙看到。新的一天来到了，这一天也许是她在人间的最后一天，尽管如此，她不会在朱有良面前屈服。

第二天清晨，朱有良心情特别平静，就像一个优秀的导演碰到他最想要的剧本一样，无需准备就能导演一场震憾人心的大剧。朱有良本来就是一个性情暴戾，刚愎自用的人，从来听不得不同意见。对于李欣越狱一案，他特别自信，认定这是由孔祥三策划的越狱案，白素玉请假离开医院是预谋的开始，她了解策划者所有的步骤。只要他揭穿他们的计谋，她就会吓得哑口无言。如果她不说出来，就将她打个半死逼她认罪。她要是死不认罪，就威吓她说：她认罪将孔祥三和张雨无罪释放，不认罪将孔祥三，张雨统统枪毙。到了这一步她一定会认罪了，一旦认罪，要她交出李欣李卉，等到李欣李卉都抓到手了，让他们母子三人一齐见阎王。

当朱有良走进审讯室时，预审科已经做好了准备工作，包括刑具。朱有良好久都没打过人，今天他心情特别好，为了有康，他要亲自鞭打卓然心爱的女人。况且，这是近期的大案，所有大案，局长都要亲自审讯。犯人要是不老实，一顿毒打，审讯便轻松结束，这是审讯者的潜规则。白素玉押进来后，朱有良要大家出去。

朱有良独自面对白素玉，说：大表嫂，想不到我们会在这里见面。我记得上次与你见面是在你与大表哥的婚礼上，时间过得好快，这一晃就是二十五年。

白素玉怒目而视，她轻轻说：我知道，今天让你很开心。其实，无论你枪毙我还是绞死我，我也会很开心，因为那是上帝在召唤我。

大表嫂，何必说到死呢？我跟你无冤无仇，我只跟李家有仇。只要你把李欣李卉交出来，把越狱的策划者告诉我，你就可以从这里走出去。听明白了吗？

白素玉把身体转过去，沉默以对，她知道这只是怯懦者的反抗。

朱有良说：大表嫂，你想知道我哥哥留在人世上的最后一句话吗？他说他最恨的人是卓然。我以前很不理解，为什么呢？卓然对我们兄妹都很好呀。我们小时候穿的衣服都是卓然只穿过一次的新衣服；逢年过节总是坐着李家来接我们的马车去逛宝庆城；我们住在李家的花园里让佣人们伺候着；我们尽情的吃喝玩乐真的很快乐。那段时间卓然总是带我们看电影，进酒店，骑自行车，帮我们买书本玩具。走的时候卓然把一年攒下来的零花钱全送给我们做学费，学费还要不了那么多的钱。这样有情有义的表哥，有康为什么会恨他呢？后来，我才明白，我们家在桃花镇是有钱人，有康他一表人才，也是镇上最受小姐们青睐的少爷，但是和卓越然比，他是乌鸦比凤凰。慢慢地他看不起自己家里的那一点薄产，看不起桃花镇那个小镇，更看不上镇上那些自命不凡的小姐们。他想离开家离开桃花镇，到宝庆或更大的城市去。他想超越卓然，想活得比卓然更有面子。我爸说只要他是靠自己，而不是靠别人赚到十个大洋，我爸就给他一百个大洋，让他离开桃花镇去广州或上海做生意。但是，作为平民百姓，钱真的很难赚。后来日本人侵略中国，打仗了，有康希望有一颗炸弹把卓然家炸个稀巴烂，让卓然变成穷人。然而，受到战争危害的是我们这些做传统生意的小商人。我家一天比一天更穷，卓然却去美国留学了，战争居然丝毫都没影响他的生活和前程。有康越来越焦燥，他不知道用什么办法让他超越卓然。正在这时，刘梅香把她的全部财产送到我家来，有康觉得机会来了，把你家的钱变成我家的钱，让你们变成穷人，我们变成有钱人，这真是很美妙的事情。可是他又不愿意让全世界都知道他是用犯罪手段变成富人的，他其实只是个贼，还是在卓然面前抬不起头来。不过，他不想回头，为保住财宝，他还要杀死一个人，一个跟踪他与他争夺财宝的人，他不想这么做！有康最仰慕英雄，他要走的是一条光明磊落的英雄之路，但是，事与愿违。所以，他恨卓然，是卓然暗中改变了他的生活轨道，冥冥中诱导他走上犯罪之路。也许，你不相信我说的话，但你一定要相信人是有两面性的，有些人还有多重性格。譬如，宋江是很讲义气的人，为了招安却杀了好多生死相交的兄弟；李逵是个杀人不眨眼的凶手，在自己母亲面前却又是个细心的孝子。你，白素玉为了儿女愿意奉献生命，是天下最慈祥的母亲；但是，你年迈的父母多次求你定居香港，他们希望享受天伦之乐，你却拒绝了他们，你是个不孝女。人生是难以完美的，总有让人困惑的时候。如果你交出李欣李卉，我保证不杀他们，只让自己对上级有个交待。或者，你交出越狱的策划者让他顶罪也行。我这么分析，你、张雨、李卉、还有那个给李欣开镣铐钥匙的、买安眠药的、在医院西门外接应的都不是策划者，策划者另有其人。他这次策划得很周密，安排你去北京告御状，安排我去学习班，安排李欣去监外治疗，然后安排张雨做主治医生等等。那个人很聪明，来头很大，也许职位比我更高。不管他是谁，只要你说出来，我就会释放你。你的父母很有钱，你的家族在香港是数一数二的财团。你父母兄弟多次给公安局来信，要公安局帮助他们找到你，被我扣下来了。我现在要成全你，让你去父母身边成为孝女，就看你愿意不愿意？

朱有良前面的话，白素玉不想听。

当她听到孔祥三，张雨，李卉，钥匙、安眠药、医院西门外那几个字时，一组画面立刻闪现出来：奄奄一息的李欣被孔祥三送进医院，由张雨负责抢救，李卉想法给李欣钥匙和安眠药，在医院西门外接应的是还没有暴露出来的志远或达生。李欣一定是等不到她回来了，他们才会提前救他。

李欣成功越狱了，李卉也成功逃走了，白素玉的心激动得几乎跳出来。

朱有良说：大表嫂，你们那些计谋在别人眼里也许瞒得过去，在我眼里就看得清清楚楚。你是策划人之一，所有参与越狱计划的人，你都知道。你就是不说出来，我向你保证，不出三天我就会查出来，到那时你想招供也晚了，你会白白搭上一条命，想救你都没门了。

白素玉根本没有在想自己，她只替李欣李卉的安危担心，逃出去了不等于是安全了。尽管她的手被铐得抬不起来，还是做了个双手合十的动作向上帝祈求赐福给她的儿女们。

朱有良见白素玉没有回答，说：我的忍耐是有限的，别以为不说话就是无罪辩解。给你一小时，一小时后再不交待，我会扒去你的一层皮。

朱有良说完后将双脚架在办公桌上，假装闭目养神。

也许我只能活一小时了，白素玉这么想。可怕的不是死亡，而是对死亡的等待。她回忆起她看过的一部电影，女主角在临死时求刽子手不要打她的脸，那是一张完美而勇敢的脸。但是，刽子手每一颗子弹都打在这张美丽的脸上。刽子手就是刽子手，他们的心与常人不同，是变态的，和野兽差不多。朱有良就是一个刽子手，接下来他会怎么折磨自己？在此时，白素玉希望自己所有的记忆都随风飘散，让她什么都不想。可是，在这狭窄的空间，让她面对着一个即将夺去她生命刽子手，种种思绪纷至踏来。她最担心的是，她会在半昏迷的状态中说出某一个名字。孔祥三、志远、达生、张雨，最有可能是张雨。因为在她平日喊得最多的是张雨，最让她震惊也是张雨。每一次手术她在心里喊着张雨，告诉他接下来该怎么做。张雨也在用心灵回答她，张雨虽然躲着她，在手术台上却又与她那么默契。张雨看起那么温文尔雅胆小怕事，居然参与了拯救李欣的行动，太让她震憾。正如张雨漂亮地完成某个高难度的手术，给她一个惊喜一样。

这短暂的生命，对白素玉来说，是一场不幸的梦，惊悚、恐惧、痛苦、悲哀、担忧、惊喜、感激，交融在她每日每刻。死对她来说并不可怕，曾经她是那样的渴望平静地死去。此时，她唯一想做的是，对那些帮助李欣越狱的好心人说一声谢谢，告诉他们，欠下这么多的人情让她遗憾不已，下一辈子太缥缈，像梦一样不可靠，今生今世也许今天就走到头了，此时此刻，只有忘记他们才是最可靠的报答。

接下来白素玉让自己的心坚强起来，她喊着卓然的名字，请求他的灵魂来到她的身边，和她一起为了他们的儿女承受痛苦。

朱有良站起来了，杀气腾腾地操起皮带，二话没说狠狠地朝素玉头上抽去，每一鞭都抽在素玉的脸上。此刻，晃动在朱有良眼前的是有康那张被蛆虫毁损的脸，他要白素玉的脸烂掉，像有康的脸一样无比丑陋无比恐怖。

当白素玉的脸血肉模糊时，他抓着她的头发将她摔倒在地上，在她脸上吐满唾沫，用他肮脏的鞋去踩，直到脸上满是灰尘。一遍又一遍，他觉得这张脸被他糟蹋得差不多了，再对着白素玉的乳房，肚子，下身又踢又踩，直到精疲力竭。

朱有良离开审讯室时非常的不爽，他打犯人时，听到犯人尖叫哭喊，才会觉得非常开心非常满足。白素玉自始至终哼都没哼一声，他就像在打一只麻袋，力气费了，心灵上没有快乐。

二十三、志远的初恋

　　当雾渐渐散去，志远用自行车载着李卉已经到了乡下的公路上。时间还不到早上六点半，志远一口气骑了三十公里，离他老家还有五十公里，照这样的速度上午十点多就可以到家了。

　　已经骑了好长时间的上坡，李卉不忍心让光着膀子流着大汗的志远再费力气。她从后面的架子上跳下来，和志远并肩行走。

　　太阳升起来了，红彤彤的，像个羞怯的少女，原野沐浴在金色的霞光里。秋末冬初，整个大地看上去有点苍凉。田里的稻谷已经收获过了，只有谷粒撒落在空旷的田野上，一群群麻雀叽叽喳喳的叫着，在田里寻觅着食物。山林里的树叶变成红的黄的绿的紫的白的颜色，非常绚丽夺目。路边的柿子树上还挂着没来得及采摘的果实，像一盏盏红灯笼在闪烁着。秋风吹过来冰凉冰凉的，让焦渴的人们如饮甘露。

　　太阳把他们的影子拉得老长，志远和李卉踏着自己的影子往前走。志远转过头看着李卉笑了，李卉说：我很可笑吗？志远说：有点。

　　为了让李卉逃出宝庆城，宁顺生建议将李卉扮成孕妇。这个建议得到孟柯的赞同，细心的孟柯给李卉的脸和手抹了薄薄的尘土，要李卉在自己的肚子上绑上棉絮。志远也穿上农民的衣服，和李卉扮成年轻的乡村夫妇。孟柯骑着自行车跟后面为他们护程，直至离开宝庆市。

　　此时李卉肚子鼓鼓的，走路的样子又是那么轻盈，志远忍不住笑起来。

　　李卉问：我要不要把棉絮扔掉呢？

　　志远说：不必，我真的好喜欢你现在的样子。

李卉说：很难看的。起初，我好担心，想不到一路上没有遇到任何盘问。

志远说：就是这孕妇的模样帮助了你。

斜坡走完了，李卉又坐到后面的架子上，志远奋力踏着车。有一辆开往小镇的长途车与他们擦身而过，车上几乎没坐什么人。秋末是比较闲适的，农民慢悠悠地扛着锄头从自家走出来，到了田头上先抽一支卷烟，再开始挖土，他们要在过冬的田里种上萝卜和大白菜。有一些农妇在晾晒谷子，还有的坐在太阳下纳着鞋底，每个人都关心着手中的活计。

李卉心里忐忑不安，她不知道命运将把她带向何方。从小她就在亲人的呵护中长大，已经习惯在睁开眼睛时，就看到放在自己床头的妈妈的相片。如今妈妈不知在那里，哥哥亡命天涯，自己被通缉，这几天好消息和坏消息接踵而至，她像踩在钢丝上，不知什么时候会掉下来。一路上她忧心忡忡，虽然知道志远在哄着她逗她笑，她就是伤心难过笑不出来。

志远问：李卉，你饿不饿？

李卉说：不饿。

志远说：都快九点了，怎么会不饿呢？等过了这个村子，我们吃早餐。

到了一个小山坡，志远把自行车支起来。他从挎包里取出几个包子递给李卉，自己到山脚下的红薯地里刨红薯。

李卉说：志远哥，我吃不了这么多的。

志远说：李卉，这是你喜欢吃的玫瑰包子，这次吃了后，要等到下个月我休假时才会有得吃。

志远哥，再好的东西我也难以下咽，我很难过，我真的很想哭。你知道的，我很担心我妈，我真的好想好想得到她的消息。

看到李卉那么难过的样子，志远很想把李卉搂在怀里。但是，他不敢这么做。他说：李卉，我很理解你现在的心情，但现在不是哭的时候，我们赶快走吧，等到了我家，你要是还想哭，就尽情哭吧。

志远哥，我真是觉得自己太可怜了，想哭都找不到地方。

那就在这里哭吧，志远说着把李卉搂在怀里，让她的头伏在自己的肩膀上。李卉大声哭起来，把这几个月的痛苦、担忧、思念、委屈统统释放出来。

等李卉抬起头来已经变成大花脸，志远把她带到山泉边，从身上掏出一方干净的手绢，沾着山泉的清水，替她轻轻拭去脸上的污渍，说：这个妹妹我在那里见过，是天上掉下来的吧。

一句话说得李卉笑了，志远说：你笑起来真好看。我发誓，从今以后决不让你哭。今天，我抱过你了，你就是我宁志远今生今世的爱，不管你嫁不嫁给我，我都会爱你到底。

志远哥，你说这话当真？

我发誓，这是我宁志远真心的表白。

要是我把你当成哥哥呢，你还会对我好吗？志远哥，以前我哭的时候都是伏在哥哥的肩膀上哭出来的。

卉，你能把我当哥哥，我非常开心，一样疼你爱你。

谢谢，谢谢你志远哥哥。

这时的李卉才十五岁，还不懂爱情，把志远的爱当成亲情，是情理之中的事。十年后当她回忆起这一幕，不禁飞泪如雨。

一早起来，林秀英就听到喜鹊在枝上喳喳地叫，她想一定是儿子要回来了。志远已经好几个月没有回来了，她攒下了好多的鸡蛋。就在这几个月里，她养大了一大群鸭子。在她背后的山上，有一条叫"鱼溪"的小溪流经过她的家门口流进白水河里。她用竹栅栏把鱼溪的两头拦住，早上将鸭子喂半饱，赶进鱼溪里，鸭子从早到晚在溪水里觅食鱼虾，到了晚上鸭子吃得饱饱的。虽然队里开会要割资本主义的尾巴，不准养鸡养鸭，可一家比一家养得更多。农村人又不是吃皇粮的人，谁听。

快到中午，林秀英还不想做饭，她要等到太阳升到中天再向西偏一点才做饭。就在这时，她看到一个黑影向这边移动，慢慢越来越近。

林秀英的心"咚咚"跳起来，她自言自语说：我儿子回来了。

果然是志远回来了，还带回一个姑娘。林秀英的眼睛盯着儿子看，儿子这几个月怎么又瘦了？

这时，李卉喊：阿姨，你好！

林秀英这才将眼睛移到了李卉身上：这姑娘真说不准，看她打扮是个乡下人，白皮嫩肉又是城里人。那一张脸看起来像小女孩，最多十五岁，个子好高又像已经成年了。这姑娘顶好看，就像从画里走出来的，就是太单薄了些，吃完我养的鸭子肯定会胖起来。

志远说：妈，你这样看人家，会把人家吓坏的。妈，你难道还没有看出我饿了，我是骑车回来的，不是坐汽车回来的。

林秀英这才想起要立刻去做饭。

志远把李卉领进屋里，志远妈每时每刻准备丈夫儿子回来，家里总是打扫得干干净净，吃的更是整齐，儿子一坐下香茶花生红薯干就上来了。李卉觉得这个家真是好温馨。

吃过午饭，志远要李卉去他的房间休息，他要和妈妈呆上一会。

母子俩坐在门口的板凳上，一边剥着今年新收的花生一边聊天。妈妈问道：这姑娘有多大了？

志远说：十五岁。

妈妈说：你十九，她十五，年龄相当。

志远说：妈，你可别往那上面想，我们还小着呢。

妈妈说：不小了，男子十五立父志，女子十五纺织娘。转过去十年、二十年都是你们这个年纪成亲的。

志远有点急，说：妈，你老千万别在小卉面前说这些话，你要是说了，她就不会住我们家了。

妈妈说：她要是我儿媳妇，我用棍子都打不走她，她要不是我儿媳妇，我把她含在嘴里，捧在手心里，都留不住她。你有没有听过'姻缘相配，棒槌打不退'的故事。

志远说：你那个八百年前的故事也太过时了。妈，先不说什么姻缘不姻缘，我要你帮我一个大忙，就是好好照顾小卉，爸也是这个意思。妈，还记得你生我的时候，你是难产，我们母子差点死去。有一个医生来了将我们救活了，那医生你还记得吗？

妈妈说：这样的大事我还会忘记？那医生姓白，是个美女。

志远说：记得就好。这小卉就是白医生的女儿。她妈妈出了点事，不能照顾她。她要在我们家住上一阵。

林秀英惊喜喊道：是白医生的女儿，我求都求不来，今天来了，我怎会不尽心照顾她呢。是菩萨显灵了吧，把她送到我屋里来了。

志远见妈妈高兴，自然更是欢喜，他说：妈，你可不能让她到队里出工，带她赶集，或让她做那些抛头露面的事，她只能在屋前屋后转转，给你搭把手，洗洗衣服解个闷，她可没有粮食给你，你还要好菜好饭的待她，你做得到吗？

林秀英说：你妈是个亏待别人的人吗？大米不够，我会让她吃饭我吃杂粮。我是个乡下人，吃什么都香，我会把好东西留给她吃，你放心吧。

志远说：米不够，我会从城里的黑市买点，你也不能亏待自己。

林秀英说：你爸是个会心疼老婆的人，你比他还要翻上一番。

志远说：妈，我再说一遍，姻缘的事真的不是随便说的。

林秀英说：儿子，只要你喜欢她，妈会替你心疼她，现在她不懂事，将来懂事了，一定会懂你的心。从今日起你就看妈怎么哄着她，让她欢欢喜喜地嫁给你。

志远说：我真的很喜欢她，我就是担心你会不喜欢她。城里人不会做农活，又爱讲排场，要是她也这样，你又怎么会喜欢呢？

林秀英说：我儿子喜欢我就喜欢，城里人比乡里人聪明，只要她不嫌弃乡里人，我哪里会不喜欢她。

母子说着太阳已向西斜，刘秀英要志远烧火杀鸡杀鸭，今晚她要好好款待李卉。

志远母子说话时，李卉并没有躺在床上休息。看到志远家里好多的书，好像走进一个她久已向往的世界。

李卉从小有着极强的求知欲望，但是，这个时代的精神生活却是那样的单调，完全不能满足她对外面世界的好奇。她除了读过《红岩》《青春之歌》《林海雪原》就没有读过别的书。小时候，妈妈给她讲过《安徒生童话》和《格林童话》，每次都给她无限的遐想。她最大的愿望是周游世界，她想看到大海，触摸阿尔卑斯山的冰川，还想到北极去看极光。如果她没有这么好的运气，能从书本上读到也是一种幸福。现在，这种幸福就在眼前，整个下午她都屏住呼吸聚精会神的阅读《格兰特船长的儿女》，她的心灵已经走进了那个陌生而奇妙的世界。

志远悄悄走进来，站在她的身后，他俩身上散发出的青春的气息伴着满屋的书香，萦绕在这乡村的木屋里。志远陶醉了，这正是他为未来构思的生活美景，和美丽的妻子一起住在乡下的屋子里，傍晚，他们漫步在原野中，四周静悄悄的，天地间好像只剩下他们俩人，他们一起研究学问，探讨人生。他们一起下地，一起做饭，一起照顾孩子，彼此相爱直到天荒地老。

志远真想把自己的对未来的设想告诉李卉，这时李卉转过头来看他，说：志远哥，你家的书真多，你怎么会有这么多的书呀。

志远说：这不是我的书，是一个长辈寄放在我家的，他委托我替他保管。他说我可以随意读任何一本书，但不许借给别人。

李卉问道：那我也可以随意读吗？

当然，志远说着走到书架旁，用手指着最上边的说：这些线装书都是独本善本，非常珍贵，下面是文学理论书和中国古典文学类，再下边是中国现代文学，最下边的是外国文学，我将这些书分门别类，你读多了就知道你想读的书在那儿，也就不要费力去找。

志远哥，我不知道什么书最好看，你能告诉我吗？

志远告诉她，他喜欢读托尔斯泰、雨果、巴尔扎克和莎士比亚的巨著，也喜欢《扼下》《白奴》《皇冠上的钻石》等小种语言的小说，还喜欢克里斯蒂推理小说，非常有人情味。他这里的每一本书都是文学中的经典，小说里的精华，每一本都值得一读。

这时，暮色已经降临，屋子里的光线变得昏暗。志远拉着李卉的手走到窗前，透过窗口往外看：太阳正在西沉，深蓝的天空上，薄薄的云层正在燃烧，映红了整个天空。远方的山峦像画卷一般展开，浓墨淡彩都在画卷里呈现，原野是那么辽阔，风景美得令人陶醉。

志远觉得最看不够的，还是李卉的眼睛，兴奋中带着忧郁，天真里有着不该有的成熟，令志远心痛。

志远轻轻对李卉说：卉儿，明天我就要离开你了，我真的很舍不得，但又不得不走。我走后只有你跟我妈，我妈是个特别善良的人，你需要什么只要告诉她，她一定会尽力满足你的，你要是不说她还会不高兴。她要是说了什么你不爱听的话，希望你能理解她。你一定要把她当成自己的妈妈，牢牢记住你就是她的女儿。

李卉说：那是一定的。

志远说：我会把假期聚在一起，每个月都回来看你。你要尽量呆在家里，多看书。要是觉得无聊，就给我写信，信是不能寄的哟，只能写在你的日记本上，等我回来再看。

李卉说：知道，这是孟柯再三嘱咐的，你见到他代我向他问好。你要尽力打听我妈的消息，一有消息就赶紧告诉我。

林秀英在外面问道：想不想吃点什么？

志远说：该说的我都说了，我们现在就依着妈妈，去大吃一顿。

二十四、朱有良乱断李欣案

在朱有良回到公安局的第二天，朱有凤也提前结束了《毛泽东思想学习班》的学习，回到公安局的审讯科，还没坐下就被召唤到局长办公室。朱有良满脸晦气，有凤一看就知道发生了极不愉快的事情。

朱有良说：天天吩咐齐长松将姓李的小子活活打死，就是不听，现在那小子逃跑了。

有凤惊讶无比，自从她当上警察，还没听说过犯人越狱的事情。她说：他不是关在死牢里吗，怎么就逃掉了？

朱有良将最近发生的事详细的说了一遍。朱有凤凭着女性的敏感，说：哥，你分析得很对，只是我们去学习班这件事是革委会党委决定的，你也是党委派去的，是罪犯们利用了这个机会，如果将此事被判断为越狱者的计谋之一，势必引起党委的误会。

朱有良说：姓孔的就是策划人之一，我把他关起来，党委庇都不敢放一个。'以革命的名义，将阶级斗争进行到底'，我打出这么大的口号，谁阻挡谁倒霉。再说，我已经向革委会立下了军令状，十天内破案。

十天？哥，已经过去两天了，案子有哪些进展？

白素玉抓到了，离破案还会远吗？

那个姓孔的招了吗？

他怎么会招呢？他从十月十四日起就住在革委会的招待所里，在和党委成员一起制定工作计划，还和周书记住一个房间。他没有作案时间，他说他连动机都没有，只是在行使他应有的权力。

张雨呢，他是怎么交待的？

张雨是医院革委会指派的医生，新上任的革委主任是医院的大厨，不懂业务。业务上的事实际由原院长管，可是张雨的确是由那个大厨派的，跟其它人没关系。张雨的诊断记录都交省厅审查了，是常规治疗，没有破格，除非他暗中做了手脚。

何为呢，就不能提供半点线索？

提起他我恨不得用脚踹死他，每次审讯都吓得浑身筛糠一般，一句话也说不出来。

李卉是这个案子的关键人物，作用非同小可。

她每天早上八点准时给李欣送早餐，十九日早上没有人看到她，而且她早在一个月前就离开家，躲到无人知道的地方。这一切都说明越狱是早有预谋的，她是越狱案的参与者之一。我估计她就躲藏在策划者家里。

哥，刑侦组的人都在干了些什么，已经两天了，还没找到李欣李卉一根头发。

有凤啊，就算他们在人间蒸发了，我们一样可以结案，拿到白素玉的供词后，由她顶罪，先枪毙她嘛。

哥，我知道。

有凤，孔祥三、张雨、交给你去审，要狠！孔祥三不能打死，他是"工人联合司令部"的总司令，革委会里群众组织的代表，他死了恐怕有几万工人找我们算账，这条命必须留下来。何为交给齐长松，白素玉继续由我审，这几天就要结案，有问题吗？

没有。

有凤，刑侦组的人在侦查李欣被捕前的活动时，有人反映李欣和齐小娟关系不错，你去问问小娟，看看李欣有哪些要好的朋友。我想一定有人知道李欣藏身之处，要能抓到李欣，这案子就完美了。

那丫头看到我就如看到仇人一样，她哪会在我面前讲真话。

有凤不是我说你，你又没生育，为什么就不能对她好一点。

哥，我恨她，恨死她了。

有凤，李欣才是我们的心腹大患。俗话说，三十年河东，三十年河西。三十年前，李琰是宝庆城有钱有势的人物，好多人的饭碗操控在他手里。三十年后，我朱有良当上宝庆城的公安局长，手握生死予夺的大权。假如李欣那小子不死，三十年以后又会怎样？

哥，三十年后，说不定你我都入土了，我们是绝户，绝户！我们不必担心三十年后。

有凤，你有没有听说过'毁尸扬鞭'，我们死了不等于仇恨就跟着死了。

哥，自从与刘梅香结仇，我就没快乐过。爸就不该发誓让我遭万人作践。我被卖到妓院三年多，每天接客十几个，何止被万人作践。你们当初就不该瞒刘梅香的财宝，害我成了绝户，死了还要担心被人毁尸扬鞭。

有凤啊，'人不为己，天诛地灭'，爸也是为我们家好啊。

好了吗？好在哪里？父母死时四十岁，有康死时二十岁，你难道不心痛？

那是天不助我，有凤，谋事在人，成事在天哪。你还是去问问小娟吧，再不，要齐长松去问。

哥，我去问吧，死丫头要是撒谎，我看得出来。

今晚就问，不能再拖了。再拖的话，我担心白素玉会熬不过去。

白素玉快死了吗？

这几天死不了，我没打她要命的地方。我要她先受活罪，老齐不是回来了吗，明天将她从看守所转到监狱，以后她的命就交给你们了。最近很多大案，越狱案还没结，又出了凶杀案，监狱关得满满的，超负荷运转。我们的人，也一样在超负荷运转。你休息快一个月了，该做贡献了。

那天晚上，朱有凤装出好久没见到小娟，特别想她的样子，故意将话题转到李欣身上。

齐小娟为好久没见到志远深深苦恼着。起初，志远去省城学习，后来他爸病了，她去探望志远爸，志远爸确实病了。这两天志远还是没来上班，达生说志远又生病了。反正是吃大锅饭，有一张病假条就可以不上班，害她一天到晚心猿意马不得安宁。

当朱有凤问她李欣有哪些朋友时，她都忘了李欣这个人，随口回答说：不知道。见朱有凤一脸的不高兴，才又补充说：李欣是黑五类，没人瞧得起他，我从没见他跟谁好过。

朱有凤盯着小娟的看，觉得说的是实话，此后再没在她面前提起过李欣。

晚饭后，齐小娟实在按捺不住相思之苦，又跑到志远家。志远正在家里和他爸唠家常，见志远好好的，什么病都没有，才放下心来。

齐小娟用眼睛暗示志远陪她出去玩，志远装着看不懂。齐小娟只好陪着他们说一些最近发生的新闻，想起朱有凤问到过李欣的事，就问志远：李欣最近怎么了，公安局在调查他呢。

志远说：李欣的事，我和达生都帮不上什么，早就不闻不问了。公安局又在调查他什么？

调查谁是他的朋友。

你说谁是他朋友？

我早知道你和达生都是他的朋友，还是最要好的朋友。

你说啦？

我有病，我要说这事，我说了公安局早把你们抓起来了。

娟子，其实我和李欣只是萍水相逢，见他被人冤枉同情他而已。

我知道。黄玫玫是他女朋友我都没说出来，你们和她比起来就疏远得多了。

娟子，你真是个好女孩，将来谁娶了你，谁就是有福气的人。

志远，你知道就好了。还有，达生又成立了一个新的组织，他们要推翻革委会，重新夺回政权。他说，只有掌握了政权，《青年近卫军》和其他造反派组织的头头们才会从牢里放出来，我们才能重整旗鼓，获得社会认同。我也感到很委屈，中央文革凭什么宣布我们造反派是反革命组织，保皇派是革命组织，把政权交给他们。他要我参加，我还在犹豫。你呢？要是他也要你参加，你会去吗？

你去我就去，我听你的，志远说。

我想好了再告诉你。

又聊了一会，齐小娟怀着满满的幸福回家了。

齐小娟刚走，宁顺生对儿子说：齐小娟不是个守本份的女孩，从今天起，不许你与她交朋友，特别是你不能跨进她家半步，不能让朱有良看见你。

为什么？

为什么？就为了她要你参加达生的组织。

爸，我不过是哄哄她。

志远，爸虽然没文化，但爸知道这场运动很愚蠢。这世上哪里有学生不上学，工人不做工，货车不拉货而是拉着人到处去胡说八道打口水战的？你们造反派和保皇派除了打口水战，枪呀炮呀也打了好几回，战死了好些人，都是些年轻人呀，多可惜！我们宝庆人还算是胆小的，我听说重庆呀广西呀东北呀闹得更凶，死了好多人.达生又要成立什么组织去夺权，这不是又要你们去送死吗？他就看不出这么做很蠢吗？

爸，我懂，我不会参加的。

在这个年代，很多人因为家庭成分好成为时代的宠儿，他们不识字不读书，但他们会背毛主席语录。他们把马列主义外衣理解为经济实用的呢子大衣，坚信蒋介石已经掉进茅坑淹死了，美国的劳动人民正在水深火热之中，等着中国人民去解放他们。不仅是美国，全世界所有的资本主义国家都这样，都等着中国人民去解放他们。这样的理解能力，并不影响他们成为无产阶级的理论家或街头革命家。

宁顺生有超强的记忆力，记住了几百条毛主席语录。在他眼里毛主席语录就是戏子们手里的道具，文革运动是一场接一场的戏，无论悲剧喜剧戏子们都在用这道具。他用心记住那么多语录，是因为自己也在演戏，常常扮演不同的角色。他的良知告诉他，无论运动走到那个地步，他只能救人，不能害人。

二十五、白素玉结识狱医杨义

狱医杨义站在办公室前的台阶上晒太阳，见囚车上抬下一个人来。监狱天天有罪犯进来，抬进来的还是不多。他问站在他旁边的齐长松，说：领导，这人是谁，犯什么科？

齐长松说：是第一医院大名鼎鼎的外科主任白素玉，帮助儿子李欣越狱，犯下死罪啦。

原来是白素玉。杨义多次听过白素玉的讲座，每期的医学杂志只要有白素玉的论文他都会认真读。有一次他写信给白素玉，请她为自己没读懂的地方做更详细地解释。他以为白素玉不会回信，谁知白素玉不仅给他写了长达十页的回信，还给他寄来几篇与之相关的医学论著。世上竟有这样的好人，是杨义做梦也没想到的。

杨义也有他的梦想，那就是拥有一个手术台，拿犯人来实习，有朝一日成为最好的外科医生。他相信世道不会永远这样，总有一天有本事的人会成为社会的主流。他明白，像他这样的自学成才的狱医，与真正的医生相比还是相差甚远，必须向有真才实学的名医学习。所以，只要是他不懂的，他都会写信向白素玉求教。凡是他治不好的病例，他也写信向白素玉索取疗方，白素玉总是不厌其烦给他回信。渐渐地他竟能用中西医结合的方法，治好疑难杂症，成了同行中小有名气的狱医，身边的齐长松对他佩服得五体投地。见到白素玉，脑子转得飞快的他，一下子有了新的设想：只要有一丝一毫的可能，我就要努力争取，让白素玉活下来，成为我的搭档，这样，我离梦想近了一大步。只要胆大，我救她还是容易的，我必须不显山不露水，把这个念头藏在心里。

见白素玉已经抬进牢房，他对齐长松说：领导，我得去看看，要是抬个死人进来，也好及时写死亡记录。

齐长松说：去吧，要是需要抢救，就先救活吧。

杨义走进牢房，见白素玉躺在水泥地上，头很肮脏而且肿得很大，血肉模糊的脸上双眼紧闭，嘴角淌着鲜血。他摸摸脉博，还有微弱的跳动。解开她的上衣听疹，胸脯全部瘀黑，顺着胸脯往下看，每一个被踢过踩过的脚迹都瘀紫发乌。

他轻轻将衣服扣上，走过去对齐长松说：这个罪犯快不行了，送医院吧。

齐长松说：她儿子刚刚从医院逃走了，就是死，也不会送她去医院了。你先治治看吧。

杨义说：抬到医务室去吧。

到了医务室，杨义轻轻为她洗去脸上的尘土，细微的沙粒嵌进肌肉里，已经清洗不了，整个头在发炎，如果通过血液感染到大脑内部，她活不过明天。

十几年的狱医生涯，他医治过太多的外伤，这么棘手的还是第一回。不过，就在最近他研制出一种医治外伤的药膏。药膏里有冰片、麝香、没药、熊胆，十分贵重，他不会轻易用于病人。此时，他将药膏厚厚的抹在白素玉的脸上，轻声说：白医生，我是狱医杨义，我们通过信。我给你抹的是我自制的止痛消炎生肌的药膏，我保证明天你会消肿，两天后你的伤口会愈合，以后不会留下瘢痕，你还会和以前一个样子。

白素玉的嘴唇动了一下，好像是在说：谢谢！

杨义说：我估计这个打你的人是个女人，女看守见到漂亮的女人就喜欢打脸。不过这次不是打脸，而是毁容，这是刑事犯罪，就是对犯人也是不允许的，你可以向公安局的朱局长投诉。

这时，杨义看到泪水从白素玉的眼睛里滚滚而下。他急忙说：白医生，这几天你不能激动，激动会影响治疗效果。你身上的伤也不轻，我也给你敷上我自己研制出来的药膏。身上的药膏与脸上的不一样，主要是打通你的奇经八脉，请你细细感受一下中医中药的神奇。

白素玉的眼睛又动了一下，杨义说：白医生，看来你很清醒，等包扎好了，再给你吊葡萄糖，你在我这里是病人而不是犯人。

第三天，杨义一层层揭开白素玉脸上的纱布，最后露出满是瘢痂的脸。消肿了，眼睛依然温柔明亮。杨义说：再抹一次药膏，瘢痂就会脱落，脸上的皮肤可能比受伤前更加白嫩更加细腻。

白素玉说：杨医生，谢谢你救了我，但是求你不要再给我敷药。

杨义说：不敷药就会留下疤痕。

白素玉说：他们就是要毁了我的这张脸，如果达不到目的，他们不会罢休，还会继续打我。我宁愿毁容，也不愿被他们折磨。杨医生，我现在特别脆弱，特别怕挨打。

杨义问：他们是谁？

白素玉说：朱有良、朱有凤，他们公报私仇，害我全家。

杨义说：白医生，如果你说的是真的，你的处境非常危险。不过，你如果现在不抹药，等到瘢痂自然脱落，就会满脸疤痕，比'夜半歌声'的男主角更让人恐怖。还是先抹药让瘢痂得到彻底治愈后，再给你抹上黑色的药膏，让他们认为你的脸很丑很丑，已经被毁容了。那黑药膏最终是可以洗掉的，只是要用我制作的药水才行。

杨医生，这是我的宿命，我不再强求。可是，你对我这么好就不怕给自己带来麻烦？

杨义从抽屉里拿出一迭信，说：这些都是你传授给我的理论知识，它是我研发药物的最可信的依据，我很感谢你。再说我们是同行，兔死狐悲，物伤其类。

谢谢，作为母亲，我最关心的是儿女。你认识我儿子李欣吗？他真的越狱了吗？

认识，他在这里关了几个月，我也是帮过他的。他的确逃狱了，不是你想的那样死了。

我在中央信访办给他拿回要地方法院改判的批示，他不会判死刑的，不该越狱逃跑啊。

哦，那个时候，李欣已经快死掉了。我见过很多死因，他们求生的欲望比任何人都强烈。李欣想活下去，情理之中啊。

可是，到现在他生死未卜，如果不是为了他，为了等到他的消息，我的心早就停止跳动了。

白医生，你还很虚弱，不能太激动。我会关注你的儿女，你放心吧。等你好些了，我还要向你讨教业务上的问题。我听说你是省里唯一一个会剥离细胞的人。

就在这时，他看到朱有凤走过来了，赶紧拿出一瓶药水往白素玉脸上乱抹，然后把脸包扎起来，悄悄说：快躺下，幸亏我知道了你们有仇，不然后果不堪设想。

朱有凤在第三天才来监狱，实在是太忙。她看到扔在地上的血迹斑斑的纱布和渗透黑色药物的被包扎着的脸，不由有了幸灾乐祸的喜悦，感到这几天的不愉快都在这一刻释放了。

朱有凤问杨义：这个人会死吗？

杨义回答：难说。

朱有凤说：不能让她死，很多人等着她去结案。

杨义说：只能试试，没把握。

朱有凤问：什么时候能过堂？

最好的效果也要七、八天。

不能让她躺在这儿，这太享受了，让她回到监子里去。

科长，在这里不会被感染，人的大脑一旦被感染，死得很快的。

你看着办吧。最近事情很多，你要协助老齐管好监子里的事，不能再出乱子。

放心吧，我们是同一个学习班的哥们，是一条战壕的战友，我能不为老齐尽力吗？

朱有凤狠狠盯了白素玉一眼，对杨义说：她很不老实，盯紧点。

杨义用眼睛看了看外面的高墙，高墙上的电网，拿着卡宾枪走来走去的哨兵，说：在监狱里，她插翅难逃！

从苏醒过来的那一刻起，白素玉就对自己说：我怎么还没死呢，我是不是放不下我的儿女？我是在等待他们的消息吗？还是上帝要我忍受更多的磨难，忍受那些人所无法忍受的痛苦。

白素玉本以为自己的生命很脆弱，是经不起折磨的。在经过两次毒打后，她又活过来了，原来她的生命竟如此坚强。抹上药膏后，白素玉所有的疼痛瞬间减轻，只有沁入心脾的凉丝丝的感觉。她不禁问自己：是天意还是人为让我又一次绝处逢生？

认识杨义后，她不再那么焦虑、恐惧。从杨义的话里听出来，李欣李卉都没有更坏的消息，她感到欣慰。可是，对父母的愧疚让她心在滴血。平时，她确实很少想到他们，也许是因为他们过得好而不用她牵挂吧。从朱有良说她是不孝女的那一刻起，那份被抑制得太久的思念如潮水般奔涌而至。

1948 年，她和卓然带着小迈克从美国回来，他们先到香港看望父母。那时，父母的事业才刚刚起步。父母希望他们留在香港一起打拼，卓然不同意，他一定要回到内地，把基督的爱传播到贫穷愚昧的故乡。她亲爱的妈妈要求他们把迈克留下，卓然认为迈克对他母亲来说更宝贵。

最后，白一虎说：卓然呀，我虽然做了几年官，但自始至终是两袖清风。因为不愿意同流合污而辞官经商，可是又没有本钱。你们家的钱也丢失了，可你妈妈深明大义，卖掉乡下的良田和城里的电影院，为我筹资。我能在香港立足，全是她的资助。有好妈妈就有好儿子，你立志于公益，我支持你。要是有一天你改变主意，就一定要来香港帮我。今天，你既然不肯留在香港，我就将工厂的股份分成五份，你们和亦朗各持二份，我和你岳母一份。我是这么想的，你妈给我的钱算是你们的投资，我和亦朗具体操作也是投入，你要是同意，我们签一份协议。

面对如此疼爱他们的父母，又怎能拒绝？

从那以后，他们每年都收到工厂的红利。他们把那些钱捐献给医院，在医院建了一个最先进试验室，所有的设备都是他们委托亦朗在美国购买的。54 年，他们去香港探望父母，白一虎再一次要他们定居香港。那时，白家的事业如日中天，在五颜六色的筲箕湾海岸修建了豪华别墅。父亲指着最漂亮的那一幢屋子说：那是给你们的。

他们又一次拒绝父母的美意。这一次，卓然确实是有苦衷的。解放时，刘梅香被定为地主分子，随着阶级斗争的升级，变成内部管制的阶级敌人，是失去自由的人。他们可以申请去香港定居，但是刘梅香绝不可以，她不可以离开宝庆城。卓然不忍心他的妈妈到了晚年反而孤苦零丁，只好拒绝了岳父的一片心意。

不久，卓然离开人间，白亦朗带着父母的嘱托，来到妹妹身边，一定要白素玉去父母身边。那时，刘梅香正为儿子的死，肝肠寸断。素玉深深感受失去亲人的那种撕心裂肺的痛苦，又怎能舍下年迈的婆婆而带着子女远去香港。

一切都是那么无奈。反右期间，白素玉不敢与父母哥哥联系，从那以后她再也没有父母哥哥的消息。后来，她被迫离开李家故居，住进医院宿舍。

前几天，朱有良在审讯她时，说父母一直在找她，哥哥亦朗还找到故乡来了，是仇人朱有良将她与家人的联系生生割断。

其实，白亦朗刚走进宝庆城就找到朱有良，向他打听素玉的下落。朱有良立马诬陷亦朗是香港特务，将亦朗关进监狱。这件事惊动了中央，在中央领导的干予下，他不得不释放亦朗。亦朗被蒙在鼓里，还以为是朱有良帮助他洗清冤屈，便将寻找素玉的事托付给朱有良，自己回了香港。

而今，朱有良为软化素玉，利用亲情来感化她。

素玉开始从父母的角度反省自己的生命。

父母生她养她教育她帮助她，她又回报了父母什么呢？

某一天，某个内地人拿一份布告给她父母看，告诉他们，你们的女儿被枪毙了，名字就在这上面，父母亲的伤心难过绝不会亚于她的婆婆。不过，这会成为真实的情景。因为，朱有良的目的就是要枪毙她。

如果被法律宣判为死刑犯太伤害父母，做为基督的信徒，是不能违背上帝的旨意自杀的，她只能在父母和上帝面前做出痛苦的选择。

这太难选择了，无论是枪毙还是被朱家兄妹活活折磨死，都会让她死不瞑目。

杨义进来了，打断了白素玉的思维。他是来给她换药的。

揭开素玉身上的纱布，那大面积的乌黑的伤瘀已经由乌变紫。杨义说再敷多几次药就会好，因为经脉已经打通，血已经在流动了。

白素玉问：杨医生，有我儿女的消息吗？

杨义摇了摇头，说：没这么快。

白素玉说：对于监狱，我过去知之甚少。是不是所有进监狱的人都要被毒打？

杨义说：一半吧，对于事实清楚，认罪又好的人就免了。

白素玉问：被打死的是什么人呢？

杨义说：监狱很难得把犯人打死，一般罪犯都是经过审判才进监狱的，到了监狱只要老老实实服刑，狱警是不会打他的，因为死了人监狱会被追究责任。也有因病或劳累过度昏迷过去了，狱警以为是装死，会用枪托或棍棒狠狠打几下，真的昏过去的人就在这几下里命丧黄泉。犯人与犯人之间结下仇恨，斗殴至死，偶有发生。到了1966年的冬天，所有的司法程序都废了，犯人不用审判，直接入狱，也给监狱带来前所未有的混乱。像你和你儿子这样的，遭遇司法界握有重权的人来复仇，非让你死不可，就很难死里逃生。

白素玉问：要是将人打死了，怎么向犯人的家属交待。

杨义说：监狱一般不会公开将人打死。要知道，人从监牢里出去就不再回到牢里，有几种可能，或者死了，或者被释放了，或者转狱了。犯人们是无权过问的，就是私下打听也是不允许的。监狱更不会自找麻烦，将犯人死讯通报给家属，家属问起来就说犯人生病死了，有谁敢要监狱赔命。在中国，从有了监狱的那天开始，犯人就没有生命的保障，在一般人眼里，犯人的死，是为犯罪付出的代价。

白素玉问：尸体怎么处理？

杨义说：如果医院需要，送给医院做标本。再不，就在监狱里找个地方埋了。这监狱很大，那边还有砖场、农场和女犯人服刑的服装厂，戒备森严，活人都逃不出去，死人埋在这里就更安全。

听到这里，白素玉更坚定了自己的想法。她想：我一定要赶在被判处死刑前结束生命。被折磨至死虽然很惨，但比判死刑好，它能瞒住我的父母，因为没有人会告诉他们真相。不是自杀而亡，还能瞒住上帝的眼睛。

她对杨义说：杨医生，你真想帮我，求你不再给我做任何治疗，把我送到牢房里去。

白医生，你这时回牢房等于中止治疗，这几天来的医治就会半途而废，你仍然会处在生命垂危之中，请慎重考虑。

杨医生，我一心求死。请求你，帮我速死，让我不必自杀而死得轻松。

白医生，在运动中，总有人成为被打击的对象。那些被关在单位审查或监督劳动的人觉得很委屈，比起昨天大行动中被抓的牛鬼蛇神又要幸运。昨天有几万人关进了临时改建的监牢。他们被持枪民兵看守着，白天去工地劳动，还要家人送饭来吃，晚上睡在水泥地上，连条破毯子都没有，靠挤在一起取暖。这些人被抓完全是市里要完成基建任务，因缺少劳工而将他们抓起来，可谓是'人在家中坐，祸从天上来'。你难道看不出来，现在的中国是一座大监狱，所有人都被监视着，被冤枉的何止千万，你何必想不开呢。

杨医生，谢谢你的安慰，我意已决，如果你能利用工作之便，帮我在不经意间去到上帝的身边，我只会衷心感谢你。

白医生，你我都是医生，我们最基本的职业道德是不伤害生命。对不起，我拒绝。你的要求对我来说是无法兑现的，但是，我会设法救你，让你活下去，你要有信心。以后，在挨打的时候要尽量缩蜷身体，用手挡住头，不要让人伤害你的内脏和大脑。当然，一个外科大夫的手也是很宝贵的，待会我会说服齐长松解脱你的手铐。但是，你今天不能回到牢房里去。

杨医生，我的情况与别人不一样，朱家兄妹会像猫玩老鼠一样慢慢玩死我。与其被他们折磨死，不如死个痛快。最好的办法是，让你来杀死我，医生杀死病人，外面人又怎么看得出来？

白医生，你求死之心，我能理解，也很同情你的遭遇。如果你一定要我杀死你，我怀疑你精神有病。身体有病，危害自己，精神有病，危害他人。

我明白了，我要求你这么做，对你来说也是不公平的。假如天堂里也有审判的话，会让你承担罪责。

我已将药换好了。别难过，白医生，一切都会慢慢好起来。

杨义关上医务室的铁门走了。

白素玉特别的痛苦，特别的沮丧，她真的不知道还有什么力量，能支撑她继续前行。

这时，绝望中的白素玉想到了一个人，这个人有实力与朱有良抗衡，她不知道有什么办法，可以让他知道她的处境。

二十六、李卉的逃亡生活

志远妈在屋前屋后种满了各种各样的树木花卉。高大的水梧桐，到了冬天只剩下光秃秃的枝干，不知在那里看到：春天把树写成一篇文章，秋天把树删成一首诗。到了冬天，水梧桐就只剩下不死的灵魂了。苍老遒劲的柏树上挂满棕绳一样的藤萝，风吹过来，藤萝曼妙起舞。菊花开了又谢，谢了又开，已是冬季，还有几朵冻不死的在凛冽的寒风中开放着。几株蜡梅已经绽放着黄色的俏丽的花朵，清香满园。茶树的叶子是深绿色的，枝上已有了米粒大的花苞。美人蕉却只剩下枯死的根，到了春天，从枯死的根里会猛的冒出一大丛嫩绿的新芽。还有四季不断盛开的月季花和到了隆冬也碧绿青翠的七里香。这些植物一直延伸到小溪的旁边，和生长溪边的各种各样的花草连成一条长长的花径。

在屋的后面是缓缓升起的山坡，山坡上是大片竹林，竹林的后面是连绵不断的群山。

离志远家最近的邻居在竹林的那一边，当炊烟袅袅升起的时候，稀稀落落的农舍里会传来牛羊哞哞的叫声，农民们在彼此呼唤着，相约到地里干活。志远妈只在农忙时出工，平时在家养猪养羊和侍弄自留地。自留地就在院子的旁边，和院子连起来。这样，他家的院子显得格外大。院子分成两部分。前面是一家人的住房，住房的中间是堂屋，堂屋的两边有四间宽敞明亮的正屋。正屋的两边是偏房，西边用来装瓜果豆稷，东边用来做磨房和厨房。

穿过堂屋便是晒谷坪，用三合泥铺就，平整结实，志远妈总把它打扫得干干净净。冬天的时候，志远妈会坐在坪里的小板凳上边做针线，边晒太阳。

晒谷坪的后面是猪圈鸡舍和茅厕，猪圈里养着猪和两只羊。空着的猪舍里堆满稻草和晒干的红薯藤，那是猪羊越冬的粮食。

农民们的屋子简陋而宽敞，为了方便总是把猪舍茅房和住房连在一起，每当饭菜飘香时，猪圈和茅房的臭气也混杂在饭菜的香气里，让香喷喷的饭菜变得不那么好闻。

志远家让猪圈茅房和住房隔得远远的，看起来特别干净舒适。

虽然院子没有围墙，种下的树，屋周围的水沟都是各家地盘的分界线。志远家即使是单门独户，也不能超越即定的界线。

李卉在美丽如画的山村里已经住了二十多天，她读书，抄写笔记，帮志远的妈妈做些家务，陪着志远妈聊天。

每天清晨，李卉和志远妈把鸭子赶进清澈的溪水里，看着鸭子欢乐地嬉着水，听着小溪潺潺的水声，她有点乐而忘返。

然后，她读着小说，透过窗户向原野眺望。四周总是静悄悄的，只有风吹竹林发出的有节奏的声音。到了晚上，乡村格外宁静，此时，伴着昏暗的油灯，志远妈给她讲起自己和周边村民的故事。原来，每个人都是一本书，有的精彩，有的平淡，有的曲折，有的简单，有的像大江汹涌澎湃，有的像溪流浅唱低吟。

志远的妈妈在农村过着简朴勤劳而又自由自在的日子，让李卉又羡慕又钦佩。朴实单纯的农民和天真可爱的孩子，田园的乐趣和悠然自得的生活方式让她更亲近志远妈和更了解志远父子的淳朴与善良。

那天，志远回家来了，给她带来了她爱吃的玫瑰包子和五香牛肉，还有好多生活用品。让她不好意思的是，志远还特意给她买了例假期的用品。志远解释说，因为农村不讲究，也许没有干净舒适的卫生用品，他就从城里买来了。

那天晚上，志远陪着她坐在书房里。他问她读了哪些书，问她爱不爱他的妈妈，喜欢不喜欢这简陋的农舍，日子过得开心不开心。所有的答案都让志远满意。在晃动着的灯光里，李卉的脸忽而朦胧，忽而清晰，长长的睫毛下，眼睛特别明亮，红嘟嘟的唇往上翘着，好像在呼唤着爱，志远很冲动地抱紧她，吻了她的唇。

这是她的初吻，她不知道该迎上去还是该拒绝，后来，她接受了。这是一个很长很长的吻，志远的唇重重地压在她的唇上，让她几乎窒息。后来，志远将手伸进她的衣服里，抚摸她的乳房。那是少女刚刚长大的乳房，志远的手刚好将它满满握住，那么润滑，那么坚挺，那么温暖。它"突突"地跳动着，柔嫩而富有弹性，好像要从志远的手里弹出去。志远再一次紧紧抱住她，吻她的脸和额头。慢慢地，志远的手向下移动。这时，李卉从他怀里挣脱，站起来说：志远哥，你想干什么，我害怕。

我爱你，卉，我真的很爱你。我不会对你干什么，我只是想了解你的身体，请相信我。

志远哥，我相信你说的是真的。可是，妈妈说过，女孩子的身体是很圣洁的，是不能让男生碰的。

卉，我爱你，我想吻你，拥抱你，抚摸你，拥有你的一切，但我一定会尊重你的想法。

我不想在这个时候谈恋爱。我的妈妈和哥哥不知生死安危，我也身处危难之中，我会有恋爱的心情吗？志远哥，求求你，理解我，好吗？

李卉说完伏在桌子上哭了。在那个年代，女孩子对性的理解是非常荒谬的，大多数的女孩认为，只要坐了男人坐过的热板凳就会怀孕，被男人拥抱就是被男人强奸了。白素玉虽然是医生，也没有对女儿进行过性教育，她担心女儿太开放会惹麻烦。此时，李卉觉得自己非常孤立无援，不知道该怎么面对志远的"强奸"。

见李卉哭起来，志远慌了，他说：原谅我，卉，下次再也不敢了。

李卉不理他，只顾埋头痛哭。

志远手足无措，不知怎么安慰她。

李卉哭了好久，抬起脸来对志远说：志远哥，回你的房间去吧。

志远走进堂屋，刘秀英已经睡下了。他悄悄回到自己的卧室里，躺下后，却无法入睡。

初吻、拥抱、抚摸，那美妙的感觉让他回味无穷，他的每一个细胞都兴奋起来，陷入了对爱情的无限幻想中。

爱情是人生最华丽的篇章，是人生中最值回味的一页。没有爱情，人生是不完整的，就像被抽出灵魂的躯壳。在当时还流行着恩格斯的一句名言：没有爱情的婚姻是不道德的。在志远看来，没有爱情的婚姻岂止不道德，简直就是动物的结合。因为，爱情是纯洁的，不被金钱、利益与欲念驱使，是彼此心灵的相知相遇相守；它就像透明的水晶，永远都没有半点杂质；爱情是浪漫的，有幸福，也有忧伤与凄楚，有的人，为真爱踏遍万水千山，有的人，为真爱守候终身；不管怎样，可亲密接触而不可率性而为；谁不想一辈子都爱得死去活来，直到死后，灵魂还彼此守候。志远渴望他的爱情热烈、温暖、甜蜜、优雅、明媚。他不求爱得轰轰烈烈荡气回肠，但求时时刻刻惊喜不断；他知道爱是贪婪的，它首先要的是彼此的心，而后要的是彼此的情感和肉体，还要彼此的爱好与兴趣，分享彼此的付出；爱也是自私的，一辈子，一切，都只能属于彼此相爱的人，因而它有嫉妒，猜疑和痛苦，不允许有第三者插进来。

志远喜欢读爱情小说和诗歌。爱情、金钱、生命、死亡是诗和小说的主题，作者并不想说教，读者却把它们当成偶像去仿效。志远对爱情朦胧而肤浅的认知，来自他读过的小说《战争与和平》。在那本书里，每个人都有不同的遭遇，但对爱的渴求却惊人的一致。而且，每个人的心都是孤独寂寞的，尽管很多的人看似沉缅在繁华喧嚣之中，还是渴望着有另一颗心来温暖自己。对于年轻人来说，上帝的心，菩萨的心，真主的心，哪有能拥有爱人的心那般幸福。志远将《战争与和平》读了好几遍，每一遍都对爱有进一步理解，他希望李卉通过阅读成熟起来，书能启迪智慧，对青少年而言，好书是好老师，坏书是坏老师。而他家的书全是世界名著，总有一天能教会李卉读懂他的情感，懂得灵与肉搏斗的痛苦。但愿这一天不会太久。

看来，我要耐心地等她长大、成熟，直到她真正的爱上我，志远这么想着。

二十七、白素玉生命中的第二次爱情

杨义回到办公室里，坐在椅子上不断叹气，为白素玉的命运悲哀。像白素玉这般天生丽质而又才华出众的女人，为什么遭遇竟如此不幸。

正在不胜感叹时，有人大声喊他去审讯室。

杨义想：我正想去找齐长松，他正好来找我，我一定要让他取掉白医生的手铐。

杨义走进审讯室看到了何为。几天不见，何为完全变成了另一个人，他傻傻的笑着，用手指沾着身上的血，吃得津津有味，谁都不认识了。

齐长松说：老杨，你给瞧瞧，他是真疯了，还是装疯。

杨义说：你用皮带重重抽一下。

"啪"，一鞭抽下去，鲜血直冒，何为"啊"的叫了一声，继续用手指去沾血吃。

杨义说：真的疯了，这人平时那么凶悍，犯下这么一点点错就变疯了，脆弱如此，真是匪夷所思。

齐长松说：还等着他的口供呢！

杨义问：为什么要他的口供？

齐长松说：十天内白素玉结案，局长说其它的证据都不重要，只要有老何的供词就行，判她的死刑，让她在 1967 年彻底消失。

案情还没清楚，怎么就判死刑了？

跟她有仇呗。

什么仇？

开个玩笑，别认真。老杨，你说老何都这样了，怎么逼也逼不出一句话来，这供词怎么写？

无可奉告。老齐，这个老何必须铐上，他要是发起疯来，后果很严重。

手铐都用完了，从那儿找呢？

取下白素玉的手铐给老何铐上。

只好这样了，你去走一趟吧。

杨义答应着，向医护室走去。十天内结案，已经过去四天了，剩下的六天能用什么办法救她呢？

就在杨义为白素玉悲哀时，白素玉也在为自己伤心，人生的路，怎么就走到了今天这种地步。她步步谨慎，一步都不敢走错，可是，到头还是走错了，落到朱家兄妹手中。

假如不是遇到金秀和她的丈夫，她的命运肯定会被改写。

1962 年，刘梅香死了。白素玉请求调到省医院去，省医院寄来了调动函，第一医院也同意了。就在这时，军区司令员徐子健把夫人金秀抬到了她的面前。当时，金秀已是垂死之人。省医院的一个专家把白素玉推荐给徐子健，院长要她放下手中所有病人，全力以赴抢救金秀。在她的治疗下，金秀又活了过来。

为给妻子治病，徐子健给医院下了一道命令，不准调走白素玉。就这样，她被徐子健拦了下来。

1965 年的夏天，金秀死了。三个月后，徐子健亲自向她求婚。

她推托说：金秀去世还不到一年，一年以后再说吧。

就是这一年里她经历了好多苦难，和大多数知识分子一样，在生死存亡的边缘挣扎。一次又一次的政治审查，无数次的批斗。人民群众把她去美国留学当成是对祖国的背叛，因为她信仰基督而被游街示众，批判她所有的学术论文是资产阶级的论文，连她的美貌都成了罪过。她挨过打，扫过厕所，冻结了工资，成了臭名昭著的人物。残酷的现实，迫使她让自己的心结一层壳，坚硬、冰冷、空洞。她把徐子健彻底忘记了，好像那一页不曾在她生活中出现过。

67 年八月，她仍然被组织审查，不过，已经让她为病人做高难度的手术了，高超的医术让她誉满宝庆城。这是否意味着她即将解放重新工作？这一天，又一例手术指定要她做。她去的时候，病人已经被麻醉，脸被纱布遮盖着躺在手术台上。张雨告诉她，是心脏搭桥手术，从大腿上剪下一条静脉血管搭在心血管上，一定要由她主刀。

当她成功完成手术，病人被揭开面纱时，她才看到那张曾经熟悉的脸，原来是徐子健。那天晚上，她守候在他身边。昏迷中的徐子健喊着金秀的名字，白素玉知道那是濒临死亡的人，对死亡的恐惧。当徐子健醒过来，看到白素玉时，激动得一把握住她的手，指着自己的心对她说：这里的血，是因为思念你而凝结的。

市革委成立时，她在报上看到他的名字，知道他是革委会的军代表。原来，他一直呆在军区里，从未离开过，为什么从来没有联系过她？在她被批被毒打的时候，他近在咫尺会不知道？他竟然说思念她，如此谎言，令人害怕。

白素玉想：当初，我要是调到省医院，朱有良就无法迫害我。是金秀和徐子健改变了我一家人的命运。我就是要求徐子健用命来赔我，也是应该的。所幸的是，我又碰到一个好人。

正好杨义来了，他说：我说过要给你解开手铐，就一定会给你解开手铐。

白素玉说：谢谢。杨医生，这太难为你了。有件事，是关系到我性命的事，我想和你商量一下，看看你能不能帮帮我。

你请说，只要是我能做的，一定做。

军区徐司令员是我的朋友，请你将我的处境告诉他。

徐司令员不就是革委会的军代表吗？

是的，我不会为难你，你只要将我的情况真实的告诉他就行，他帮不帮我由他决定，我不会勉强他。杨医生，以前常听我婆母说'人的命，天注定'，我不信，现在我信了。但是，听天由命不是我的性格，只有求你帮我了。

放心吧，我现在就去找他，我会按你说的办。

杨义说走就走，刚到军区门口就被卫兵拦住，当他说要找徐司令时，卫兵立刻警惕起来，再三盘问他后，在岗亭接通了徐子健的电话，杨义说：司令，我给你带来了白医生的消息，请允许让我当面告诉你。话刚落音，他就被卫兵带进了司令部。

自从心脏手术过后，徐子健弄明白了一件事，那就是他的生命和所有人一样很脆弱。一向都很健康的他，生病的那一天，还和战士们在球场打球。忽然他昏倒了，经抢救后才知四条重要的心血管被堵住了三条，剩下的一条也变窄了，他的心脏只能微弱地跳动，要立即做手术，晚一小时他就会死。他要求由白素玉为他的手术执刀，事实证明他的决定是正确的，手术太漂亮了，他恢复得很好。

经历了死亡，他觉得什么都不重要了，升官不重要了，金钱不重要了，子女也不重要了，重要的是过好余生。他决定以养病为理由请长假休息，再和白素玉结婚，将她调到军区来，当他的保健医生。

他要用下半生来旅游、读书和写作。白素玉美丽、温柔，气质迷人，他要好好享受爱情，总之，他一定要让后半生过得精彩，过得幸福。

他要把自己的想法告诉白素玉，再一次向她求婚。

过去一年的形势的确实让人担心，他经历了十次路线斗争，每一次都那么残酷。就好像一颗大树，树干上有几个大的枝桠，大的枝桠上又长出许多小的树枝，他是其中的一个树枝，他的枝上还有更小的树枝和许许多多的树叶，大家吸收从树根输送来的养份，接受着阳光雨露的滋润，生机勃勃地活在那棵大树上。忽然有一天，他生长的树桠被砍下来，离开了大树，所有的枝叶都慢慢死去。枝枝叶叶都没有做错什么，错的只是不该生长在那一根树桠上。这就是小人物的路线斗争，不经意间就断送了政治生命。所谓路线斗争，就是争权夺利。为了共同的利益结盟，为了不同的政见分裂。他，徐子健看明白了这些，感受到了黑云压阵阵欲摧的危机。因此，他不想惹事，他想等到危机过去，有了一个新的契机再结婚。

现在一切都明朗了，他的老首长许世友是不倒松。他再也不怕婚姻影响他的政治生命，像他这个级别的老干部和谁结婚上级都会批准。为革命做出了那么大的贡献，批准他们娶个出身不好的老婆是对他们的补偿。

可是，只请了一个月假的白素玉却还没回来。他派警卫员打听过，谁也不知她在哪里，他一直为她担心，而且越来越担心。

正在此时，杨义说他带来了白素玉的消息，请求他接见。

他立即命令卫兵：立刻让他进来。

杨义进来了，徐子健让他坐下来说。杨义慢慢讲完白素玉的事，徐子健气得脸色都变了。

他对杨义说：你立即告诉白医生，要她告诉朱有良，她是我的妻子。她什么都不要招供，把朱有良的审问，统统推给我，让朱有良到军事法庭去告我。我会去警告朱有良，再也不许动她一根汗毛。

杨义说：司令员，你还要保护我哟。白医生秘密关进监狱，除了朱家的人，就只有我知道，我要是暴露了，就再也没有人帮她了。

你说得对，先去白医生那里，将我的话告诉她，这里我总会有办法的。

杨义走后，徐子健带上警卫员，坐上吉普车直奔革委会。

过去，军队不干涉地方政务，文化大革命以来，中央多次派军队到地方支左或实行军事管制，具体管理地方政务，这也是给群众组织施加压力，让群众组织明白：孙悟空再厉害也翻不出如来佛的手心，政权始终掌握在共产党的军队手里。

八月中旬，宝庆市成立了革委会，徐子键是军代表，革委会主任是刚被解放的老干部，原地委书记周明亮。他们是几十年的搭档。

见到周明亮，免不了问他身体怎样，家人怎样，心情怎样。

接着，徐子健问起白素玉的案件。

老周说：这好像是一起重大案件，革委副主任孔祥三也插手管了一下，现在被朱局长关在什么地方。

徐子健问：朱局长是个什么人，这么强势，连革委副主任也敢抓。

也不是正式批捕，协助调查嘛。再说他是群众组织结合进来的，朱有良有点看不起他。

我想了解一下，革委会与公安局的行政关系。

从行政关系来讲，公检法是革委会的下级机构，革委会有权指示公检法，但无权干涉具体工作。

这听起来有点矛盾。

是有点矛盾，目的是让公检法能依法办事，而不是臣服于权势。大的案件一定要通报我们，具体操作由他们。像这个案子，公安局向革委会汇报后，革委会给他们立下了军令状，十天内破案。当时你生病住院，我怕打扰你，没有向你汇报。老徐，你即然问起此案，我也想听听您的意见。

我想先去公安局了解案情，再与你切磋，怎样？

好，你见到朱有良要他不谈案情，先把祥三放出来。告诉他，原来的造反派组织死灰复燃，准备冲击革委会，重新夺取政权。那些好不容易赶到农村去的知青造反派也回来了，加入到造反派中。学生组织也在蠢蠢欲动。现在造反派聚集了十多万人马攻打我们，革委会需要祥三立即率领保皇派的十万工人击败造反派的进攻，保卫我们的政权。

徐子健说，不是把群众组织的枪都缴了吗？

我听说造反派组织要到军分区夺枪。

我知道了，我先去公安局。

朱有良刚刚进办公室，就看到徐子健从车上下来。还没坐稳，徐子健就进了办公室。朱有良慌了，一边迎过来一边说：首长来指导工作，也不打声招呼，失迎，失迎！

徐子健看都不看他一眼，直接坐在他的位子上，朱有良只好乖乖站在一旁。

过了好久，朱有良才壮起胆子问：首长，您有何指示，我洗耳恭听。

徐子健说：听说我的保健医生白素玉被你关进监狱了，有这回事吗？

首长，公安局每天都要抓好多人，我不可能都清楚。

可是革委会很清楚，是周书记亲口告诉我的。

朱有良再不敢否认，他是从部队出来的，知道一个军长的威严。他说：是，白素玉的案情比较复杂，可能还会关几天。

白素玉的案情怎么复杂，我想了解一下。

首长，是这样，她儿子李欣杀人，被我们抓起来了，白素玉帮她儿子越狱逃跑，目前正在调查，所以说案情是复杂的。

朱子良，李欣没有杀人，白素玉也没有帮儿子越狱。我会代他们向中级法院申诉，我握有大量的证据。相反，我已经查出你浑水摸鱼假公济私徇私枉法，你的下半生就在牢里度过吧。我今天来，是警告你，不要动白素玉一根汗毛。她是我的保健医生，我的命全握在她手里，就这么简单。

是。首长，我会为你的健康着想的。

还有赶快把李欣的案子结了，立即将祥三同志放出来，这是革委会的命令。你目前的主要任务是将造反派看紧点，他们要抢枪夺权，你们公安局，要防范于未然。

是。首长，您慢走。

徐子健走后，朱有良气得将办公桌上的东西统统扔在地上。

正好朱有凤来向他汇报审讯孔祥三和张雨的事。

朱有凤问：朱局长，你生谁的气呀？

我生姓白的那个女人的气。

她是一只死老虎，何必生她的气。

可是，这只死老虎又活了，有人要为她伸冤。

谁吃了豹子胆，敢与我们朱局长斗？

军代表徐子健。

天哪，是徐司令员。她怎么搭上他了呢？

她是徐子健的保健医生。

难怪。不过白素玉是秘密关押的，徐代表是怎么知道的，这中间那个环节出了问题。

我们的保密工作越来越差，这事我会调查，查出来要杀一儆百。

局长，我那儿也出了点问题，没想到孔祥三看起来很强壮，却经不起折腾，才打几下就快死了，要不要抢救呢？

赶快抢救，我早说过只吓唬吓唬他，不能动大刑。他是'工联总'的司令，背后有十万工人支撑着。'众怒难犯'你懂不懂？不要再给我找麻烦。这个案子已经清楚了，策划者是徐子健，李欣李卉都藏在他家里。你赶紧把孔祥三送到中心医院抢救，救活了就让他滚。

朱有良立马怒冲冲地去了监狱。他去监狱是想狠狠抽白素玉一顿，十几年来，他春风得意，青云直上，何曾像今天这样，徐子健从进办公室到走出办公室瞧都没瞧他一眼，一付将他踩在脚底的表情。可是，见到白素玉还真不敢抽她了，朱子良内心顿时充满了挫败感。

为什么害死李卓然和刘梅香就那么容易，像捏死一只蚂蚁。到了李欣这儿就有这么多的波折？害死李欣算过份吗？不过份呀，朱家三条命，李家三条命，很公平呀！公正地说，朱家更亏，因为朱老大的那个毒咒，他朱有良过的就不是人过的日子。

朱有良也曾经有过一次令他难以释怀的爱情，因为爱，他们从热恋走到婚姻。到了结婚的那天晚上，他欲火中烧，却无法渲泄。他狠狠咬住妻子的乳房，直到激情消失。后来，他们离婚了。那是他一辈子唯一的一次爱，那女人是他唯一亲密接触过的女人，那是一次即幸福又痛苦的经历。据说对异性的渴望存在于人的脑丘，没有做爱的能力，不等于不需要异性。朱有良外表英俊魁梧，很有吸力。但他咬破女人乳房一事，早就成为公开的秘密，再也没有女人敢嫁给他了。于是，女人成了他心中的痛。

当朱有良看到白素玉浑身上下绷满纱布，像一具木乃伊躺在灰暗的牢房里，就觉得她已经是个死人，心里有了一点快乐的感觉。

他问身边的齐长松：她还活着吗？

齐长松说：还没死。

朱有良说：还让她活几天吧。

朱有良看着看着，觉得白素玉尽管是被纱布包裹着，却丰姿绰约，胸脯微微挺起，腰肢纤细，四肢修长，手与脚像白玉雕刻一般。

他忽然悟出，白素玉是徐子健的女人。

他打过这个女人，就好像打过徐子健一样。真是：卤水点豆腐，一物降一物。今天，你徐子健是我的上司，你女人是我朱有良手中的囚犯，这世界就这么奇妙。徐子健啊，你也有软肋。

齐长松见他紧绷的脸忽然放松了，便说：局长，有件事向你报告，何为疯了，已经没办法审讯他了。

真疯啦？

杨义已经诊断过了，真的是疯了。

这家伙，每次都是他来坏老子的大事，真想抽死他。我刚才还手痒痒的，想打人，算他走运，现在不想打了。你去代我打，我在一旁看着。

在审讯室，看着何为被打个半死，朱子良对齐长松说：你模仿何为的语气写一份口供，盖上他的指印，他要是死了，才真正没有证据了。

走出审讯室，朱有良问齐长松：白素玉关进监狱除了你，还有谁知道？

齐长松说：老杨知道，他为她治过伤。

这个人可靠吗？

可靠。

告诉老杨，马上将白素玉的纱布扒下来，有没有伤都给我扒下来，我要将她带回公安局。

朱有凤在审讯孔祥三时，孔祥三竟揭了她的老底，说她不过是一个妓女，说他们兄妹是在公报私仇。她的过去是她心里的伤疤，只要掀开就会流血。

她老羞成怒，挥鞭扑向这个矮小的男人。谁知孔祥三竟倒在地上，只有出气没有进气。昨天被送进医院，今天他还没有苏醒。

朱有凤再一次去朱有良办公室，把孔祥三知道他们老底的事告诉给有良。

朱有良说：孔祥三知道我们的过去又怎样？与李欣杀人有联系

吗？李欣是在武斗现场抓捕的，我们是按照法律程序审讯他关押他。后来，他越狱逃跑了，我们不是正在调查审理这个案件吗？这怎么是公报私仇？你要沉得住气，不能被他控制你的情绪。现在我们要对付的是徐子健和白素玉，我要利用白素玉打败徐子健。我不想打击面太大，赶快要医院设法救活孔祥三，醒过来先将他放了。等白素玉解决了，再收拾他。明天对那两个民兵，稍微审问几句，也放了。对那个护士要严厉审讯，暂时不能放，因为她涉嫌投放安眠药。张雨要吓唬吓唬，看看能不能交待出后台。有凤，你做过妓女又怎样，那是万恶的旧社会逼的。我的过去是光荣的，49年参军，50年火线入党，为革命立过功受过伤，我是老革命！他孔祥三算老几？

哥，他知道我们家谋了李家的财宝，知道我们家父母、哥哥是怎么死的，他已咬定我俩公报私仇。

有凤，他是听白素玉说的，我们不用怕他。白素玉是在为她儿子辩护，孔祥三相信阶级敌人，被敌人蒙蔽了。他，孔祥三见到财宝了吗？他的证据在哪里？妹妹，你不要怕，心虚就会被他们打败，我们要有强大的心理，有了强大的心理才能报仇。我们先后害死李卓然和刘梅香，白素玉为什么忍气吞声，第一，证据不足；第二，她的心理太脆弱，凡事都委曲求全，不敢吱声。我们要抓住她这个弱点，逼徐子健屈服。你等着吧，我会将徐子健告上军事法庭。

哥，我相信你，胜利一定属于我们。

杨义将白素玉脸上的纱布一层层揭开，轻轻说：朱有良来了，要我把你身上的纱布全扯下来，看来他要将你转狱了。

白素玉说：你估计他会将我转到那儿？

杨义说：公安局或看守所，徐司令员一定找过他了。你离开监狱后，我就不能帮你了。

白素玉说：谢谢，你已经帮了我很多了。

正说着，纱布解完了，露出一张雪白润泽的面孔。杨义对白素玉说：效果好极了，脸比从前更漂亮，要不要把它弄黑呢？

白素玉说：拜托你，一定要弄得又黑又丑。杨医生，我很喜欢鲁迅先生的一首小诗，我背给你听，'运交华盖欲何求，未敢翻身已碰头。破帽遮颜过闹市，漏船载酒泛中流。横眉冷对千夫指，俯首甘为孺子牛。躲进小楼成一统，管它春夏与秋冬。'我没什么感谢你，这算是我送给你的临别赠言吧。我还欠一个好心人五百元钱和五拾斤粮票，那是他为儿子娶媳妇准备的，看来再也不能还给他了。

白医生，你也不要太悲观，中国人讲究'物极必反，否极泰来'，也许你所有的坏运走到了尽头，等待你的是好运气。

白素玉笑着摇摇头，她的脸已经抹上黑色的药膏。杨义说：这黑色很难洗掉，但它能保护你的皮肤。我有药水可以将它洗掉，就算没有药水，时间长了也会慢慢的洗净。

几个干警过来了，杨义将她身上的纱布拆下来，白素玉被推上囚车。天已经黑了，白素玉透过铁窗往外看，囚车正穿过繁华的闹市，街上景物一闪而过，那些地标性的建筑还是能辨认出来，她被送到了公安局的临时看守所。这是她被捕的第五天，她好像度过了漫长的五十年。

二十八、白素玉认罪

朱有良的耳边又响起了悠扬凄凉的笛声，十八年来这笛声一直折磨着他，让他的记忆又回到1945年八月末的那一天。那天，有康喝醉了，睡了。而他怎么也睡不着，沉醉在远处传来的笛声里，天籁之音啊，只有像驼背这样的人才会把笛子吹得这么扣人心弦，但愿这是他一生中最后一次吹笛。也许，驼背的心里也充满惆怅，竟越吹越悲凉，吹了好久好久，太阳坠入西边的山峦，笛声还在原野里呜咽。后来，他也睡着了，有康将他摇醒时，已是万籁俱寂的深夜。接着发生的一切，令他心碎到如今。他满怀仇恨四处寻找驼背，茫茫人海始终找不到他的踪迹，以至见到驼背、瘸子，都恨不得揍他们一顿。到了部队后，他渐渐成熟了，读懂了"伪装"二字。犯罪分子利用"伪装"犯罪，警察利用"伪装"的卧底，政界利用"伪装"升官发财。十几年摸爬打滚，他练出了识别"伪装"的双眼。可惜那时，他和有康都太年轻，被杀手的伪装欺骗了，轻视了强大的对手。

朱有良在后来反复回忆杀手的形象，杀手不是一个驼背，而是一个身材高大，容貌英俊，会吹笛子，武功高强且诡计多端的人。这样的人，他再也没有碰见过。

为了找到杀手，他向部队要求转业到公安局去。在公安局滚打了几年，见过的罪犯多了，渐渐学会了分析案情：那个装扮成驼背的杀手，不会是刘梅香的眼线，做眼线的是不会杀人的。杀手从离开桃花镇的那一刻就跟踪他们，对这些财宝一定非常熟悉，而且觊觎已久。那么，这个杀手一定是宝庆人，去过刘梅香家，见到过这些财宝。刘梅香也感觉到了，危机中将财宝藏到他们家。杀手跟踪财宝也到了他家，只是那时他们太兴奋了，没有想到螳螂捕食，黄雀在后。

杀手杀死了有康，夺走所有的财宝，是他朱家最大的仇人，找了好多年，没找到一丝一毫与之相关的线索，那些雕刻着梅花的财宝再也没有在人们眼前出现过。

　　杀手一定不会回到有熟人的宝庆，而是带着巨额财宝远走高飞了，或许他是陈桂中派来的人，已经被陈桂中灭口了。要找回财宝，希望渺茫。

　　朱有良对于财宝的记忆越来越模糊，却将有康死后所有的形象刻在记忆深处，包括那张被蛆虫吞噬的脸。

　　想起有康那张在记忆里无法抹去的脸，他就很想知道白素玉那张血肉模糊的脸是否也变得奇羞无比。他要去看看白素玉，看看她的那张脸。

　　当他看到白素玉时，根本认不出她来了，那张脸就像非洲的黑人，除了眼底和牙齿是白的，连嘴唇都是黑的。从小就是美女的白素玉变成了眼前的模样，让他很有成就感。

　　他说：白素玉，你的脸好让人恶心，不知徐司令员见了有何感想？

　　白素玉说：徐司令员只是我的一个熟人，连朋友都不是。

　　我认为，他会恨我。白素玉，我并不想难为你，可是，李欣越狱了，你要想活命就要拿李欣来换。李欣和李卉都躲藏在军区对不对？你要徐司令员把李欣交出来就行，李卉还小，法律不会追究她的刑事责任，你呢，也是无罪的，我也会放你走。怎样？想不想按我说的做？还有，革委会要求我在近几天结案，你如果不想连累你的朋友，就把越狱的组织者交待出来，那么，孔祥三、张雨、杨义都没事，顺便告诉你，昨天晚上杨义就被捕了，他为你找到徐司令员，同样也暴露了自己和徐司令员，徐司令员是这次越狱的组织者，公安局会将他告上军事法庭。

　　听到这里白素玉差点气晕过去，她说：朱有良，你真是血口喷人。你要我的命，我拿命给你，何必连累那么多无辜的人。

　　那些人无辜吗？不，一点也不无辜，没有他们，李欣插翅难飞。

是我帮助李欣从医院逃走的，与他们没有任何关系。

想死，是不是，挨枪子也要有点智慧！朱有良说完后，扬长而去。

白素玉琢磨朱有良最后一句话。从前，常常听婆母说'智慧处事，慈悲待人'。我要如何交待罪行，才能洗脱他们的罪行，让他们重获自由呢？

杨义告诉她，无论朱有良要她交待什么都推给徐子健，徐子健位高权重，哪怕说他是越狱的组织者，也于他无损。但是，越狱是死罪，他真的能顶住吗？她这么做是不是正中了朱有良的奸计？李欣、李卉是不是真的藏在徐子健哪里，为什么朱有良会那么肯定？

朱有良确实认定李欣李卉藏在军区，只要抓住他们，徐子健劫狱的罪名成立。把他告上军事法庭，死刑。以官抵刑，从法庭走出来就是普通老百姓。

可是，军区的警备不亚于监狱，即使拿着公安局的介绍信，未必准进去搜查。想到这里，就觉得要找一个内线才行，这个内线还要肯为他卖命。

调查徐子健的干警从长沙回来了，经查证徐子健于9月22日到省军区疗养院做康复治疗，疗程一个月，10月21日从长沙返回宝庆，他带了三名警卫员去，和警卫员一起坐吉普车回来。

朱有良认为只要白素玉交待出徐子健是越狱策划人，即使徐子健有不在现场的证据，也可以凭着白素玉交待的材料起诉他。那时，就看徐子健是让白素玉死还是让她活，让白素玉活，徐子健必须认罪，要白素玉死，可以将罪行推得干干净净。不过，徐子健活着，白素玉死了，徐子健肯定会把他送上法庭。

如果抓不到李欣，这案子还真有点藓手。

时间只剩下四天了，孔祥三还在昏迷中，张雨和那个护士一口咬定自己是无辜的。案子到了关键时刻，又冒出个徐子健，为了安抚有凤，他向有凤承诺要把徐子健送上军事法庭。可是，军人的地位至高无上。这年代，你要问孩子说：你长大了干什么？孩子会说：我长大要当解放军。你问青年人：你最想干什么？青年会回答：我想去参军。你问做父母的：你希望你的儿女从事那种职业？父母想了想会说：当兵吧，当解放军最光荣。从文化大革命运动开始的那一天，伟大领袖就穿上军装，并被称呼为伟大的统帅。地方政权也开始有军队介入，军事管制，军代表已经结合在各级政权里。徐子健是军区司令员，革委会的军代表，是宝庆城最高行政长官，也许军人还会更多地介入地方政权，中国成为由军人执政的政府，徐子健就可以一手遮天。朱有良不得不考虑这个有可能成为现实的问题。现在，将张雨和护士打晕，在假材料上盖上他们的指印，是一件很容易办的事，但是，不能将他们打死。假如所有的材料都死无对证，就是假材料，用假材料去诬告一个经过二万五千里长征的老红军，会定什么罪呢？

十八年来朱有良一帆风顺，他变得自私、凶残、刚愎自用。过度的自信让他将李欣的越狱案，引入死胡同。如果他理智点，推翻他一开始就断定的'有计划，有预谋'的越狱，把越狱案判断为偶然中的必然。如果他换一种思维，重新调查，说不定还真能找到李欣及其同伙。一心想报仇的他，只想一石双鸟，把无辜的白素玉害死，固执地将案子钉死在他的思维里。

白素玉已将生死置之度外，甚至连自己儿女的安危都不再牵挂，一心想着要怎样做才能帮徐子健、孔祥三、张雨、杨义等人洗清嫌疑。她的思维也集中到李欣越狱的那一天中。

她回忆起她被捕后所有的审讯，将它们串成一组画面：孔祥三将生命垂危的李欣送进第一医院，接着张雨对李欣进行抢救。李欣救活后生活不能自理，（杨义说李欣从进监狱起，就带上几十斤重的脚镣手铐，为了让她相信李欣是真越狱了，曾经把李欣越狱的详情告诉她。）不得已要李卉到医院照顾李欣。李卉奔走在医院与志远家之间，看守渐渐对她失去警惕。这时，有人想出了越狱的办法。这个办法就是将看守麻醉后再将镣铐打开，利用黑夜的掩护越窗逃走。这些都是通过李卉实施的，而且成功了。儿女们太聪明了，不过最大的功劳还是那把打开镣铐的钥匙。假设自己没有去北京，一定会想办法见到李欣，说不定也会利用那个机会救他。想到这里，白素玉茅塞顿开，现在，就把自己当成那个救走李欣的人，写交待材料吧。

白素玉　女　45 岁　宝庆市第一医院医生　基督徒

1967 年 5 月 28 日，我儿子李欣介入武斗，听说持枪杀害多名革命群众。我因为当时正被医院隔离反省，所以并不了解李欣的具体情况。我相信法律是公正的。我女儿李卉一直在关注李欣事态的发展，9 月 18 日，她趁我正从手术室出来，告诉我李欣被叛处死刑了。我一听，急得晕倒在地。此时徐司令误以为我生病了，批给我一个月的病假。回家后我想见儿子一面，公安局没有批准。情急之下，我到北京上访，想为儿子平反。到北京后，收到李卉来信，得知李欣在第一医院保外就医，就赶紧从北京回来。我多次趁着夜晚，藏在病房外偷偷看望李欣，从没被看守发现过，觉得看守很没警惕性，于是萌发了帮助李欣逃跑的念头。我在美国留学时，曾选修《化学制剂》。我利用 Ra 液与 La 液混合后膨胀并产生巨大的能量的化学原理，帮助李欣打开镣铐。又配制了没有气味，使用方便，见效快的安眠药。我悄悄将两个液体瓶和安眠药藏在饭里，要李卉带给李欣，里面还有写着使用方法的字条。晚上，我一直守在病房外。凌晨，我看到李欣从病房的窗户跳下来，我赶紧将窗户关上，领着李欣从医院后门逃出去，到了医院外面，我给他五十元钱和二十斤粮票，要他从乡下的小路逃走。

李卉并不知道李欣越狱的事，因为与李欣接触密切，我害怕会连累到她，只好将实情告诉她，给她十元钱和五斤粮票要她出去躲一阵。

我来不及和李欣、李卉联系，就在那天晚上，神勇的公安干警逮捕了我。

之前，我为了欺骗公安局，特意到火车站拾了一张从北京到宝庆市的火车票，装成很无罪的样子，其实，是我帮李欣逃走的，我犯下了协助死刑犯逃走和欺骗政府的滔天大罪，我愿意伏法认罪，接受法律的制裁。

白素玉

1967 年 10 月 28 日

　　这张认罪书放在朱有良的办公桌上。认罪书陈述简洁，事实清楚，字迹工整漂亮。说明是在罪犯意识清晰，精神状况良好的情况下写下的，朱有良要的就是这个效果。不过时间、地点交待得够不上精确，不符合刑侦组调查后的事实。

　　他来到白素玉的牢房，对她说：把具体的时间和地点写出来，比如：李欣是几点几分从那个病房的那一个窗户跳出来，你领着他从医院的那一道门逃走的。

　　白素玉说：太紧张了，我记不准确。

　　朱有良说：那就按我说的写，10 月 19 日凌晨二点，从隔离病房 1 病室西边的第一个窗户跳出来，你领着他从医院西边的后门逃走。

　　白素玉赶紧把朱有良说的补了进去。

　　朱有良说：如果你说的和他们交待的事实相符，这个案子就结了，他们会无罪释放，你会被判处死刑。

　　白素玉说：我接受政府的判决，但有一个请求，请不要公审我，不要在布告上宣布我的死刑，请求秘密处死我。

　　朱有良说：这可是个不一般的要求，我要交换条件。

　　白素玉说：在我父亲的企业里，我有百分之四十的股权，我把它赠送给你，如果你同意，我现在就写授权书。

　　朱有良说：你真聪明，想让我为钱再死一次，是吗？

　　白素玉说：我只有这些，其他什么都没有了，让我拿什么和你做交易？

　　朱有良说：我要你给徐子健写一封绝笔信，信中要把认罪书的内容写上去。要明明白白，清清楚楚的告诉他，劫狱的人是你，你犯下的是死罪，谁也救不了你。公安局长朱有良对你特别好，一直想方设法救你，但同样回天无力。要他有机会就提携提携我，千万别以为是我害死了你。还有，你要说明，你过去从没真心爱过他，直到关进公安局，我，朱有良告诉你，徐子健正在设法救你，你才被感动得爱上了他。你劝他不要再努力，所有的努力都徒劳无益。告诉他：现在，你真的很爱他，很想见到他，可惜这个愿望无法实现，只好委托朱局长将此信转交给他。

我要你这么写是因为'人之将死，其言也善'，徐某会被感动的，不会再找我的麻烦。写好后将信给我，我会在适当的机会给他。明天起住到死牢去，我会履行诺言，在两个月内秘密枪毙你。

朱有良再三掂量后，觉得与徐子健、孔祥三为敌会耗费他很多精力，结局难以预料。他的目的是枪毙白素玉，只要主要目的达到了，何必处处树敌呢？不过，他也知道，事实上他们已经结仇了。

虽然一切不是那么完美，但是有了白素玉的认罪书和何为的旁证材料，他可以在十日内结案了。

二十九、鬼魅宁顺生

宁顺生每天都在盼着白素玉回来，已经快两个月了，白素玉竟然杳无音讯。而且，孔祥三也没有来过，他委托自己交给白素玉的一大包材料，一直藏在阁楼上。看起来事情不是他们想象的那么简单，宁顺生越来越为他们担心。

孔祥三再三说过不能去找他，他和志远、达生都不敢向任何人打听他的事情，内心里却焦急万分。他认为孔祥三交给白素玉的东西，应该打开看看了，也许能知道些什么。

那天晚上，他很谨慎地打开孔祥三放在他家的提包，要志远把那些材料念给他听，这才知道孔祥三为给李欣翻案调查了那么多人，开过那么多的调查会，太不容易了。

这时，志远从包里翻出了用丝绸紧裹着的照片，这是两张已经发黄的照片，照片上面写着"李卓然白素玉结婚庆典，一九四二年八月八日"照片里的男人们穿着长袍马褂，女人们穿着旗袍，人物清晰可辨。孔祥三在照片的背后写了几个人的名字和他们的位置，里面有白素玉，朱有良和朱有凤。志远对父亲说：爸，你看这是白阿姨的结婚喜宴，朱有良和朱有凤都在，他们是亲戚，二十多年前就认识了。

宁顺生接过照片看了好久，志远指着刘梅香和朱有康说：爸，你是不是认识他们，为什么盯着他们看。

宁顺生说：我怎么会认识他们。

志远笑着说：不认识他们，怎么看这么久？

宁顺生叹口气，换了一个话题：听说祥三被放出来了，又在指挥保皇派与造反派打战了？

志远说，天天在打。

儿子，你没参加嘛？

嗯。

没有参加就好，子弹是不认人的。

正说着，远处传来"噼噼啪啪"密集的枪声。

宁顺生说，又打起来了，这枪声好像是从革委会那边传来的。

革委会在中心街道的那一端，离他家不远。

解放前，宝庆本是充满烟火味和人情味的城市。满城都是手工业者和小商人的店铺，家家摆着财神像，每天端开铺门就祈求财神保佑自家平平安安的做生意。五五年公私合营后，再小的商铺也收归国有。宝庆也从一个富庶的城市越变越贫穷，沦为边缘化的城市。

到了文化大革命，中心街道多了几座四层楼的建筑。街道由青石板路变成水泥路，它似乎没有青石板结实，总是破破烂烂的。

志远只想出去看看，打探点消息。无奈父亲守在身边，只好又在包里拣出一本笔记本。打开笔记本，扉页上写着三个大字：梅花劫。

志远想：祥哥不会是在写小说吧。接着看下去，写的是：据白素玉叙述……他一页一页的读下去，竟读得入了迷。

宁顺生说：怎么只顾自己看，不念给我听了。

志远说：这里面写的是一个谋财害命的故事，想不到李卉家里还发生过如此惊心动魄的故事，祥哥太了不起了，连李家解放前发生的事都调查得如此清楚。爸，朱有良还真是李家的仇人哩。

这时，志远看到父亲的神色大变，便说：爸，你是不是累了，累了就去睡吧，我看完也去睡。

宁顺生一把夺过志远手中的笔记本，大吼：别看了，去睡吧。说完拿着笔记本走进自己的卧室，"嘭"把门关上了。志远从未见过父亲在小事上发这么大的脾气，他轻轻说：见鬼。然后倒头睡着了。

宁顺生翻开日记，字迹太潦草，一个字都认不出来，生平第一次恨自己不识字。此时他只想知道孔祥三除了调查朱李两家的恩怨，关于财产还知道些什么、为什么把这么重要的东西交给他？他心里翻江倒海，只想知道笔记本里写的是什么，宁顺生小时候家里很穷，母亲生了六个子女，他排行第四。六岁那年，一个傩（音：罗）戏班子来到宁家坳为村里人驱鬼逐疫。戏台上青黄赤白黑五鬼全是和他一般大的小孩，他们围绕着戴着面具的傩神翻着斤斗跳着舞，那么活泼那么快乐，他看得着迷，竟跟着戏班子走了几天几夜。最后，班主收他做了关门弟子。

　　傩戏班子演的是传奇志怪的鬼戏，登不得大雅之堂，只能在乡下像杂耍班子一样，一半演出一半乞讨，住的是祠庙或废弃的破屋子，吃的是乡民提供的食物，得的钱极少，是名符其实的血泪草鞋班。

　　傩戏班的演员不识字，所有剧目都是口口相传，什么故事都离不开判官钟馗统领着天下鬼怪唱着巫歌跳着傩舞将害人的鬼捉拿住，于是天下太平，人人欢喜。剧情简单而喜庆，深受民间喜爱。他们也被人们看成不吉利的戏班，每当乡村里发生瘟疫的时候，鬼怪出现的时候，发生冤情的时候，需要祭祀的时候才会花钱请傩戏班子去驱鬼和热闹一番。

　　但凡鬼都具备人所没有的本领，所以才能兴风作浪。傩戏演出时，鬼们一出场就在空中连翻几个斤斗，以显示他们超凡的武功，也是傩戏的噱头。接着腰功，腿功，唱功，做功依次表演一番，全是武林绝技，傩戏可谓是功夫戏的鼻祖。宁顺生就在练功与乞讨中长大，也练出了一身轻功。腾空而起，飞檐走壁，力劈华山，空手搏击，鬼们具备的武功他都具备。

　　宁顺生从演五色小鬼，慢慢也演到了傩神的地位。傩神本来是要戴着面具演的，他很不喜欢那张用柳木雕出的惨白的脸。他喜欢化妆，把眼皮翻上去用胶水固定，嘴唇拉得很宽，嘴上咬着竹做的獠牙，再在脸上抹上很夸张的油彩，一张令人恐惧的傩神的脸就活灵活现了。每一场戏小鬼们都要迭在他肩膀上，他要使出浑身的解数才能演好能歌善舞的傩神。不是每个人都能演傩神的，必须由身材魁梧，扮相英俊，武功高强，经验丰富的演员来演。鬼的首领傩神和神的首领钟馗是班子里的台柱，享有很高的威信。

　　就这样，宁顺生与鬼结下了不解之缘，他沉默、孤独，机灵，常常像幽灵一样飘忽不定。鬼演得太久太多了，从小演到大，宁顺生已分不清自己是人是鬼。他好像生活在鬼的世界里，用他的生命在诠释鬼的心灵。在他看来活着的人都披着伪装，说着谎言，一门子心思在害人，是不可信任的。人死以后，灵魂才会有真实的情感，因为善有善报，恶有恶报，他们得到了应有的报应，也就现出了本色的自己。他演的鬼一般是屈死的人的灵魂，它不害人，来到人间只是为了复仇。在他的戏里面，鬼的级别不同，复仇的力量也不同，大鬼小鬼，强鬼弱鬼，命运各异。只有入了魔界的鬼才跟神差不多，法力无比。没入魔界的鬼都是孤魂野鬼，势单力薄，即使死了，还在受到歧视。他觉得鬼的故事和真实的人的故事很相似。

在戏班里，宁顺生不仅会演戏还要会伴奏，唢呐、笛子、二胡，锣鼓，样样都精通。出场的道具也由他制作，刀、枪、棍、棒等十八样武器和加沙、木鱼、锣钹、字符等十八样法器都出自他的一双巧手。班主特别看重他，常说：班子里只有顺生是用全部生命在演戏。

没有演出时就没有饭吃，挨饿是经常发生的事。为了生活，演员们各显神通，练习着赖以生存的本领。宁顺生用的是铁弹弓，天上的飞鸟，地上的小动物，是他猎取的食物，五十步内弹无虚发，是班子里最会使用弹弓的人。

十八岁那年，班主遭人陷害死了。乡下穷，谋生难，没有人愿意做班主。于是班子散了，各谋生路。他无比沮丧回到故乡宁家坳，家里只剩下老母亲，其他人都在瘟疫中死去了。他的家依然一贫如洗。

几天后，他的师兄，演钟馗的罗旭来看他。见他愁眉苦脸，便说：顺生，我俩从小学戏，吃了千般苦受了万般罪，如今班子散了，要个安身立业的地方都没有。我想，学门手艺才是你我以后的立足之本，我家祖传的手艺是打制金银首饰，你要是想学，我们一起学吧。

于是，宁顺生和师兄一起学做金银首饰。那时的女人和小孩都喜欢佩戴首饰，新款式尤其受到追捧。嫁女娶媳妇，孝敬长辈，给小孩做三朝，都要金银首饰显摆，生意还过得去，比起唱傩戏好多了。宁顺生天生一双巧手，渐渐有了名气，便和罗旭来到宝庆城，在城里租下一个小小的铺子。由于手艺好，找他做的人又多，便有了点积蓄。这时，日本人打到中国来了，城里人纷纷卖掉房子住到乡下去。一时间，房子铺子贱价甩卖，宁顺生只化了很少的钱，便在城里最繁华的地方买下了一间小小的楼房，下面做铺面，上面做住房。

师兄罗旭怕打起仗来，房子会被炸弹炸掉，便用积蓄买下几亩薄田，还订了一门亲。他对宁顺生说：顺生，你也二十八岁了，做这一行已经十年，手艺已经好得不得了，又买了房子，该娶妻成家了。

可是，他买了房子后，已经没钱娶妻，总不能伸手讨女人啊。

就在这时，城里最有钱的李太太要他和罗旭到她家里去做首饰。李太太好像天生喜欢金首饰，一年下来不知要打好多新款式的首饰，是宁顺生他们的老主顾。

进了李家的豪宅后，李太太将他们领进秘室，指着一尊两尺高的金佛说：这尊佛重四十九斤，我要将它打成九十八朵形态各异的金梅花，每朵半斤重。我请你们来，是因为你们手艺好，又都是单身汉，可以在我家吃住，工钱二十块大洋。如果做工精致美观，讨我喜欢，另外有赏。你们不愿做，现在可以走，我好找别的工匠。

二十块大洋不是小数目，是他们一年的收入，何况又是老主顾，罗旭一口答应下来。

李太太叫来一个驼背，对他们说：这位驼哥是我的新保镖，以后由他照看你们。

保镖都是武功高强的人，驼背个子不高其貌不扬，性格却很随和，只在远处看着他们。这对他们来说也很平常，有哪个人会把财宝放心交给陌生人。

可是，宁顺生见到金佛时，敬畏之心油然而生。

佛的一面庄严尊贵，正用慈祥怜悯的眼睛直视着他，脸上带着微笑，嘴唇微微张开，慈悲之心全部显在脸上。佛的另一面，就是他扮过的傩神，凶神恶煞的模样令人胆颤心惊。宁顺生越看越觉得这模样正是十年前的自己，让他感到分外亲切，他根本不想将这金佛砸碎。

师兄将金佛放倒在铁墩上。这时，他看到佛的底座上刻满了梵文，他不认识梵文，以为这是用来捉拿鬼魅的符。师傅曾经告诉他，每一道符都是一道诅咒，很灵念的。

他在戏班时，对符万分敬畏。有一次，一个美丽的少女被人害死，她的鬼魂便附在一个男人的身上，那男人说话的声音，走路的样子，所有的行为举止都变成了那个少女。于是，被鬼魂附身的男人演绎了少女被害的经过，凶手被抓住了，少女的冤屈也伸了，可被鬼魂附身的男人怎么也回不去，总说自己就是那个少女。他的家人只好请傩戏班子来唱戏驱鬼，师傅在他们唱完戏后，将唱戏用的符贴在男人的门坎上，那男人打了一个哈欠，如睡醒一般恢复了过去的样子。还有一回，一个女人生孩子生了三天三夜，女人都没气了，她的丈夫赶紧要戏班去驱鬼，戏班的锣鼓一响，小孩便生下来了，可是女人死了。师傅说女人还没有去阎王殿，她的魂正在和血鬼搏斗。于是师傅在黄纸上写下一道符，烧成灰，泡成水，将水灌进女人嘴里，女人醒过来了，女人说她看见观音下凡来救她了。

用符驱鬼的事太多了，符也是他们戏班用得最多的法器。看到到佛的底座上有那么多的令人敬畏的符号，它一定在传达着神的旨意或魔的咒语，宁顺生吓得不敢动手。

罗旭说：你今天是不是见到鬼了，总是莫明其妙的。

顺生说：师兄，这尊佛的底下有符，师傅说符是有灵念的。这金佛一定是从寺庙出来的是有佛法的佛，他脚下的符是咒语，我们要是毁了它，它会怪罪我们的。

罗旭说：有什么佛啊鬼啊！我们的师傅信了一辈佛，最后的结局你也看到了，顺生，二十块大洋才是看得见的佛。

顺生说：师兄啊，这金佛我真是越看越喜欢，自己做了十年金器，从没见过如此精湛的手艺。佛的神态栩栩如生，服饰精美飘逸，无处不是精雕细琢独具匠心，令我目不转睛不忍离去。你叫我怎么忍心将这尊佛碎成九十八块！也许，这一辈子乃至下辈子我和你都无法做出如此上乘的金饰品来。

罗旭说：东西倒是个百年不遇的好东西，可它家的主人要将它变成金梅花。看来这佛以后上不了西天受不了香火只能被庸人把玩了。

顺生想了想，说：师兄，你依我两件事，我就和你一起做。第一，让我把佛像仔仔细细描绘下来，我希望有一天自己也能做出这样的金佛。第二，为佛上三柱香，将佛的神灵送上梵界，再破金身。

顺生说：好啊，还是你想得周到，其实我也舍不得毁掉它，心里正难过着呢。

驼背说：我去为你们取香。

顺生先量下金佛的身高腰围，再仔细画下佛的神圣的那一面。至于鬼的狰狞的那一面，面像是他再熟悉不过的，很快画好了，再细细地画了行头。他用油墨抹在佛像的底座上，拓下了底座上的梵文。顺生将画好的佛像平平正正地放好后，再将金佛端端正正地放在上面。这时，驼背将香点燃插在香案上，顺生顶礼膜拜，默默说道：佛啊，今日将你碎成九十八块，实属无奈，你休怪我。十年之内我会用这九十八块金重塑你的佛身。请佛保佑，阿弥陀佛。

罗旭说：你求完了没有？

顺生说：完了，我求佛保佑我们，不要怪罪我们。

罗旭笑笑，一锤将佛打倒在铁墩上，顺生忙将画像和拓下的"符"收藏好。

整整一百天，九十八朵形态各异的金梅花盛开在李家的大厅里，整个大厅变成金灿灿的梅园，金光闪烁让人睁不开眼睛。

也就是那一天，他才知道李太太名叫刘梅香。刘梅香高兴地兑现了她的承诺，付了二十八块大洋。

顺生只拿了八块，那二十块给了师兄。在他们走出客厅的那一瞬时，顺生回过头来想再看一眼那美丽的金梅花，发现大厅里只有刘梅香端坐在太师椅上，所有的金梅花不知哪里去了。

不久，罗旭成亲了，就在成亲的那一天，从马上摔了下来，活活的摔死了。

顺生认为金佛是有佛法的，是佛要了师兄的命，因为师兄对金佛太没有敬畏之意。而他自己也和师兄一道将金佛碎成九十八块，下一个被佛报复的人一定是自己。

这想法坚定了他要偷出金梅花，再塑佛的金身的信念，他几次偷偷溜进李公馆，偌大的庭院，仆佣成群，他真不知金梅花会藏在哪里。不过，他见识了驼背的武艺，驼背使的是铁砂，那一次他向身后甩出数十粒铁砂，他身后的柚子树，柚子一个不拉从树上落下，却没有几片树叶，手法眼法真正是绝世无双。有如此高手守着，又如何能偷到金梅花。他感到绝望。

1945年的8月，日本鬼子包围了衡阳，眼看着宝庆就要沦陷，城里的百姓都在打点行李，准备向西逃难。

宁顺生又一次悄悄溜进李公馆，他看到李府非常平静，只有驼背一人在收拾行李。冷清清的院子里，只剩下几个仆人。

这正是寻找金梅花的难得的机会。看到驼背在前院收拾，宁顺生溜到后院，像壁虎一样贴在墙上，只要是他觉得可以藏金子的地方，一一搜遍，寻了一天一夜，值钱的东西多的是，就是没有金梅花。

第二天清早，陈桂中的马弁就来了，驼背从刘梅香的卧室扛出一口大皮箱放在马车上，宁顺生猜那里面装着的就是金梅花。

宁顺生混在逃难的队伍里，只看到刘梅香，却怎么也没找到驼背。到了傍晚，刘梅香进了朱老大的家，还随身带走大皮箱。

宁顺生从朱老大的后院溜进去，藏在晒谷子的垫席后，透过垫席的空隙，他可以清清楚楚的看到刘梅香和朱老大一家人。

后来，他看到刘梅香从皮箱里取出了她所有的家当，九十八朵金梅花和大堆财宝。

别的不要，他只想偷走那九十八朵金梅花。

那天晚上，屋子里所有的人都通宵未眠，每一双眼睛都死死盯着金梅花。宁顺生听到了他们所有的谈话，知道刘梅香要将这些财宝藏在朱老大家，心里暗暗欢喜，只要知道金梅花的下落，怎么下手就是小菜一碟。没料到刘梅香刚刚离开，朱老大一家立马打起了谋财的主意，全家老小关起门来熬麻糖，吓得宁顺生不敢动弹，憋了整整一天。天黑时父子三人挑着藏有财宝的麻糖往衡阳去，宁顺生吁了一口气，偷偷跟着他们。

宁顺生边走边想：此去衡阳有几天的路程，在这条狭窄而漫长的路上，总有被他们发现的时候，不如化妆成老头、乞丐或残疾人，即使被看到了，也不会引起他们的怀疑。回忆起在刘梅香府里看到的驼背，于是他把自己化妆成那个跛脚驼背的模样。

到了衡阳，他不敢跟得太紧，居然跟丢了，自己也迷失了方向。在衡阳城外转了三天，竟在城门口看到了朱老大，于是尾随朱老大来到客栈。他听到客栈的人都在说日本人投降的事，有的人疯了一般大哭大笑。他乘机躲进朱老大隔壁的房间，听到了朱老大对儿子说的话，知道朱老大就要回宝庆，心中暗暗欢喜。朱老大一走，只剩下兄弟二人，他用一个调虎离山计，将兄弟二人调开，金梅花就到手了。求佛保佑，成功失败就在今晚。

那天下午，客栈人来人往，热闹非凡，到了夜晚，连走廊都住满了人，因为胜利而兴奋的旅客们，有的高谈阔论，有的举杯庆贺，有人说到伤心处嚎啕大哭，每一间屋子里的灯都通宵亮着，众多的眼睛在注意着别人的举动。朱家兄弟房门紧闭，宁顺生猫着腰轻手轻脚来到朱老大的窗下，用指甲插进竹窗帘的缝隙，轻轻将竹帘提起，见朱有康正在灯下看书。他故意大声说：小兄弟，你明天退房吗？老大说：不退。他只好小心地放下帘子，看来今晚是无法行动了。

接下来的几天，客栈里依然挤满了人，宁顺生住进朱家兄弟隔壁的客房。他不敢轻易走出房间，后来他找到墙角上的一个洞，开始偷窥起他们的举动。

他不知道朱老大已经死了，一直担心他会回来，一旦朱老大回来，他就会将这些财宝带到广州或更远的地方去，到那时恐怕更没有机会。他只想趁着老大不在时偷走金梅花，一种紧迫感让他心急如焚。也不是完全没有办法，宁顺生在任何时候都随身带着弹弓，但是，他不想伤害朱家兄弟，他只有一个心结，那就是十年内必须把菩萨的金身塑好，不然，他会像师兄一样，受到神的惩罚。现在已经过去了三年，这次机会对他来说真是可遇而不可求，为了避免更多的麻烦，他选择等待。

当旅客渐渐减少，客栈稍微清静时，在客栈的伙房里，他一不小心和朱有良打了个照面。虽然是他化妆后的模样，但他的鼻子长得与众不同，所有的人都告诉他，他的鼻子和外国佬的鼻子是一样的，鹰勾鼻。他可以把眼皮往上翻，可以咬住很薄的竹片将嘴唇压得像鬼一般难看，可以套上假牙，化妆成暴牙匠，可是他的鼻子总将他出卖。他感到无比郁闷，下午，来到离客栈不远的野外，坐在深深的芦苇丛中，吹起了笛子。笛子将他带到童年与少年的困顿的生活中，但也有很多愉快的回忆，那时，毕竟什么也不懂，只要不饿肚子，日子总是快乐多过痛苦，就像晴天多过雨天一样。想到这些，他的笛声悠扬，欢快，虽然也有忧伤与哀怨，那只是一个短暂的插曲。吹过以后，他的心情好多了。回到客栈后，他跃上墙角，从墙洞里俯视朱家兄弟的一举一动，他还可以从朱家兄弟说话时的嘴形和表情分析出说话的内容。偶尔，他听到"哥"与"有良"的对话，这是朱家兄弟万万没有料到的。

就像有神在冥冥中安排一样，客房的墙很高，很结实，天花板和地面都是双层的楠树木板，结实到用一百年也不会坏。那个墙洞的好处是离地面高，不易被人发现。坏处也是太高，哪怕是架上一把木梯也无法够到。宁顺生用气功将自己贴在墙洞上，但力气有限，总是看上十几分钟就要下来歇会，所以，他能窥察朱家兄弟的动静，却不能如愿所偿地掌控他们的一举一动。有时，他明明看到他兄弟都已熟睡，当他挑开竹廉准备进屋时，总有一人刚好醒过来。就在朱有良见到过他以后，他觉察出兄弟俩已知他的意图，不但有所戒备，还要对他下毒手了。

他纠结于放弃还是坚持之间。放弃，等待他的是神的惩罚；坚持，就要与朱家兄弟进行你死我活的搏斗。

他不想杀人，尤其是与他无仇无冤的人。那天，他不时地从墙洞观察朱家兄弟，他看到朱有康从外面买回一根又粗又长的麻绳，他从他俩的对话中清楚明白的知道他兄弟要将他置于死地。这无疑激起他仇恨的情绪，他想，我不想杀你们，你们竟要对我下毒手。这财宝本来就是你们偷来的，我不过是强盗手中贼打劫，我们彼此彼此啊。

那天下午，他又去客栈后面的荒郊吹笛。他感到悲哀，命运总让他做他不想做而又不得不做的事情。如果朱家不将刘梅香的财宝偷走，他只会去跟踪刘梅香，怎么会伤害两个连姓名都不知道的年轻人，何况他们是这么单纯这么英俊的青年呢？那天，他吹了傩戏开场的曲子，傩戏总在戏还未开场时就用笛子吸引看客，那是最好听的曲子，人人爱听，经久不衰。

那天深夜，他看到朱家兄弟为杀死他而做出的种种准备，他为他们悲哀，他们毕竟涉世不深，竟当他是残疾人，哪知天外有天啊！

他见到他们的最后一天，是希望他们喝醉，给他也给他们自己一个机会，让他在那一天偷走金梅花。可是，有良格外警惕，除非他死，不然，他决不会离开财宝半步。他见没有机会，又到荒野去吹笛，那天，他吹遍了傩戏里所有的曲子，每一个曲子都有他的一段回忆，美好的痛苦的都有。他的回忆和他的吹笛都是下意识的，只是为了排除心里的忧伤。他只有一个坚定的信念，那就是成功的一定是他。对于朱家兄弟，他内心很矛盾，让他们死，很容易，他的铁弹弓打在岩石上，岩石被打得粉碎，要是打在人头上，肯定是头骨粉碎，但从此他欠下一笔血债，将背负着沉重的犯罪感活着，这是他很不情愿的。但是，如果他们不死，总有一天，他会落到他们手里，死的是自己。他深知当断不断，日后必乱的伟大哲理。这一次他只能听从神的安排，生死由神决定。

探好深夜逃跑的路径，回到客栈已经很晚，宁顺生时不时的像壁虎一样爬上墙角察看朱家兄弟的动静。夜深，月亮西沉，整个客栈融于漆黑之中，他看到朱有康悄悄躲在楼梯的角落里，等待他去挑开他们的窗廉。之前，他在客栈的门上做了手脚，当他开门时，门没有半点声响。他像蛇一样匍伏在地上爬行，下楼，上楼，悄然伏在朱有康的身后，对准他的后脑袋就是一弹弓，朱有康哼都没哼一声，从楼梯上滚了下去。

他轻手轻脚走到朱有良的窗前发出两声猫叫,有良打开门时,他对准有良的头又是一弹弓,有良来不及哼一声倒在地上。

皮箩里的财宝全部被糖包裹着,已经分不清哪些是金梅花。他不敢久留,只好全数带走。他脱下身上的黑色的长衫,丢掉装驼背的道具,用有康准备绑他的棕绳将四只皮箩从窗口吊下去,然后将棕绳绑在窗框上,自己再从窗户溜下去。他担着二百多斤重的财宝在漆黑的午夜摸索着,寻找着回白水河的方向,好在窗外是他吹笛子的地方,他已经很熟悉,当他走到那里,路就在他的脚下了。

战争刚刚结束,流离失所的人都沿着公路回家,人流中拖家带口的还在公路边升火做饭。宁顺生沿着公路向西北走,尽管是在逃命,也不敢在人前慌慌张张走得太快。天亮时,大约走了三十里。离白水河的老家究竟有多远?路不熟,也不敢问。肩上的担子太沉重,压得他喘不过气来,再走下去会被人看出破绽的。他只好顺着西北方向的小路,躲躲藏藏走走停停,经过了十多个昼夜,终于回到了宁家坳。

几年前,他在祖传的宅基地旁,为母亲买下了半个竹山和一些荒地,在荒地上盖了两间木屋,因为母亲喜欢孤独一人住在山坳里。这次回去,他要重塑金佛,好好侍候母亲,不再离开。

面对母亲,顺生还是觉得很陌生,他只记得父母年轻时的模样。

他不想让母亲知道更多,总是背着母亲将财宝煮过,糖在锅里融化后,所有财宝金灿灿的,露出了本来面目。他将九拾八朵金梅花擦得锃亮,放进坛子里埋在柴灶的下面。然后用干干净净的布将其余的金首饰一一擦拭。他发现所有首饰上都雕刻着精美的梅花,几乎一半是他和罗旭的手艺。只有一只金耳环很特别。

这只金耳环是一只 S 形的凤凰,凤凰镂着金丝的头朝上抬起来,嘴里衔着金桂花链,链上吊着一颗价值不菲的翡翠。按理耳环是一对一对的,可这只耳环只有一只。它是另一个工匠做的,做工非常精致,造型也很别致,是首饰中的精品。它没有雕刻梅花,不像刘梅香的收藏风格。

宁顺生将首饰放入坛子里,埋在墙根下,玉佛与佛珠用木箱装着，盖上草木灰，藏在神龛的后面。唯有那只耳环他放在身上，不时地欣赏，它太漂亮了，那凤凰就像活的一样在飞舞，他希望自己有朝一日也能做出如此精美的饰品。

每天，他都在揉一大堆的泥巴，然后将泥做成佛的头、身干、手和脚，把它们拼起来，雕刻好又砸碎，一年后他手中的泥佛已经与金佛一模一样。他不再揉泥巴，而是呆呆的看着泥佛，像着了魔一样。母亲说：儿子，你都奔三十了，早该成亲了。只怪你父亲死得早，我又无能，耽误了你。你既然回来了，不妨托媒人给你相一房亲，我也可以安安心心地去死。

他也觉得日子过得挺寂寞，不久，在乡下的木头屋子里的娶了林秀英。

林秀英身材苗条，五官端正，聪明能干又肯吃苦，对母亲也很孝顺。他面对妻子时，感到很愧疚。虽然他有很多很多的金子，住在金山上，却过着很贫穷的日子。乡下人没钱，不会来买他的金首饰，就算他拿金子去换农民的粮食，农民宁愿要银元也不会要金子。要是将那些首饰分割，打成金片金条，再拿到县城去换银元，他又怕引起别人注意。乡下的土匪多，很多乡下人想从土匪那儿得点好处，心甘情愿做土匪的耳目。他一个少小离乡老大归来的人，已经倍受关注，要是再被人发现有金子，恐怕还没出手，就招来土匪抢劫，弄得不好还会引来杀身之祸。要想用金子过日子，就只有回到城里去，重操旧业。要想让金梅花重新变成金佛，又只能躲在乡下，慢慢打造。第二年，林秀英怀孕了，为了母子平安，他带着怀孕的老婆回到城里。一下子左邻右舍都知道，他不在城里的时候是回到乡下娶妻生子了。

抗日战争使中国人民经历了一次地理上的迁徙，文化上的融合，见解上的拓展，思想上的进步。

当宁顺生重新开起首饰铺时，金子已经有了新的提炼方法，首饰也有了新款式，美国大兵的摩托载着宝庆美女满街跑，有钱人喝上了"克宁"牌的洋奶粉，穷人也想方设法把女儿送进学堂读几天书。更重要的是，国民党的军队换上美式装备，共产党的军队也鸟铳换炮，双方的地盘都在扩大，政治格局也在改变。

宁顺生的金店里，不少时髦的女人将金首饰重新打过。他手艺好，款式新，生意很红火，日子过得顺风顺水。儿子一岁时，他就让妻子回到乡下去，理由是让妻子孝顺老母亲。其实，他担心母亲突然去世，乡下的亲戚会毫不客气的住进他的屋子里，他的金子就会曝光。妻子走后，他想女人想得都快发疯了，漫漫长夜竟彻夜难眠，如果不是为了那些财宝，他是多么多么不愿受这份罪。

1949 年，他和所有的中国人一样，经历了新旧两个中国的更替。他是手工业者，没有受到时代变革的冲击，也没有因为是赤贫而享有分田分地的特权。

1952 年，百姓们的金子都要卖给政府，谁要是被检举收藏金子，被政府没收算是小小的惩罚，更大的惩罚是被冠上"三反分子"的罪名，请他进监狱。

除了银行，民间再也找不到金子，宁顺生彻底失业了。他正想回到乡下去，居委会主任推荐他进机械厂。他当了一名钳工，成了新中国的第一代工人。

那时工厂很少，工人的地位跟干部差不多，能当上工人，是人生的最大幸福。虽然只能挣到很少的工资，生活的内容比乡下要丰富得多。何况，每月几块钱每年上百块钱，在乡下的眼里是个大数目。林秀英再也不准丈夫回到农村，她太喜欢这几块钱了。这个能干的女人用这些钱慢慢盖了八间土砖屋，八间猪舍，成了乡下的富裕人家。宁顺生的金梅花，金首饰和玉佛也几经转移，放在他认为的最为安全的地方。这些财宝成了他心中的秘密，除了他自己，谁都不知道。

就在这一年，一个乞丐走进他的家门，他定睛一看竟是李家的保镖驼背。驼背问：你还记得我吗？顺生点点头。驼背说：我知道你也有一身好功夫，当年你几次潜入李宅想偷金梅花，你的一身轻功，我一看就知道，那是从几岁就练出来的童子功，你不是个寻常人，不过我也从没惊动过你。

驼哥，你怎么知道我是去偷金梅花呢？

驼背说：你曾经打开过李家装有各种财宝的箱子，却没拿走一丝一毫，你不是找金梅花又是找什么？一个工匠做了那么多精美绝伦的梅花，自己却未曾拥有一朵，是挺遗憾的事，可惜你没有找到。

驼哥，谢谢你手下留情。小弟我冒昧的问一句，以你的本事，何以落到乞讨为生？

唉，你还记得那尊金佛吗？那是传世之宝啊，陈桂中早就想据为己有，派我卧底去盗金佛。刘梅香又是何等聪明之人，竟当着我的面将金佛打成金梅花。刘梅香知道陈桂中家里金银多的是，他不是要金子，而是要可以收藏的金佛。她把金佛打成金梅花，就彻底断了陈桂中的邪念。我在李家做了一年保镖，就在逃难的那一天，我帮刘梅香把金梅花提上马车，自己也准备坐进马车时，陈桂中要我替他去一趟四川。说他已经找到那个做金佛的僧人，他要那僧人为他再做一尊一模一样的金佛。他要我携带重金去四川请那僧人，我在途中遭遇一帮土匪，身上钱财全部被土匪们劫去，于是不敢回来见他。解放后我从四川一路乞讨回到宝庆，陈桂中给我那么多钱财，我也要给他一个交待。谁知到了宝庆才知陈桂中被政府枪毙了。今非昔比，再也没有人要请保镖了。我无亲无故，生计没有着落，见你住在如此繁华的地方，就来找你，想借你的光，在你的屋檐下摆个补鞋的摊子，给人补补鞋，也好凭手艺讨口饭吃，总胜过沿街乞讨。

宁顺生见驼背不曾要他性命，也相当救命之恩。仅仅只要他家屋檐下的方寸之地为人补鞋，连忙应承下来，说：现在人人穿的都是布鞋，做一双布鞋几多难。在鞋底上掌上轮胎皮，一双鞋抵三双鞋，于人于己都好。我每天上班路过修车铺，顺便帮你将废旧轮胎买回来。

驼背自然千恩万谢。此后，宁家的屋檐下又多了一道风景，一个驼背的老头，补鞋不用工具而是用手掌把鞋钉摁进鞋掌，再用手指摁平鞋钉，补得又快又好，穿起来格外舒服。

不久，驼背告诉他，他见到刘梅香了，刘梅香见他可怜，为他在河边买了一间小小的屋子，又为他买了家什和日用品，他总算安顿下来了。

宁顺生在宝庆城偶尔也看到刘梅香，看来她的日子过得很不好，从来没有看到她的脸上是清清楚楚干干净净的。

　　有一天，他看到一辆板车上拉着一口薄棺材，人们指指点点，好像都认识死者，他问路人死者是谁，路人告诉他是宝庆城最有钱的刘梅香，她投河自杀了。这时，他看到送殡的白素玉和两个孩子。那几年全国人民正在过苦日子，死的人很多，有饿死的，也有自杀的。他想，谁不贪生呢，刘梅香肯定是过不下去了才寻短路的。他为白医生担心，如果她也在饿着肚子，他是可以帮她的。他妻子在乡下种了好多的红薯和豆类，那些东西可以帮她渡过困难时期。可惜他和白医生不熟，不敢冒失的去找她，虽然她救过他的妻子和儿子，他衷心地感谢她。这时他才知道白医生是李家的儿媳妇，自己家里藏着她家的绝世珍宝。

　　转眼到了文化大革命，就在几个月前，他知道得更多也更惶恐：朱有良没有死！

　　朱有良和白素玉有着血海深仇，这仇恨从解放前延续至今。他肯定他们的仇恨与李家失去的财宝有关，令他不解的是，明明是朱家偷了李家的财宝，为什么还要理直气壮地报复李家，手段竟如此残忍。

　　他很困惑，不知该撇开不管，以免惹火烧身，还是报答白素玉，为自己赎罪。总之，白素玉，朱有良，宁顺生都是与财宝有关的人。他恐惧地想到：会不会是金佛把他们召集在一起，让他们一起去死呢？

　　宁顺生虽然没有忘记在金佛面前许下的承诺，但是，要将金佛还原谈何容易。他必须做一个与金佛一模一样的泥佛，（这尊泥佛他早在乡下做好了。）再依照泥佛的模样将金梅花千锤百炼轧成与泥佛一般大小的粗坯，至于金佛的脸，手与服饰要剪成料，拉成丝，批成花，弹压，锉制，焊接，打磨，抛光，洗涮，每一道程序都要经过上百次的操作。要将金梅花制成金佛，比起将金佛打制成九拾八朵金梅花要艰难得多。他已经没有首饰作坊，可是，在轧金佛的粗坯时，像打铁一样要用炉火把金炼得软软的，再使出全力，在铁墩上敲、敲、敲，这样一片片的金梅花才能融合在一起，只有在作坊里才能升起火炉炼金。在这繁华的大街上，稍有异常都会让行人停下脚步，好奇到要把整个事情弄个清楚明白，你敢升起炉灶炼金吗，做金佛的事他想都不敢想。

这样，他一耽误就是十几年。这十几年，他每一天都在接受党的教育，封建迷信思想差不多被洗光，头脑也开窍了：这世间根本没有神仙和妖魔鬼怪，也没有咒语与神符，被师傅用神符和咒语治好的人只是巧合而已。这么一想就十分后悔那个冲动，那个许诺。

他经历了几次大的运动，每次运动都与"菩萨"们有关，解放初期，破除迷信，信佛的有钱人都被专政了，菩萨没有保佑他们。58年，庙里面凡是铁，无论是菩萨还是法器，都被炼成了钢铁，菩萨们没能保住金身。到了文化大革命，他亲眼看到红卫兵们将所有的菩萨从佛堂扔出去摔个粉碎，又有谁遭报应了？好多好多善良的守本分的人被整得死去活来，菩萨们又解救了谁？佛的因果报应已经颠倒了，好多升官发财的人正好是作恶多端的人。事实证明，佛的功德是不存在的，师兄罗旭的死只是一个意外。即然佛的法力不存在，他何必担心自己曾经砸碎金佛的事。后悔着自己的承诺呢？

就在这时，一个人走进他的生活。他的族亲，学者宁俊逸被红卫兵从北京押送回到祖籍白水河接受劳动改造，可怜古稀老人在运动中饱受摧残。宁顺生只要回家小住，便将宁俊逸接到家中，要妻子杀鸡宰鸭好好招待。一天，他看到宁俊逸兴致很好地用树枝在地上写写画画，画了好久还毫无倦意。他好奇地走过去看，一看真是吓了一跳：符！。宁俊逸还在画，好像永远画不完一般。于是他问：叔，你写的是哪国文字？

宁俊逸说：这不是哪一国的文字，它是梵文，就是你们通常说的经文，是佛教的文字，我一辈子研究的就是它。

自从砸了金佛，宁顺生对佛的事就特别留意，他听说有一门学问叫佛学，便又问：叔，你研究的是佛学吗？

宁俊逸说：是的。

宁顺生问：那么，这世间到底有没有佛呢？

宁俊逸笑了笑，说：佛的创始人是佛祖，他的弟子们将他的衣钵传承下来，创立了一门宗教，叫着佛教，向天下人传播佛祖的思想。佛也许与你想象中的神不一样。

宁顺生想了想，便把藏在屋里的泥佛放在宁俊逸面前，说：叔，这是我做的泥佛，可我不知道它是谁，有什么功德？你老是这方面的权威，请你讲给我听听，我也好长长见识。

宁俊逸指着佛的狰狞的那一面，说：这是修罗佛。修罗是佛界的魔，魔界的佛。他执掌着佛的大门，当魔修炼成佛时由他手执莲花送入西天。当佛被贬入魔界时，由他执魔杖打入十八层地狱。

宁顺生又要他看佛的另一面，宁俊逸说：这是绿渡母，观音的化身，她的功德是帮助信徒们心想事成。

看到宁顺生一脸的疑惑，宁俊逸说：佛本来都是普通的凡人，跟你我一样，只是信徒们把他们神化了。顺生，你怎么想到把两尊佛塑在一起呢？做得真像，要是镀了金身或上了色彩，我还以为这佛是你从西藏的喇嘛庙里搬回来的。

宁顺生沉默片刻，转身从屋里拿出藏了二十多年的梵文拓本，他说：叔，请你看看这上面写的是什么？

宁俊逸接过拓本念道：我是修罗门的佛，谁动了我的金身，万劫不复。

宁顺生问：这话是什么意思？

宁俊逸回答：修罗说他是魔界的首领，谁动了他的金身，会永远坠入地狱，遭受折磨。顺生，修罗恨的是贪心的人，这诅咒是警告那些贪婪的人的，你怎么会有这样的梵文拓本？

宁顺生心里顿时充满惶恐，他说：我不能说，请把这诅咒用汉字写在拓本上，好让我记住。

那一夜宁顺生捏着咒语的拓本碾转不能入眠，他想起师兄罗旭、朱有康、刘梅香、白素玉等人的遭遇，难道他们的死都与金佛的诅咒有关，如果是这样，自己也难逃厄运。

从那以后，他时时感到心惊肉跳，好像大祸临头一般。

后来，北京的红卫兵又来了，他们将宁俊逸押回北京批斗。宁俊逸临走时对他说：佛是人类的信仰，为的是引导众生向善行善，当众生觉得福祸皆与佛有关时，就会对佛敬畏，就算是杀人凶犯，也会放下屠刀，顿时觉悟。因为人类总在趋利避祸，佛的信徒们编出佛有惩恶扬善的法力，能让更多的人做善事结善缘。

宁顺生信了，更加小心谨慎的活着，因为佛，他欠下了一笔血债。无论朱家兄弟是死是活，他都是个罪人。负罪感让他活得十分沉重，他强迫自己不相信修罗佛的诅咒。对于魔界，他从前很喜欢，现在却有点惧怕。他害怕黑夜，害怕看到死人，害怕阴冷的风扑面吹过，害怕有人在他面前谈论鬼神。每当看到与朱家兄弟面貌相似的人他都会心胆战心惊。他生活低调，行为孤僻，乐善好施。他常对儿子说：为人莫做亏心事，半夜不怕鬼敲门。

这段日子，白素玉的遭遇又一次让他想起修罗的诅咒，他惶惑不安，一次次翻开孔祥三的笔记本，仍然不能认出一个字。天哪，里面写了什么？他太想知道了。

宁顺生再一次走进志远的卧室，他要志远将笔记本里的故事念给他听。听完，他才知道朱老大，刘桂香死在朱有康的前头，朱有康的死，被朱有良认为是刘梅香派保镖驼背杀死的，朱家兄妹十几年来在疯狂报复李家。

原来是这样啊！宁顺生自言自语说，看来，修罗的诅咒还是蛮灵验的，不然所有见到过金佛或金梅花的人都会遭遇不幸啊。朱有良与白素玉同时出现在我的眼前，他们一定是佛差遣来的黑白无常，来催我下地狱，这也是我的宿命，谁让我将佛碎成九十八块？命中注定啊！想到这里，宁顺生释然了，安心等待下地狱的那一天。

他温和地问志远：祥三知道那些金子的下落吗？

不知道，他说，他一定要找到它，把它献给国家。

哦，你最好明天就回乡下去，我很担心林达生又来要你去打仗，我只有你这一个儿子。

三十、白素玉之死

白素玉被带上脚镣手铐推进死牢，死牢里一团漆黑。她摸索着横走六步，碰壁。直走六步，碰壁。于是坐下来，地上冰冷潮湿，她摸索着找到一床棉被，棉被的恶臭令她想呕。原来，死牢是让活人体验地狱生活的。她想起但丁的《炼狱篇》，炼狱里的每一道惩罚都针对每一项罪恶，而自己又犯下了哪一桩罪恶，该受如此惩罚？

仔细想想，自己该做的做了，该努力的都努力过，现在像活着的死尸一样被关在幽黑的棺材里，身体就像沉重的皮囊紧箍着她想要飞翔的灵魂。在基督的教义里，灵魂才是最重要的，肉体消失了，灵魂也不能迷离与虚妄。她与卓然在湘雅医学院读大学时，校长告诉他们，医学院每年都要选送优秀的学生到哈佛医学院深造，但必须是基督的信徒。于是，她与卓然都皈依基督，又同时被选送到哈佛医学院。想到自己年轻时飘洋过海去美国留学，那么意气风发，洋洋自得。当白素玉想到这里，眼前竟出现了辽阔的大海，层层浪花向她奔涌而来。她欣喜若狂，扑向大海。她碰到的是墙壁，很痛，但她不觉得，因为她看到了繁茂的森林，阳光正透过枝叶洒在她身上，她感到特别温暖。不过黑夜很快就来了，她冷得浑身发抖，在黑夜与黎明之间，她迷失了方向……。

第二天，女看守打开牢门，发现她躺在地上，头上流了好多血。她被送到医务室包扎，女看守说：想死，是不是？撞死是不可能的，因为只有两米宽，不够力，撞伤而已。这次帮你包一下伤，下次再这样，会被关进铁笼的。

为什么会撞破头，她想不起来。头很痛，在这死牢里，痛的感觉让她无法排遣。她仿佛被人用铁锤猛砸着，从头部开始，一直到身体的每个部位。最后，整个身体变成一张薄薄的皮，她被剪成九十八块。她的每一块皮都放在一个钢模中冲压，变成了九十八朵梅花，有人拿着钢锉的花瓣上锉出一条条花纹，于是花盛开着，那么鲜活，那么美丽。但是，她却那么痛，痛得让她嘶叫、翻滚、撕裂自己。后来，她被一片片叠起来，埋在黑暗中。

白素玉在昏迷中被叫醒来，原来是放风了。她被女看守架着走出牢房，看到了晴朗的天空。仰望上空，眼睛被阳光刺痛着，目光仍然追逐着太阳，原来，光明与自由对于她竟如此宝贵。她觉得自己的生命正在一点点消失，而阳光正在驱散她周围的阴暗，让她感悟出为什么光明与自由是人类永不放弃的追求。

女看守一直站在她的身旁，用怜悯的目光看着她，好像怕她立刻死去。很久没有看到如此善良的眼睛了，白素玉对她报以微笑。在扶她走进牢房的时候，看守在她耳边说：白医生，大家很敬佩你。你需要什么，告诉一声，我们都会帮你的。

白素玉说：我牢里的被子太臭了，熏得我睡不着觉，能换一床干净的吗？能给我换一个干净点有盖的马桶吗？

看守点了点头，走的时候带走了脏被子和马桶。在送干净被子来时，看守在被子里放了一包葡萄糖粉。说：饿了就吃点。牢房的门随着她的离去而关上，里面又是一片漆黑。此时，白素玉仿佛看到上帝慈祥的眼睛，她闻了闻散发清香的被子，渐渐睡着了。

朱有良在拿到白素玉的交待书和何为的供状后，如获至宝，他立马奔向革委会邀功请赏：十天内，我朱有良破获了李欣的越狱案。

可是，革委会周书记在看过材料后，说：白素玉提到的化合反应可以打开镣铐，你们是否做过试验呢？

朱有良说：我们做了这方面的试验，两种试剂一混合，立即凝固膨胀，力量很大。我们的镣铐已经太落后，几秒钟就被打开了。

周书记说：在李欣没有找到前，单凭白素玉和何为的供词就结案，似乎太草率。从打开镣铐的事看出白素玉是难得的人材。我听说她是哈佛医学院的博士，让她留下来，戴罪立功比较好。

朱有良说：主任，依照法律条款，协助犯人越狱是死罪。再说，知识是有阶级性的，无产阶级不需要资产阶级的知识。

同志，你这话就不对了。革命导师马克思说过，科学是没有国界的。知识只能是有没有科学性，而不能用阶级性去判断。你要枪毙白素玉，在我这里通不过，在军代表那里更通不过。那天老徐问我案情的进展如何，我告诉他抓捕了白素玉，他情绪很激动，都快疯了。你知道吗？白素玉是他的保健医生。

我知道。公安局抓不到李欣，是因为他藏在军区或被某个人用专车转移了。

你这话太有针对性了，跟我说了，我只批评你。你要是说出去了，是要承担后果的。不错，你是老公安，但你的资格和老徐比起来，就差远了。我劝你不要赌气，凡事要三思而行。除非你找到老徐的证据，证明他直接参与了协助越狱。你把材料留在这儿，我在常委会上通报一下，等通过了，你再向中级法院申报。如果，你执意要向中级法院申报枪毙白素玉，你个人要承担主要责任。

朱有良说：我会考虑。

在周书记那里碰了个钉子，朱有良心里很不舒服。这等于释放了一个信号，革委会并不支持他。

朱有良在司法界混了十几年，深知有人撑腰与没人撑腰等同于有人找岔与没人找岔。他也知道：一个案件里，所有的证据都是靠逼、供、讯得到的，而不是靠侦破获取的，十有八、九是一起冤案。李欣案里，刑侦没有获得任何证据。被抓的嫌疑犯，都是因为工作原因而与案犯牵连，一个个大呼'冤枉'，交待的事实也没有一件与案件相符，这样的破案的确经不起推敲，找起岔来能找到一大堆。他想：我朱有良要李欣和白素玉的命，是为了给父母哥哥报仇。我一不靠这个案子为我建立功勋，二不靠这个案件出一个风头，枪毙白素玉就达到了我的目的。白素玉已经写了犯罪交待，做案动机明确，做案手段与事实相符，做案过程交待得清清楚楚。有了这样的材料和何为的旁证材料，由公安局起诉并判决她的死刑是符合法律条文的，谁也阻止不了，向中级法院申报只是走个过场而已。在其他被抓的人里，孔祥三是群众组织的领袖，在群众运动中得势了。虽然这种得势只是暂时的，是文革运动的特殊需要，但是这个小人物目前的权力还是大过自己。至于杨义，一个狱医，认识白素玉是巧合，被错判算他倒霉。张雨与那个护士是因为本职工作而涉嫌案件中，是不是帮助李欣越狱，还没有找到确切的证据。这些人都可以释放，攥在手里是烫手的山芋。但是，除了杨义，他一个都不想放。

白素玉在关进死牢的第十天看到了杨义，那是在放风的时候，杨义站在离她很远却很显眼的地方。杨义穿着警服，站得笔直。白素玉的心又平静了很多，杨义没事了，其他的人应该也没事了。如果孔祥三、张雨、还有其他人像杨义一样笔挺地立在阳光底下，那么，她死而无憾了。

白素玉渐渐习惯了死牢的黑暗，死牢里的高墙上有一个透气孔，有一束眼睛一般的光亮在闪烁。白素玉以为那一点点光就是基督慈爱的目光，是从天堂射进来的。有时仿佛卓然就在身边，向她讲述圣经里的故事。她和卓然在哈佛读书时，重视学业胜过基督，他们甚至从未读过《圣经》。她知道的《圣经》里的故事都是在做礼拜时听神父讲的，也许是故事里传导了某种高尚的品格，让她牢牢记住了。白素玉的骨子里是个无神论者，但是，在地狱般的死牢里，她需要上帝做精神支撑。我们可以理解为：当人们知道自己的最后归属时，信仰会让人平静地接受命运的安排，无论是什么样的归属，都会认为是最好的，甚至会认为是最有价值的。

一个月后，朱有良接到革委会的调令，他被调到城建局当局长。这些年城市根本就没有建设过，让他去管什么呢？他知道这是徐子健在行使他的个人权力，目的让他离开司法界。

他调离了，就意味着白素玉赢了，活下来了，还会幸福地活在徐子健的怀抱里。他，朱有良未来的下场又会是什么呢？

朱有良接到调令后并没有去城建局报到，他来到监狱，要看守打开死牢的门，他要看看白素玉活得怎样。结果，他很失望，白素玉活得很健康。由于缺乏阳光，白素玉的脸全变白了，她显得年轻、美丽、优雅、高贵，就像大理石的浮雕，是最高级别的艺术家雕刻出来的。

他几乎被眼前的白素玉气疯了，转身离开时，他听到铁门"砰"的关上，那一下他几乎觉得自己被关进了死牢，定睛一看，被关的不是自己，还是白素玉。他为自己吓自己的行为感到羞愧。

他来到齐长松的办公室，两人私下商议了好久，一个罪恶的计划产生了。

虽然，朱有良只看了白素玉一眼，白素玉从朱有良的眼睛里看到了狼的狠毒和绝望，知道自己最后的日子已经到了。她请求看守给她一桶热水，她要好好洗一洗，干干净净地回到上帝的身边。

子夜，齐长松打开死牢的门，将带着脚镣手铐的白素玉押到砖厂的废墟里，朱有良早就等在那儿。

朱有良问：李欣是不是被徐子健藏在军区里？如果你肯说出来，还能活命。

白素玉什么都没听见，她仰望苍穹，深邃幽暗的夜空黑沉沉的，黑里透着暗红，就像浸透着基督的血。寒冷的西北风疯狂地刮着，带在身上的镣铐就像坚硬的冰刺得她骨头生痛。一切就要结束了，白素玉这么想着，感觉她的灵魂正从躯壳里挣脱出来，飘向西方。

朱有良走近白素玉，用力掰开她的口，齐长松用钳子拔出她的舌头。白素玉浑身痛苦地抽搐，鲜血从嘴里涌出来。朱有良用装着消声器的手枪朝着她的双腿、下腹、心脏、前额，一共开了五枪。白素玉不声不响地倒了下去。

离他们约四百米的地方，有一双眼睛正在盯着他们，看着他们所有的罪行，看着他们将白素玉掩埋，心里牢牢记住那时间那地方。

第二天，杨义被齐长松叫进办公室。齐长松说：白素玉昨天晚上得急病死了，因为你睡得太死，所以没有叫醒你。我已经要犯人把她埋了，你按我的意思写一份死亡报告，把这案子了结吧。

杨义说：好，我按你的意思写。

齐长松说：就说她得了某种急病，来不及抢救就死了。你把死者的症状写清楚就行，至于证明人或证据什么的，我去搞定。

见杨义有些犹豫，齐长松说：监狱里得急病死的多的是，你随便找个病例照搬就是，我是监狱长，我签了字就完事。

杨义将白素玉的死定为：急性心肌梗塞。

齐长松看过后，说：死亡结论写得很好，定性准确，写得很细致，依我看是找不到什么差错。只有你杨义才能写出如此有水准的报告书来。

第二天一早，杨义在办公室被捕了，罪名是：现行反革命。他来不及申辩就关进了死牢。

第 二 部

三十一、林达生和李欣的遭遇

　　林达生集合了十几万造反派战士，他们身着清一色的蓝色工装，头戴安全帽，左臂上带着《红色造反军团》的红色袖章，手里拿着木棍。年轻强壮的的队员们，臂膀上扎着"敢死队"的白色布条，打着《红色造反军团》的旗帜走在队伍前面。他们队伍整齐，喊着雄壮的口号：革命无罪，造反有理！誓死保卫毛主席的革命路线！我们要夺枪，我们要夺权！枪杆子必须握在造反派手里。彻底砸烂公、检、法！还我战友！

　　知青们的造反队伍打着："我们要造反，我们要吃饭，我们要回城。"的横幅標语，静坐在革委会的门口。

　　造反派们首先绕城示威游行，一路上引来无数围观的群众，有支持造反派的，直接走进游行队伍，成为其中的一员。游了一个小时后，造反派将战友们分成三部分，一部分敢死队员冲进军分区里去夺枪，一部分敢死队员包围公安局，冲进公安局救出半年前被关押的各造反组织头目。大部分成员将市革委包围得水泄不通，要求周书记与他们对话，还喊着"周明亮不投降，就叫他灭亡！""解散革命委员会，实现造反派大联合。"的口号。就在这时孔祥三醒过来了，他睁开眼，但虚弱得站不起来。守在他身边的"工联总"的人将他扶起来，问他能不能走，能走的话，就立刻去市革委。

孔祥三一迈步就头重脚轻，他要先吃点东西。他的部下立即给他端来一碗面和几个肉包子。

孔祥三吃过后，说：有点力气了，走吧。

走到公安局门口，孔祥三就被造反派发现了。造反派立刻把他包围起来，有人递过绳索将他五花大绑。

"活捉孔祥三。"的消息立刻传开了，造反派们欢欣鼓舞。

在市革委的门口也有好几万保皇派组织的成员，他们戴着黄军帽，手执梭镖，用梭镖拦着造反派不准他们冲进革委会，双方处于混战之中。

军分区和公安局已架起机枪，只要造反派冲进来就开枪，决不姑息。

造反派把孔祥三吊在军分区的大门口，要用他来挡子弹。

不久，保皇派开来十几辆大卡车，车上走下几千名手持铁棍和长矛头戴钢盔的冲锋队员，和横冲直撞的卡车一起杀向造反派的敢死队。

造反派的阵脚乱了，拼命抵抗了一阵，败下阵来。

孔祥三被救下来了，他指挥这支精锐队伍先去公安局，把围堵公安局的造反派打个落花流水。再一鼓作气从由外向里包围正在进攻市革委的造反派组织。这时军分区派来消防车，消防车用高压水龙头对着造反派的队伍扫射。已是初冬时节，造反派们被淋成落汤鸡，个个冻得瑟瑟发抖，又被手持铁棍的保皇派乱打，被卡车追击，终于失去了战斗力，四散奔逃。

保皇派们兴奋得将孔祥三抛得老高，一齐喊：胜利永远属于工联总！

革委会的成员早就躲起来了，直到胜利了还不敢露面。

孔祥三代表市革委会对这次保卫战做总结。他鼓励保皇派的工人们誓死保卫毛主席的革命路线，誓死保卫新政权。他要求工人们明天就回到工厂去，即要做召之能战，战之能胜的革命战士，又要做不脱离生产的好工人。

他的话常常被工人们热烈的掌声打断。让躲在桌子下面的周明亮感动得热泪盈眶。

第二天，宝庆城全城戒严，警察、军人荷枪实弹抓捕造反派的头目，气氛十分恐怖。

几天后，浑身是伤，只剩下一口气的林达生被关进死牢，和杨义关在一起。

在白素玉遇害的那一天，李欣离开香港，飞往美国。

经过近二十个小时的飞行，穿越半个地球，李欣抵达纽约，下榻在希尔顿酒店。

此刻，李欣才感到自己彻底安全了，他，感谢父母将他出生在美国，感谢外婆一直保存他的出生证明，让他成为一个自由国度的公民。感谢祖母的仗义，让他名正言顺分享白氏家族的红利。从此，无论他在美国求学还是轻松地过无忧无虑的阔少生活都后顾无忧。

他舒适地坐在沙发上，透过玻璃幕墙，观赏外面五彩缤纷的霓虹灯，夜已深了，他毫无倦意。

越狱后，他时时刻刻都想着母亲，担心她的安危，想在香港等待她的消息。但是外公一家认为他留在香港是很危险的，要他尽快去美国。

从小，母亲都和他用英文对话，那流利的美式英语被母亲温柔悦耳地说出来，每一句都给李欣留下终身难忘的印象。在香港领事馆办理美国护照时，他说的全部是流利的美式英文，那时他自己都惊讶得难以相信，但是这些话的确是妈妈教给他的。从小，每天起来的第一件事就背诵领事馆问他的这几句英文，然后读英文版的《圣经》，重复学习日常生活用的英文，以至他一到美国就没有语言障碍，听到的英文全是妈妈每天和自己的对话。难道妈妈知道他会在某一天会成为美国公民？

父母在美国哈佛医学院只读了五年，本来还要继续在哈佛学习的。但他被叶玲口中的新中国引吸住了，打算和共产党员们一起在中国这块古老的土地上建立一个像美国一样的科学而民主的国家。后来，父亲像殉道者一样死在他热爱的那一方土地上。

想到这里，李欣的心疼痛起来。不能多想了，明天他要到剑桥去，去看看那儿的神圣学府。他从沙发上站起来，伸个懒腰。

突然，他觉得他的咽喉剧痛，口里喷出鲜血，他倒在地上，失去知觉。

昏迷中的李欣飘到他似曾相识的地方，在黑暗中他看到妈妈躺在地上，她的舌头没有了，口腔里涌出大量的血，她的额头，手臂，大腿，所有的枪眼都在冒血。她一动不动，死了。

朱有良手里拿着枪，齐长松手中的钳子上夹着一条血淋淋的舌头，面目狰狞地站在黑暗中。

妈妈被他们害死了。李欣的心脏剧烈地疼痛，他陷入更深沉的昏迷。

倒在地板上的李欣，很快被酒店发现。当他被救醒时，喉咙痛得说不出话来。

妈妈的量子波诠释了妈妈死的过程，妈妈是因为他而死的。如果时间会倒流，李欣宁愿不越狱，让自己死在朱家兄妹手中。

三十二、宁顺生的忏悔

那天，下了冬天的第一场雪。李卉爬上了莲花峰的峰顶，登峰四望，极目千里，峰峦重叠的群山，银装素裹的林海淹没在大雪之下，只剩下鬼斧神工般刻画出来的粗犷的雪线。天地间好像只剩下孤独的她，就在那一刻，她仿佛看到妈妈从遥远的地平线向她走过来。

志远，你看，那儿有人，好像是两个人。

志远是昨天来乡下的。他顺着李卉指的方向望去，说：是有一个人在移动，我觉得是我爸。

不，是两个人，是我妈妈和另一个人，是有点像你爸。

他们忘记寒冷，屏住呼吸，盯着那个移动的黑点。

他们终于看清楚向他们走近的是宁顺生。志远大声呼喊：爸，你怎么来啦？可是，风把他的声音刮跑了。当宁顺生走到他们身边时，李卉正是满脸的失望。

志远问道：爸，你怎么回乡下了？

宁顺生说：造反派和保皇派又打打杀杀，所有的工厂都停工了。我刚到家，听说你们上莲花峰了，有点不放心，就来找你们了。

李卉问：宁伯，真的是你一个人上山吗？

宁顺生说：除了我，没有别人。

李卉说：我好像看到两个人，是你和我妈妈。

宁顺生说：是你太想念你妈了吧。宁顺生嘴里这么说，心里也纳闷，子夜时分，他分明看到白素玉向他走过来，悄无声息，就像一个幽灵。一直到现在他心里还害怕着，担心那幽灵会跟着他走。

宁伯，你有我妈妈的消息吗？我问志远，他总说没消息。

宁顺生说：你妈妈这么久没消息，我估计她因为你哥哥的事，已经被公安局抓起来了。可惜我在公安局没有熟人，打听不到她的消息。

李卉难过得伏在宁顺生肩头上哭泣起来。宁顺生说：孩子，别难过，我会把你当成女儿，好好照顾你的。山上风雪太大，我们还是回家吧。

那天晚上，宁顺生跪在自家的神龛前，神龛上供着泥雕的修罗佛，那是他二十年前就雕刻好的，与金佛一模一样。泥佛的下面埋着九十八朵金梅花。

宁顺生向佛默默祈祷：佛啊，我真的很想把真相告诉朱家兄妹，我之所以盗走金梅花，只是为了给您重塑金身，不过，这个愿望已经很难实现。我就是把所有的财宝给朱家兄妹，让他们放过李家人，但他们心如蛇蝎，又怎么会放下手中的屠刀？我为了这些财宝杀死了朱有康，朱家兄妹也决不会放过我，他们一定会将我折磨死。如今，关在牢里的是白医生，看到她这么无辜，我很自责。我该怎么做呢？佛啊，我求求你，救救白医生吧！

宁顺生从神龛前站起来，神态恍惚，表情悲痛。

志远以为父亲为白素玉难过，想让他开心。就说：爸，你知道卉儿为什么单取一个'卉'吗？因为她是二月出生的，那时青草刚刚发芽，漫山遍野绿茸茸的十分好看，她的父母就给她取名'卉'，很好听，是不是？

见父亲没笑，又说：你知道祥哥为什么叫孔祥三吗？这可大有学问，他的父亲认为凡事都要有'天时、地利、人和'才能成功，希望他凡事都吉利的撞上'天时、地利、人和。'，可是总不能给他取名叫做'吉三'，那多难听，所以叫他'祥三'。

宁顺生没有笑，李卉已经笑得歪倒在椅子上。

志远见父亲还是没有笑脸，就问：爸，你为什么给我取名志远呀？

宁顺生不由笑了，说：我年轻时，在一个有钱人家里制做首饰，他家挂着一块很大的匾，上面的第一个字我认识，是我的姓。后面三个字我不认识，我的师兄比我认字多，他认识后面两个字'致远'。我就记住了'宁致远'这三个字，你出生后，我拿它做你的名字。你启蒙的时候，老师说这名真好，有学问。到了中学，老师将'致远'改成'志远'，这样，我又多认识了一个'志'字。

李卉又笑了一场，笑完后，她说：那匾写的是'宁静致远'，我家就有一块这样的匾，后来让奶奶给劈碎了

志远见父亲笑了，便问起这次武斗的事。宁顺生说：听说死了一个知识青年，受伤的人有几千，被抓的上万。不过祥三倒是放出来了，听说是他指挥了这场武斗。

李卉问志远：孔祥三是谁呀，为什么常常提起他？

志远便把孔祥三为救李欣而不顾生死的事说了一遍，听得李卉热泪盈眶，从此，孔祥三的名字烙在她的心里。

三十三、孔祥三调查白素玉的死因

徐子健收到朱有良从监狱转来的一封信，据说是在白素玉的死牢里发现的。那封信是用铅笔写在《为人民服务》的封底上，因为死囚可以向看守要求读毛选和写学习体会。白素玉利用这仅有的机会给徐子健留下绝命书。

亲爱的子健：

听说你在千方百计救我出狱，我万分感动。但我恳求你别费这心思，免得把自己拖下水。……我是个劫狱犯，应该判处死刑。……我以前并没有爱过你，只是贪慕你的地位和荣誉……自从进了监狱后，只有两个人对我最好，就是你和朱局长，……朱局长对我特别好，是他告诉我你在救我。……我已经犯有心脏病，死亡是朝朝暮暮的事。……谢谢你，我将带着你的爱去梦幻迷离的彼岸……

徐子健将信看了又看，的确是白素玉亲笔写的。这封信证明了白素玉犯有心脏病，证明朱有良与白素玉没有个人恩怨，证明白素玉还是爱徐子健的。白素玉为什么要写这样的信？

后来，徐子健把信给了孔祥三，他要祥三分析一下。孔祥三说：这一定是朱有良逼她写的，他们中间可能有某种交易，有可能是朱有良同意不再追捕李卉。

徐子健无比愤怒地说：太卑鄙了！将无辜的人杀害，还逼着被害人为他喝彩，真是人渣！

徐子健不但要将朱有良调出公安局，还要将他踢出司法界，他认为像朱有良这样的败类留在司法界里，只会肆无忌惮地制造更多冤、假、错案，他简直就是个杀人狂魔。

可是，朱有良拒不将案卷交出来，理由是他必须处理完毕由他经手的案件。

调令下达后的第七天，也就是张雨和那个护士被秘密关押的第57天，他们被释放了，司法未对他们做任何解释。第十天，朱有良向革委会透露白素玉已经死亡。

周书记立即派孔祥三去监狱调查。

孔祥三到监狱时才知道白素玉已经死了十天了，他问：白素玉是怎么死的？齐长松拿出了杨义写的死亡报告书。孔祥三看过后，问：是谁最先发现白素玉死亡的？齐长松说：是我，每晚的零点，我都会去查监，当我打开死牢的铁门时，发现白素玉面色苍白，舌头伸在外面，牙关紧咬，几乎将舌头咬断，我摸了摸她，身体已经冰凉，我还是把狱医杨义叫了进来，想抢救她。杨义说她已经死去多时，无法救活。等杨义写完死亡结论，我就叫囚犯将她埋了。

还有谁看到白素玉死了？

她被关在死牢里，夜半三更的，除了我还会有谁。

你把杨义叫过来，我要问问他。

对不起，杨义涉嫌参加反革命组织，案件正在审查中。在案件未调查清楚前，谁都不能与他接触，这是省公安厅的命令，我们也只能照办。你就等等吧。

齐监狱长，是哪个囚犯把白素玉埋葬了，把他叫过来。

齐长松叫看守把第3257号囚犯叫来。那个囚犯来了后，对孔祥三的提问像背书一样对答如流。当孔祥三提出要看看白素玉的墓坑时，他说：那天深夜，天漆黑一团，我背着白素玉的尸体高一脚低一脚的不知走到那里了，反正我累了，就把她放下来，挖好了坑后，把尸体丢下去后，填上土后就回到齐干部那里告诉他，我把死人埋了，然后回监子。

孔祥三要囚犯模拟那天晚上的情景带着他走一遭。这才发现，这个监狱的面积实在太大了，大多数地方像旷野，铁丝网绵延了很长，将监狱圈起来。岗楼只集中在有牢房的地方，过了那些岗哨，很多地方不但子弹射不到，连探照灯都照不到。他很奇怪，像这样的监狱，竟从来没有人逃跑过。

孔祥三对那囚犯说：你埋的那个人很重要，如果查出你撒谎，就是死罪，你好好想想。

囚犯磕头如捣蒜，说：齐监狱长要我绕着场子走三圈再埋掉，我实在记不得了。

看来要找到尸体是不可能了，何况这一切都是朱有良和齐长松安排好的。他又访问了女监的几个看守和曾经与白素玉一起放风的犯人，大家都说白素玉在死的前一天情绪很好，后来就再也没有见过她了。

孔祥三在常委会上将有关白素玉的调查作了汇报，徐子健这才知道白素玉已经遇害了。他像被枪弹击中胸口一样，一下子倒在地上。当大家把他扶上座位时，他已经满脸泪水。他的泪水感动了在场的所有人，一个身经百战的将军，竟对自己的保健医生如此有情有义，让人敬佩啊！

徐子健再次被送进医院抢救，因为他的心脏病再一次发作。那天晚上，他差点死去。

中心医院收到公安局的关于白素玉的死亡通知。一般来讲，这样的通知是让单位不要再发放死者的工资，白素玉已经好久以前就被勒令停发工资，医院革委会还是将公安局的死亡通知转发到劳资科。劳资科将白素玉的死亡通知写在食堂最显目的黑板上，这不能算是讣告，每个死去的职工都用这种方式告知还活着的人。不过，这个通知还是在医院引起轩然大波，它似乎在宣告医院崇尚医德追求完美的时代已经结束，起而代之的是对利益的追逐。

张雨在看到白素玉的死亡通知时，立刻联想到白素玉一定是被毒打至死的。他心痛如绞，这个世道太残酷了，一个这么美丽、善良、有教养，有学者风度的女人竟被畜生般野蛮的人折磨至死，而他，曾经想一辈子保护她，却从来没有能力保护她。

张雨对白素玉的感情是复杂的，他把她当成老师，又常常希望白素玉能成为他的家人。他喜欢看她的眼睛，那是一双会说话的眼睛，眼神即庄重又温柔，是其他任何女人都没有的。因为有了白素玉这个完美的女人，他再也看不上其它任何女人，她是他心里的女神。当他们成为搭档时，他的每一次手术都是因为白素玉而做得更完美。他暗恋她多年，却只敢把她当成老师，从不敢对她说：我爱你。而今，他唯一钟爱的女人死了，他最崇敬的老师死了，他最喜欢的那一双美丽的眼睛永远消失了。她的死则意味着他失去了最好的搭档，没有她的鼓励，他将再也不能够专心致志地给病人做手术了。一个外科大夫不能做最好的手术，活着又有什么意义？

那天夜里，张雨吞下一百粒安定片，安静地死在家里。

三十四、李卉的遭遇

一年过去了，文化大革命仍在继续，新的群众组织不断产生和消亡，路线斗争仍然激烈地进行着。红卫兵们不再是主角，他们完成了历史使命，成为新一代的农民，左右他们命运的人赐给他们一个很浪漫的名字：知识青年。

李卉在白水河畔住了整整一年，再过二个月她就是十七岁的大姑娘了。林秀英已经很明白的告诉她，希望她和志远早日成亲，因为家里早就应该有一个可爱的走来走去的小孙子。每一次志远回家，她都假装去走亲戚，将他们单独留在家里。可是，他们什么也没干。

志远在期待着李卉成熟，事实上，李卉也在成熟。她所读的小说都在酣畅淋漓地描写着爱情这个永恒的主题，常常将她带到她生活里有可能发生的意境中，她要再不懂，就是个傻子。

她越来了解志远，也越来越爱他，是那种发自内心的对他人格的景仰，而不是因为性的成熟或感恩，更不是因为寂寞。她住在志远家已经很习惯了，每天，她和志远妈妈做着各种各样的农活，乡下的农活总是做不完，时间很容易过去。到了晚上，她在油灯下读书，写笔记，志远妈妈做着针线活静静地陪着她。志远一有机会就来乡下看她，住几天又走了。离别就像催化剂催熟着他们的爱情，每一次离别都让李卉更思念志远，更加想依偎在他的怀抱里。她已经和志远吻过，拥抱过，而且接吻的时间越来越长，拥抱也越来越紧。可她总想听听妈妈的意见，如果能得到妈妈的祝福，那她的爱情就非常完美了。

1969 年的元宵节，李卉随着宁志远回到宝庆。元宵节意味着春节已经过完了，所有的次序又要恢复到年前。工厂要开工，学校要开学，商场的节奏要放慢，因过年而停下来的上山下乡运动要加速进行。

李卉之所以回到城里来，是因为再过一个月就满十七岁了。林秀英将他们大婚的日子定在农历的二月十六，她说结婚是人生的大事，眼下虽然不流行过彩礼，但是送给新娘的嫁衣是不能省的。李卉认为，结婚的嫁衣不重要，重要的是结婚证明书，有了结婚证，才是合法的婚姻。志远妈妈的想法又正好与她相反，她说只要是摆了酒席拜了堂就是夫妻，没听说过要扯了结婚证才是夫妻。李卉说因为妈妈和哥哥都不在身边，我自己给自己作主，不管结婚证管不管用，规规矩矩的女孩就要按规矩办事。

志远觉得李卉讲的有道理，同意她回宝庆。所以，眼前她想做的就是回家取户口本登记结婚。而且，她已经有十六个月没回家看看了。家虽然破碎着，看了也只会让她心里流血。但对家的刻骨铭心的怀念，让她情愿飞蛾赴火。回家看看，哪怕只看上一眼，哪怕是死去，也要看一眼自己的家。

志远对李卉说：卉，求你了，好好在家呆着，我替你去取户口本吧。

李卉说：你告诉过我，我哥的案子已经结了，我已经被撤诉了，那我还要害怕什么呢？

李卉哪里知道，志远不让她回家，害怕的事多着呢，怕她知道白素玉已经死了，会伤心到活不下去。怕她被人看到后，会强迫她上山下乡。最害怕的还是她曾经被通缉过，并不是所有人都知道通缉令撤销了。

1967年的最后一天，志远和父亲从乡下回来，孔祥三已经站在他的家门前等着他们了。也就在那一天，他们听到了白素玉的噩耗。孔祥三取走了他存放在他们家的东西，并说如果有了李欣李卉的消息就告诉他一声。

宁志远已从孟柯那里得知李欣已逃到香港，但他没有把这消息告诉任何人。他也没有把他收留李卉的事告诉孔祥三，更没有把白素玉的死讯告诉给李卉。

孟柯曾经对他说：运动无论怎么凶险，军队和监狱是不会乱的，因为国家盯得最紧的就是军队和监狱。犯人越狱是头等死罪，一旦被抓住必杀无赦。因此，你在任何人面前都不要说出李欣和李卉的事，这对你，对李卉都是性命攸关的大事。

就这样，他没将李欣李卉的事告诉任何人。他没有将白素玉的死讯告诉给李卉，是怕李卉承受不住打击。

后来，孔祥三又告诉他，李欣越狱，终生通缉，直到缉拿归案。李卉在案发时，年仅十五岁，还不到犯罪年龄，检察院已经撤销对她的起诉，不再追究。

尽管如此，志远还是不敢相信，虽说不再追究，说不定那一天又会将李卉抓进监狱。

眼下李卉拗着要回家看一眼，眼看天黑下来，在冬天的傍晚，街灯还没有亮起来的时候，视线是最模糊的。志远怀着一丝侥幸，拿出刚买的长长的围巾，用围巾把李卉的脸包住，只露出她的眼睛。再让李卉穿上他的风雪大衣，他陪伴着她回家。

医院的宿舍与医院相隔一条马路，李卉的家在宿舍区的中间。李卉上楼梯时，从楼梯上走下一个女人。女人不经意看了她一眼。当李卉走到家门前时，看到自家的门上被贴上两条盖着大红印章的封条，根本进不去。她很惊愕，迟疑着推了推窗，想从窗缝往里看。这时刚下去的那个女人突然折回来了，站在李卉的身后说：姓白的医生死了，医院把她的房子封了。

李卉大吃一惊，回头看她，失声问道：王阿姨，你说什么？

那女人这才认出李卉来，她说：是李卉啊？都认不出来了，你妈死了，你不知道吗？

志远立即要拉着李卉跑，可是，李卉浑身发软，迈不开步。忽然她惨叫：妈妈，妈妈！那绝望的呼喊令人心碎。

几个刚好下班的人路过这儿，有人问道：发生什么事啦？那女人说：是李卉回来了，她刚刚才知道她妈死了。

有人说：她妈死了都一年多了，她怎么才知道呀！

有人说：我想起来了，李卉那时正被公安局通缉，不在家里。

一时大家都好像想起了什么，有人迅速离开。但又有人好奇地走过来。

志远费了好大的力气，把悲痛欲绝的李卉背在身上。这时，一个戴红袖章的男人将他们拦住。他说：李卉是通缉犯，不能走。他要正在围观的人去叫警察，有人去了。

志远对那个男人说：因为李卉没有到犯罪年龄，通缉令早就撤销了。可是那个男人就是不让他们走。志远对那男人吼道：让开，不让开我打死你！那男人还是不让开，双方的身体开始撞击。警察来了。志远又把通缉令已经撤销的事跟警察说了一遍，警察说他们没有接到这方面的文件。李卉沉浸在无比的悲痛之中，已经失去理性，挣扎着扑向家门。警察把她架在肩膀上拖下去，一进派出所的大门，大门就关上了，把志远关在大门外。

志远冒着刺骨的寒风守候在大门外，直到深夜。换班的民警来了，志远硬闯进去，将李卉的事说了一遍。民警做了笔录后说：你可以回家去了，明天再来。别妄想在今晚带你老婆走，再不走，连你也关进来。你想想，她曾经被缉捕，你会不会是同案犯呢？年轻人，我不想多事，你可要长远计议，不要意气做事。

民警边说边将志远推出大门外，志远只得恨恨离去。

第二天一早，志远便等在派出所的门口。不久，派出所的大门打开了，几辆带斗的摩托呼啸而出，李卉坐在摩托车上。

志远问值班的民警：李卉被带到哪里去了？民警说：公安局。

李卉被带到公安局的预审科，审讯她的人正是朱有凤。

三十五、李卉被朱有良劫持到麻风村

朱有凤已经有好几年没看到过李卉，但还是一眼认出了她。自从朱有良调出司法系统，朱家兄妹便担心着来自上层的报复，他们像蛰伏在阴暗角落里的蛇，谨慎地注视着事态的发展。新局长方圆是徐子键的老战友。方圆上任时，积压的案件太多了，她着手调查的第一个案件就是把杨义牵扯进去的反革命案。经过几番细致的调查，那是一起人为制造的冤案，所有涉案的人都洗清了冤屈，也包括了杨义。

方局长是从省公安厅调来的，一上任，朱有凤就密切地关注她。她发现这是个很讲原则的人，有着丰富的刑侦经验，不过她没有去碰白素玉的案子。这并不说明，她在未来也不会调查此案，只是目前，"白素玉劫狱案"是争议较大的案件。虽然"劫狱"是必须判处极刑的最大犯罪，但是，这一起案件发生在极其特殊的环境里，它不是在监狱里而是在医院，没有大的社会影响。再说，判处这样的案件是需要大量的证据的，"白素玉劫狱案"只有白素玉的交待材料和一份证词，是说不过去的。就审判而言，重案判重刑也无可非议，何况，白素玉死了。如果没有徐子键的存在，这个案子会随着犯人的死而终结。徐子键调走朱有良，从省里调来方圆其用心谁都知道，朱家兄妹估计他决不会放过这个案子。他们也只有走一步看一步。

朱有凤认为，如果能在李卉这里得到哪怕一点点有价值的材料，朱有良就会把案子做得很完美，就是把白素玉枪毙十次也不算冤案一桩。如果得不到他们需要的东西，就要把李卉整死，留下来是个祸患。怎么审问，怎么整死她，朱有凤决定先与朱有良商量。眼下她还只是试探性的审问李卉，每一句话都是三思而后问。

因为痛哭，李卉的眼睛已经红肿得像两个熟透了的桃子。一进公安局，她神情恍恍惚惚，好像眼前发生的一切与她无关，无论问她什么，就像没听见一样。要是在以往，朱有凤早就打了犯人十几个耳光了。这一年来，新局长重点整顿了她所领导的预审科，警告她再打人就撤了她的科长职务。她也学会了耐着性子等犯人交待。

中午，朱有凤去了朱有良家。朱有良虽然调走了，还是赖着住在公安局里不去新单位报到。听了有凤的话后，他说：我认为李卉不可能供出白素玉来，因为白素玉那时在北京，根本没有参与做案。她的供词完全是根据我的意图写的。假如李卉供出的另有其人，白素玉就是冤案了，那么整个案件要推翻重审。这正好给孔祥三一个机会，他会趁机整死我的。

朱有凤说：假如李卉供出来的正是他们，岂不是找到了打垮他们的机会？

朱有良说：没这么容易，徐子健从五月份开始就住进医院了。孔祥三与李欣无亲无故，他为什么要冒这么大的风险去救李欣？出了犯人逃跑这么重大的案件，我总要抓几个嫌疑犯审问一番，何况我只想着要用白素玉来做替死鬼。

朱有凤问：那现在怎么办？

朱有良说：李欣案发时，李卉还不到十六岁，她就是个劫狱犯又会怎样？所以，在白案结案时做出撤销李卉的通缉令，不再追究她的刑事责任的结论。现在即使抓捕了她，审过后，还是会放了她，又不能把她怎样。不如按程序将她放了。我们要想害死她太容易了，只是不能让人知道是你我操纵的。

朱有凤说：哥，我不想要她的性命，他们李家欠我们朱家的三条人命已经还清了。我只想李家的女人和我一样遭万人作践。

朱有良说：时代不同了，你想的那事已经成为历史。不过让她被男人们强奸还是容易的。

朱有凤说：你有什么好的主意呢？

朱有良说：现在不是正在搞上山下乡运动吗？把她下放到最苦的地方去，再买通几个人奸她。

朱有凤说：那太便宜她了，我们就是不报复她，她也是下乡的菜。把她送到人间地狱去，我才甘心。

朱有良沉思了一会，说：说到人间地狱，有一个地方真是人间地狱，还能够人不知，鬼不觉，瞒过所有人的眼睛，名正言顺的把她送进去。

朱有凤说：你说的不会是疯人院吧？

朱有良说：疯人院算什么，我说的是麻风村

朱有凤顿时两眼发亮，喜形于色地说：那地方我听说过，住的都是麻风病人。麻风病就是让细菌把人慢慢吞噬掉。把李卉送到那里去和被万人作践一样，很公平。

原来你也听说过。不过，我还去过。麻风村在湖南、贵州、广西三省交接处，方圆几百里都是崇山峻岭，人烟稀少。几年前为追捕一个犯人，我误入了麻风村。那时，我在大山里转了三天三夜，都找不到一条路，以为再也出不来了。这时我看到山洼里有几间土屋，就朝那方向走去。真是看山跑死马，那屋子看起来就在山脚下，我从山上往下走，走了三、四个小时才走到屋前。时间应当还是下午，浓雾弥漫，眼前一片模糊。我向坐在门口的人打听去靖州的路，这才看清楚那些人都是麻风病人，一个个五官溃烂，四肢残缺，鬼一般坐在门前呻吟。我吓得转身就走，可无论走到哪里，都找不到路，就是有个人也麻风病人，这才知道误入了麻风村，而且那是个天坑，进去了就出不来。

真是恐怖，哥，你后来是怎么出来的？

靖州公安局的同志进山来寻找我，找到我时，我都快死了。人到了那地方，不敢吃东西，连水都不敢喝，喝了就会被传染。为了那次倒霉的行动，我去医院检查了好几年，生怕得麻风病。

真的太可怕了。不过，把李卉丢到麻风村去太合适了。可是，她是个大活人，要是逃出来了怎么办，那我们不是暴露出来了？

妹妹，她逃不出来，就是逃了出来，也会被山里的农民打死，然后偷偷埋掉，十几年来，天坑外的农民都是这么对待麻风病人的。

这么说来，李卉只要进去，就再也别想活着出来。

我肯定。还有，靖州公安局长是我的好朋友，就是在那次行动中，我给他记了个一等功，还将他从股长破格升为局长。乡下人嘛，很感恩，一直说要报答我。我要是说有个要紧的人得了麻风病，要送到麻风村去，他一定会亲自来接，亲自送去。

那太好了，省得我们去抛头露面。我也想过，如果李卉失踪了，孔祥三首先怀疑的就是我。

那我们就好好策划策划，让他永远停留在怀疑上。

兄妹俩为他们的诡计兴奋得的眼睛发出了绿光，商议了整整一个下午，罪恶的计谋定在第二天太阳升起的时候实施。

正月十七日，也是公历的 2 月 16 日。早上，太阳刚刚升起，时针已经指到八点整。

李卉在审讯室"行政拘留"一栏中签过名后被推上囚车，公安局的干警将她送进拘留所，她又在拘捕证上签了一次名。九点，志远就打听到她被关进拘留所，还打听到拘留分成刑事拘留和行政拘留两种。这个拘留所关的罪犯多半是刑事拘留，他们中能释放的少，大多数罪犯在等待审判结果。志远赶紧到拘留所打听李卉的消息。

拘留所的干警告诉他，是有一个叫李卉的女生送进来了，要他替她送一些日用品和被子什么的过来。志远问他什么时候会放出来，干警说她是行政拘留，拘留期是十天，如果没有问题，满十天就能放出来。志远长长地吁了一口气，赶紧去百货公司为李卉挑选日用品，他把被子和日用品送去时，请求干警见一次李卉。干警告诉他，拘留所是不能探视的。

过了四天，也就是 2 月 20 是一位民警拿着一张介绍信来到拘留所，要带李卉去体检。拘留所的干警汪小波问为什么要在这个时候体检。民警说：她是上山下乡的对象，居委会已经将她的户口簿交给了四个面向办公室，所以要立刻做体检，如果没病立即下乡。李卉随女看守从牢房出来，民警要她带上属于她自己的东西，并在"释放"一栏里签名。李卉走的时候，汪小波特意跟着他们走出大门，看着民警把李卉带上警车。

一直处在悲痛中的李卉，在走进医院的时候，产生了幻觉，她以为站在诊室前，穿着白大褂，对着她微笑的女医生就是她妈妈。她朝女医生奔去，却被民警拦住，要她老实点。于是，李卉悲痛得大声哭喊，往事也像电影的镜头历历在目。小时候她去找妈妈，穿着白大褂的妈妈总会问：有事吗？笑容是那么亲切，声音是那么动听，有空的话，还会风度翩翩地走过来亲吻她的脸和手。想到这，李卉哭得更厉害。整个上午她都是在泪水中度过的，并没去注意民警们奇怪的行为。后来，护士在李卉身上抽了一大筒血，民警让李卉休息了大约半小时又将李卉带回警车。

她听到民警对司机说：把车开到监狱去。

这并没引起李卉的警觉，她想都没想这车为什么要开到监狱去，她的心已经深深沉浸在悲痛中，妈妈就是她心中的太阳，没有妈妈她将怎么活下去。警车进了监狱后，在监狱的办公室前停了下来。民警和司机下去后，把李卉留在车上。这时，李卉看到旁边还停着一辆白色的救护车。

杨义坐在医务室里，眼睛盯着齐长松的办公室。昨天，齐长松要他以狱医的名义开具一张医疗诊断书，证明犯人 XX 犯有麻风病。那个 X 是个空格，所以，他不知道那个人是谁。今天，监狱来了一辆救护车，他想一定与昨天的诊断书有关。太伤天害理了，他想知道被害者是谁。

就在这时，齐长松向医务室走来，他要杨义去牢房一趟，说有看守不够，他必须马上去查监。杨义只好离开医务室，杨义判断这个受害人，一定是他认识的。

不一会，车门打开了，一个戴着墨镜，捂着大口罩，穿白大褂的人要李卉下车。李卉从车上下来后，穿白大褂的人又要她上救护车。李卉很疑惑，她问：我上车去干什么？那人说：上车吧，到了就知道了。李卉说：你不说明白，我不会上车的。那人说：送你去医院治病，说得够明白吧。李卉觉得很奇怪，说：我病了？我得了什么病？那人说：传染病，不过，还很轻，早治疗早痊愈，快上车吧。李卉说：不，我没病，我不去。那人说：那就先去医院复查吧，如果没病，岂不更好，难道我们还会希望你有病？快上车吧，别耽误大家的时间。

李卉觉得很无助，看看身后还有几个人在等着她，只好上了救护车。那几个人在她上车后也跟着上车了。他们都戴上墨镜和口罩，离她远远的。李卉不禁疑心重重：他们是什么人，要带我去干什么呀？

救护车离开宝庆城后，一直急驰在乡村的公路上。车上的人全操着外地口音在谈笑风生，没有谁搭理李卉。李卉坐在车的最后面，心里着实忐忑不安。这一年多来，李卉经历家庭巨大的变故，特别是亲爱的母亲死了，她是怎么死的，死在那儿，是谁安葬了她，她的坟墓在那儿，这些，她都来不及去打听，还没有在悲痛中缓过气来，猛然又说她得了传染病。此时此刻她心乱如麻，她想：志远告诉她，她的案子结了，怎么一回来就把她抓起来呢？审讯后明明说要释放她，怎么又将她行政拘留？说好了拘留十天，怎么又说她有病，要送她进医院？李卉就是再单纯，也觉得不可能是送她去医院治病。他们要把送到哪儿去呢？前面坐着的人有穿警服的，也有穿白大褂的，真让人琢磨不透。车朝西开着，山越来越高，路也越来越险，有时路面只能驰过一辆汽车。当车走在险峻的山路上时，好几次差点从悬崖上摔下去，车上的人都吓得尖叫起来。这时，坐在前面的人会回过头来看她，好像是她把他们带上这条要命的山路。而她，又怎么会把他们带到这么偏僻的山区呢？这都成了她心中的疑问，心灵受到重创后更加无法理清这么多的疑问。她想起志远的妈妈将他们的婚期订在农历的二月十六日，她离开的时候，正在欢天喜地的筹备着婚礼。面对大喜大悲的变化，让李卉觉得这一切都不像是真的，只希望它是一场恶梦赶快结束。

天全黑了，颠簸了一天的救护车开进靖州公安局。所有人都下车了，也要李卉下车。

接着，李卉被关进牢房。牢房里空荡荡的，角落里放着一只臭气熏天的马桶。

这哪里像是送我去医院，李卉想。这些人到底要干什么？

李卉心力交瘁，靠着墙坐下来，本来红肿的眼睛现在更加疼痛。她用志远给她系上的围巾捂着脸，泪水又一次涌出来。

有人拿着被子走过来，铁门"哐哐"的响声惊醒李卉。那人往牢里扔下一床被子，一些日用品和吃的东西，说：明天早点起来，好赶路。

明天还要走，原来，这还不是最后的行程。

第二天清早，牢门被打开了。昨天穿白大褂的医生模样的人又来了，他们的身后还跟着一个挑着箩筐的农民。医生要农民把地上的被子及日用品放进箩筐，和他们一起走。

那一天，两个医生，一个"病人"，一个农民沿着崎岖的山路往大山的深处走。起初，他们不说话，默默走着。后来，渐渐打破沉默，医生问"病人"叫什么名字，多大年龄，家里还有些什么人？

病人说：我叫李卉，还过几天就满十七岁了。说到家人时，李卉哽咽了，说不下去。

医生很惊讶，说：你还这么小，怎么就坐牢了？

李卉说：我没坐牢，这次被关起来只是拘留。

对于年龄还不够判罪的人，首先是拘留，医生正是这么理解的。

另一个医生看起来更温和，他问的问题是：你是什么时候觉得不舒服，好久发一次烧，肌肉和关节现在痛不痛？

李卉说：我没有觉得不舒服，从来没发过烧，全身上下没有痛过。

医生又问：你的眼睛是从什么时候开始溃烂的？

李卉很伤心地说：就是这几天。

麻风病发作时，发烧，肌肉和关节痛，眼睛红肿溃烂。所以医生说：由于你的病刚刚发作，所有的痛苦还感觉不出来。

李卉问：医生，我究竟得了什么病？

医生说：过几天你就知道了。

李卉说：为什么现在不能告诉我呢？我的爸爸妈妈都是医生，我听他们说过，医生对病人的诊疗要透明化，病人才会配合治疗。

医生说：你还知道得蛮多，你爸妈怎么没发现你的病情？你的病不是得了几个月，一般在一年以上才被发现。

另一个医生说：这叫和尚念经，自法不灵。

李卉的心一直紧绷着，听他们这么说就绷得更紧，绷得疼痛起来。她的双腿发软，怎么也挪不开脚步。

医生催着她快点走，他们说如果不能在下午三点以前赶到那里，山上就会大雾弥漫，再也无法找到下山的道路，无法下山，那就只好喂野兽了。那个农民粗暴地抽出扁担要打李卉。李卉在他们的胁迫下继续前行。

三点钟到了，山洼里的那个村落也露出黑色的屋顶和土色的墙。大家都松了一口气，但还要加快脚步，雾霾已经像妖女一般袅袅娜娜轻柔地包裹住他们了。

当他们看到屋子里的火塘时，整个村庄都笼罩浓雾之中。

挑担的农民大喊：毕所长，医生来嘎！

门"吱"的一声打开了，一个男人走出来，脸太黑，分辨不出他的模样。他的声音里透着惊喜，大声说：贵客来了，快进屋烤火，吃了没有？

医生说：一路上哪有吃的，都饿得肠子贴背了。边说边走进屋里，这时李卉看到火塘边坐着一个女人，她穿着白大褂，戴着眼镜，向着她微笑，笑容特别温柔亲切。当女人站起来和医生握手时，那高贵的气质好像是来自另一个世界。

医生忽然变得很文雅，说：修女，你怎么又回来了？

修女说：我回去是述职，教会派我继续留在这儿工作。

医生说：太高兴了。你一定带来不少新药，我也送药来了，还带来一个病人。说着，看了李卉一眼。李卉鼓起勇气对修女说：你好。我没病，真的没病，请你告诉我，这是哪儿，为什么要把我送到这里？说着，眼泪大颗大颗滴下来，表情是那么绝望。修女立即走过来，拉着李卉的手说：可怜的孩子，别难过，别哭，哭会使你的眼睛更糟糕。

李卉的眼泪怎么也止不住，她绝望地大喊：妈妈，救救我！志远，救救我！

李卉从不知道这世上有一种可怕的传染病叫麻风，更加不知道麻风村的可怕。她仅仅被大山的荒蛮偏僻吓坏了，第六感觉告诉她，她已经处在一个危险的境地。

修女轻轻搂住李卉，拍拍她的背说：孩子，别伤心，我会替你治好的，会让你的妈妈很开心的接纳你。这时李卉注意到修女的双手带着厚厚的手套，好像害怕接触什么肮脏的东西。李卉再一次对修女说：医生，我真的没有病，我不能接受你们说我有病。

修女说：放心吧，我会观察，还会替你复诊，听话，别哭了。要牢记，住在这里，眼睛需要特别保护。

这时，毕所长用竹筐背着食物进来了，他说：我把过年都舍不得吃的野猪肉拿过来了，还有酒呢，唐医生和吴医生是贵客，修女也回去了半年才来，今天大家聚在一起，难得难得。我做东道主，请大家喝酒吃肉。

修女说：你们喝酒吧，我刚才吃过了。让我来照顾新来的客人吧。

修女用一个干净的碗盛满饭菜，招呼李卉到她的房间去吃。

李卉已经记不清楚自己有多久没吃过东西了。看到修女一脸慈爱，饭菜在散发着诱人的香味，她的胃开始蠕动起来，饥饿令她忍不住小口小口慢吞吞的吃起来。

麦修女一直在一旁看着她：这女孩头发浓密乌黑，闪着特别干净的光泽，皮肤雪白光滑，浓黑修长的眉毛下闪着一双又黑又亮的眼睛。眼皮虽然红肿着，那长长的睫毛却楚楚动人地向上翘着。微微上翘的鼻子很精致，嘴唇红润而丰满，唇线很好看的呈弧形向下弯着。女孩不仅漂亮还很耐看，看久了，让人觉得成熟而优雅，气质端庄高贵，举手投足很有大家闺秀的风范。眼下她的神情特别忧伤，也格外惹人怜爱。

麦修女被女孩的美丽震撼了，她难以相信这样的女孩会患上麻风病，忍不住说：你真是太可爱了。如果你不介意的话，我想问，之前你住在哪里，你的身份是什么，家里还有什么人？

这些本来是李卉最伤心的事，此时此刻，她忽然变得坚强起来，她告诉修女，她住在宝庆城，坐了整整一天的汽车才来到靖州。她的父母是外科医生，在美国留过学，是基督教徒。这引起麦修女的格外关注，因为她是香港教会派来的，这一年多来，她亲眼看到，大陆所有的基督教徒都被迫害，在经受上帝的考验。她不由问道：你的父母现在怎么样了？他们知道你生病了吗？

李卉又强忍着眼泪告诉她：父亲早已去世，母亲去世的悲惨消息是四天前才知道的。接着，她把最近几天发生的事说了一遍。

麦修女说：这么说，你的眼睛是这几天哭肿的，根本不是溃烂。那个民警把你带到医院仅仅是抽了你很多血，让你休息一会就离开了。你根本就没去看过医生，更谈不上被治疗过。

李卉说：是的，离开医院后他把我带到监狱，昨天，我就是在监狱被带上的救护车的。

你在来之前知道这是什么地方吗？

李卉摇摇头说：不知道，他们说我得了传染病，要送我到医院去。我不相信，也很惊讶，我从来都是那么健康，怎么一下子这得了严重的传染病呢？我问过他们送我去哪里，他们总是说到了就知道，可我到现在，只知道这里是深山野岭，不知道身在哪里。

善良的修女医生震惊了！这女孩居然没有做过任何检查就被送到麻风村，这可不是一个寻常的故事，而是惨无人道的人生迫害！这样的事情在解放前曾经发生过，不是被送进麻风村，而是被活活烧死。

麦修女立刻为李卉做检查，她要李卉脱光衣服，凡需要检查的地方都做了极其细致严密的检查，结论是：李卉很健康，根本没有麻风病。

麦修女把自己的检查结果告诉医生，请求他们明天将李卉带回去。

两个医生很为难。他们说：李卉不仅是有狱医和医院诊断证明的麻风病人，还是个正在服刑的犯人。她是个双重身份的人，不是说带走就能带走的。他们断然拒绝了麦修女的请求。不过，答应回去后向公安局长反映这个情况，如果局长同意李卉回去，他们一定会不辞辛苦地来接走她。

麦修女更加震惊了，这么年轻的女孩会犯下怎样的罪行呢？她不禁怒斥：你们是不是弄错了，她犯了罪只能在监狱服刑，怎么能送到麻风村？这不是置她于死地吗？

两个医生说：我们只是防疫站的医生，如果局长明知李卉没病而将她关进麻风村，就一定是个巨大的阴谋，这里面掩藏了什么，我们不知道，也不想知道。

麦修女说：难道你们的天良就这么被邪恶势力淹没了？

两个医生无语。

第二天中午，大雾刚刚散去，两个医生沉默无语地离开麻风村。那时，李卉正躺在在麦医生的床上。自从离开白水河畔，她一直没有睡过，见到麦医生，就觉得自己安全了，竟在这张陌生的床上睡着了。

医生走后，麦修女对毕所长说：所长，这个名叫李卉的女孩，根本没有麻风病，我们要尽快让她离开这儿。

毕所长的表情更为难，他说：医生们带来了县公安局的红头文件，本来是不能给你看的。为了让你了解这是怎么一回事，你就先看看这份文件吧。

麦修女接过文件仔细读过，文件的大意是：李卉是在押犯人，又患上麻风病，本着革命的人道主义精神送她到麻风村以劳改为主，辅以治疗，由麻风病管理所监督执行，……，如果犯人逃跑，直接追究所长刑事责任。

这份残忍的文件从麦修女手里滑落到地上，她完全被文件的内容震慑了。

三十六、志远寻找李卉

每天，志远做的第一件事就是去给李卉买玫瑰包子，然后送到拘留所去。他不知道李卉有没有吃到包子，但是，每一次他送的东西警察悉数收下。

今天是第十天，是李卉离开拘留所的日子。志远欣喜若狂，他要爸爸去买点五花肉炖红枣，那是李卉爱吃的，自己则早早来到拘留所接李卉。

他从早上八点等到九点，拘留所已经放走了好几个人，就是没有李卉。他再也按捺不住，就去问警察。警察检查了一下记录本，说：根据记录，李卉已经回家了。

见到志远一脸的惊愕，警察把备忘录递给志远，在"释放"那一栏里，有李卉的亲笔签字。

志远还是不相信，警察只好亲自到后面的女牢去问清楚。

不一会警察出来了，说：李卉已经不在牢里，肯定回家了。

志远说：我清晨就守候在门口，并不见她出来呀。

警察说：只要关满十天，到了零点就要释放羁押者，超过时候就侵犯了人权，这一点难道你不懂？

志远想：难道李卉会在深更半夜的时候回家？从拘留所到家不过七、八里，走得再慢，在我离家时也已经回来了。她不会走错方向，走到离家越来越远的地方去吧？

既然李卉已经不在拘留所，留在这儿也没用，志远又匆匆赶回家。

宁顺生已经把饭准备好了，见到志远一个人急匆匆的回来，便问：卉儿呢，怎么没回来？

李卉没回来？志远也在问。父子俩四目相对，脸上写满疑问。后来志远把今晨的遭遇说了一遍。

宁顺生不禁满腹疑问，他说：卉儿不可能迷路，拘留所门前只有一条马路。路的一头通市区，另一头到乡下。天再晚，人再没见识也能区别城市与乡村，就算走错了，也会回过头来往市区走。到了现在也该到家了。再说，这孩子胆小，怎么会在这冰天雪地的深更半夜里往家里走呢？这夜有多黑呀，除非有人与她结伴而行。志远，你再去问问，昨晚除了李卉，还有谁和她一同从拘留所出来？

志远又骑车去了拘留所，他告诉警察他的未婚妻还没回家，他想知道昨晚除了她还有谁和她一起走。

警察又翻开记录本看了好一阵，说：从记录来看就她一个。接着，警察又说：从拘留所放出去的人，有一大半都不愿意再回家，拘留所从来不需要对这样的事情负责任。这是最后一次为他查记录，下不为例，有问题找公安局去。

志远真是沮丧到了极点，只好寄希望于家里。回到家还是不见李卉回来，他真的害怕李卉出了意外。

父子俩坐在饭桌旁，满桌子饭菜飘香，谁也吃不下去。宁顺生说：李卉这孩子怎么会遇到这么多的难事，她妈怎么就不保佑她呢？

志远说：爸，你先别难过，也许过了今天，她就回来了。

但是，过了十天，任凭志远父子怎么努力寻找，李卉音讯全无。他们认定李卉又惨遭朱家兄妹陷害，必须尽快找到她。

志远只好去找孟柯，原本说好没有特殊状况，他们永不见面。

孟柯看到志远的神情，就知大事不好。到了隐蔽处，志远把李卉的事说了出来。

孟柯说：只要李卉活着，朱家兄妹就会寻找机会迫害她。一旦进了公安局，就难逃朱家兄妹的魔掌，李卉应该藏到朱家兄妹离开地球的那一天才出来。现在出事了，你要是到公安局报案，那么李欣案就会从你查起。李卉失踪，线索就隐藏在公安局里，你仔细想想，从李卉被派出所抓走，到李卉从拘留所失踪，她一直生活在警察的监管中，无论她遭遇到什么都只能在派出所、公安局和拘留所发生。我绝不相信李卉会在天亮前离开拘留所，然后失踪了。

孟柯答应尽快去找李卉，他说：你一旦有消息，就在这棵树上刻"+"号，晚上再在这儿见面。如果刻上"++"，就表示情况紧急，我会在附近徘徊。我有情况会想办法通知你。

志远只想知道李卉会不会耍小孩子脾气，藏在孟柯家里不回来。听孟柯这么说，不仅希望又一次落空，更为李卉的生命担忧。不过，孟柯答应去找李卉，他又在黑暗中看到曙光。

三十七、孔祥三欲借李卉案扳倒朱有良

还有一个人，志远很想去找他，只是难以启齿，这人就是孔祥三。

孔祥三自从志远家取走李欣的调查资料，就一直没有见到过志远。可是志远一直记得他说过的一旦有李欣李卉的消息就要告诉他，自己也是这么答应的。事实是怕连累到他，李卉的事一直瞒着他。现在出事了，又去求人帮忙，觉得这不是他们哥们做事的风格。

眼下，李卉已经到了生死关头，只有硬着头皮去找孔祥三。

孔祥三仔细听着志远说的每一句话，当志远说到拘留所因为担心侵犯人权而在零点放人时，便断定拘留所在这件事上撒了谎。拘留所只是监狱里面的另一间牢房，因而更坚信是朱家兄妹搞的鬼，李卉只怕是凶多吉少。

孔祥三因为擅自将李欣送进医院抢救，被革委会批评为缺乏工作经验，不适合主管公、检、法。调他去统战部工作，实际上降低了职务。一直以来统战工作既繁琐又不被领导们重视，但又不能出事情，常说外交无小事，用在统战上也一样。

尽管他不再主管公、检、法，却一直没有放弃对白素玉案件的调查。当他知道杨义恢复工作时，秘密与杨义交谈。他明确告诉杨义，他和徐司令一致认为杨义一定知道白素玉是怎么死的，不然，他不会在那个时候被关进牢房。而这个秘密杨义要是不说出来，总有一天会为此付出生命。他劝杨义不要害怕朱家兄妹，只要是朱有良害死白素玉，他孔祥三一定会让朱有良进监狱。

可是杨义却咬紧牙关说，白素玉是因为急性心肌梗塞死去的。

尸体找不到，杨义又不肯说出实情，白素玉一案的调查无法继续。文化大革命运动不停地紧张地进行着，群众组织像地里生长着的韭菜，割了一茬又长出一茬来。一些群众组织被革命委员会解散了，摧毁了，另一些组织又诞生了，壮大了。这些群众组织冲击革委会，有一次还冲进军分区抢走了枪支弹药。武斗时有发生，又有犯罪分子破解了银行密押，盗走几十万人民币，在宝庆这个名不见经传的小城，制造了一桩震惊全国的大案。无论是革委会还是公安局都忙着收缴枪支、制止武斗、抓捕坏头头和侦破各色各样的刑事案件。白素玉案件和这些案件比起来只是芥茉之微，早已淹没在浩瀚如海的各类案件中。

孔祥三再也没有理由去公安局调查研究案子，就是再不甘心，也只好让朱家兄妹暂时得逞。听到志远说李卉失踪了，他想：假如李卉也不明不白的死了，朱有良就在五星红旗下合法的冠冕堂皇的制造了一起丧尽天良的灭门案，而且瞒过了天下所有人的眼睛。这真是太让人气愤了，难道就没有办法扳倒朱有良？眼前的李卉案会不会是扳倒朱家兄妹的一个新的契机呢？

志远说：祥哥，没把李卉的事告诉你，是怕连累到你。至今我还是认为我们见面需要隐蔽。

祥三笑着说：你这小子跟谁学的，好像搞地下工作一样。我们的关系不公开更好，便于我们进行调查。

志远走后，祥三开始分析李卉失踪案，他要重建李卉失踪前的生活轨迹，看看她在哪个环节离开了人们的视线。

最后一个看见李卉的人是拘留所的警察。

李卉在2月16号关进拘留所的，每天志远都在为她送吃的和日用品，到了2月26日，她被释放的日子，就失踪在黎明前的黑暗中，这太戏剧化了。她应该早就离开了拘留所，要志远送生活品，只是一个骗局。

必须走进拘留所才能找到真像。

孔祥三在主管公、检、法时，和一个叫莫十全的刑警关系很亲密，他把这件事交给莫十全。

过了三天，莫十全把调查结果告诉孔祥三。

2月16日，市公安局审讯科以"暴力对抗刑事调查"的罪名，将李卉送拘留所行政拘留十天。送李卉来的是审讯科的男公安，所有程序都很合法。2月20日，一个男民警拿着一张派出所的介绍信来到拘留所，要带李卉去做体检，他说如果李卉没有病，立刻要她下乡，跟着春节后的第一批知青走。他要李卉在"释放"一栏里签名，并告诉值班民警，如果李卉没有送回来，就是送到乡下去了。他们走的时候，值班干警还特意跟着出来，看着民警把李卉带上警车。

情况果然像祥三预料的一样，李卉在2月20号的早上就离开了拘留所。

孔祥三问：拘留所为什么要撒谎，说是在26日凌晨释放李卉的？

莫十全说：我问过他们，他们说值班的干警刚刚从部队转业到公安，在派出所干了一个月就调到拘留所，什么经验也没有。他让派出所的民警带走李卉时，连介绍信都没看清楚。我告诉所长，李卉被劫持了，根本就没回过家。所长说拘留所每天出出进进的犯人挺多，这个要出庭，那个要转狱，还有要释放的。多一个犯人少一个犯人根本就不会引起谁的注意，反正关在里面的犯人是无法逃脱的。哦，你说这个犯人被劫持了，倒是第一次。我问过值班干警，派出所的民警长什么模样，认不认识？他说不认识，不过他记住了警车的车牌WO—104，这个号码很陌生，也许是县一级的警车号码，具体是哪个县还要调查

孔祥三说：现在，这个女孩的失踪留下的线索，那就是车牌号码WO—104的警车。我想请你帮我继续调查。

莫十全答应只要碰到县公安的人他就去问，决不放过任何机会，不过他说，这件事看起来简单，警车也不是很多，取证却不容易，要花上一些时间才行。

孔祥三决不相信拘留所知道内幕的警察就是铁板一块，在他主管司法工作的时间里，他发现有正义感的司法人员远远多过司法界的败类，只是在这场无论在时间上还是空间上都前所未有的运动中逐渐沉默了。也许是现实更让人理解"人不为己，天诛地灭"的真谛。

在肯定——否定——肯定的推理后，孔祥三肯定侦查的重点是朱家兄妹。他不相信朱有凤会那么好心，在找到李卉以后，仅仅让她行政拘留十天。

孔祥三想到自己在调查李欣一案时，绞尽脑汁，把李欣差不多一年的生活轨迹全部调查得清清楚楚。那些铁打的证据足可以把李欣杀人案翻过来，现在回想起来心里还充满自豪。而今，要侦破李卉的失踪案，比李欣案要容易得多。从李卉进审讯科到失踪只有六天，只要知道这六天他们干了些什么，就一定能找到线索。

听达生说齐小娟暗恋志远到了痴迷的程度，齐小娟与朱有凤是一家，至少知道朱有凤的行踪，这个关系应该好好利用。莫十全住在公安局的宿舍区，离朱有良不远，要他暗暗侦查朱有良。他认为李卉还不至于被害，一定是被关在监狱里，而这个监狱一定与车牌 WO—104 的警车有关。

三十八、为探案志远诱惑齐小娟

　　第二天，孔祥三找到志远，他把自己对案情的分析与志远交流。他要志远利用"美男计"好好亲近齐小娟，从齐小娟那儿获得朱有凤的信息。

　　可是，志远认为齐小娟是个好女孩，不应该欺骗她，即使自己不用美男计，齐小娟也会把朱有凤的事情告诉他，只要是她知道的。

　　志远这么说，孔祥三有点不高兴。他认为志远太幼稚，太过相信齐小娟，如果不把她迷倒，她是不会说出家里人的事情来。

　　孔祥三对志远说：我没有见过李卉，但了解齐小娟，我想问，这两个女生你更喜欢谁？

　　志远说：李卉外表清纯，内心聪慧，性情孤傲。齐小娟外表高傲，内心单纯，性情温和。她们一个像林黛玉，一个像薛宝钗。

　　孔祥三又问道：外表谁更美？

　　志远说：李卉瓜子脸，大眼睛，鼻梁窄而挺拔，唇红齿白，神态庄重，很像奥黛丽.赫本，是东西方文化都能认可的美。齐小娟丰腴、美丽、性感，身上的每一个细胞都在大喊'我是女人'，她是中国的玛丽莲.梦露。

　　你还没回答你更喜欢谁？

　　我曾经发过誓，今生今世只爱李卉，一辈子非她不娶。

　　你这小子真会挑人。所以，为了爱情，你就做一回情感骗子吧，这是智慧。

　　虽然宁顺生再三阻止志远去接触齐小娟，但是为了救李卉，志远又一次走到了齐小娟身边。

当齐小娟看到志远时欣喜若狂，她心目中的保尔．柯察金仍然是那么英俊、挺拔，令她失魂落魄。不过，她故意撅着嘴装出生气的样子，不看志远。

志远知道她生他的气，他躲她都有一年多了，也太久了一点，难免她会生气。

办公室里的人一向分成两派，上班时间多半在大声争论中度过的。今天争论的是关于同事林达生的生死大事，这不能不让志远关注。有人说林达生这一次一定会判死刑，有人说林达生无罪，因为他并没杀人，杀人者另有其人，为什么要他顶罪？有人说是他组织武斗，罪该万死。志远身不由己向他们走去，并参与争论。

齐小娟再也按捺不住了，她生气地大喊：宁志远，你死到哪儿去了，这么久没见着你？

志远立即腆着笑脸走过去，说：久吗？我怎么不觉得。

文化大革命运动以来，工厂、学校及许许多多的事业单位都处在瘫痪状态，国家经济面临崩溃，停工停产或上班聊天已经成为正常现象。相反，按时上班，努力工作就变得不正常了。所以，齐小娟长期见不到同事宁志远太正常了，志远说他不觉得久也很正常。于是，他们远离争论，亲热地聊起来。

志远说：元宵节的那天，我从乡下带回好多甜酒和糯米糍粑，你知道那东西不能久放着，所以第二天我就想送给你吃，可是我又怕你妈在家会把我送的东西扔出去。我知道你是他们的掌上明珠，他们一直想把你卖个好价。

齐小娟举起手来假装要打志远，她说：你当我是谁？会让她卖吗？不过你送甜酒和糍粑来，她会很高兴的，就好这一口。

志远说：我真应该在正月十六的上午就送过来。

小娟说：上午她在局里上班，你见不着她。

志远说：那，下午我就该来，把东西送到她手里，讨她的欢心。

小娟说：你要讨她喜欢干吗，我讨厌她！平时晚上还和我爸出去散步，这一向除了上班就呆在家里，只好我出去，每晚我都要在外面转好久才回去，无聊死了。

志远说：天这么冷，你就不能早点回家？

小娟说：那个讨厌的朱有良，自从元宵节以后，每晚都到我家来，他一来，我爸就会找个理由让我出去。我也委屈呀，干脆在外面转很久才回家。

志远说：你舅一来就要你出去，一定是怕你听到他们说什么。他们是在商量怎么把你嫁出去吧，不然怎么会怕你听到呢？

不是啦，朱有良好像跟姓李的有仇一样，说的事情都与姓李的有关。

听到这里，志远的心"呼呼"跳起来，他一定要让这个话题继续下去。他说：不会是李欣吧，或者与李欣有关的人？

小娟说：姓李的满天下都是，怎么一说到姓李的，你就想起李欣？

我的熟人里只有他坐牢，所以就联想起他来，在平常我还真没想起过他。他现在怎样了？抓起来了没？

没听说，有机会问问我爸。志远，你真善良，都这么久了，还惦记着李欣这个倒霉的朋友。我就喜欢你这样的男人，有情义。志远，我再告诉你，达生这次在在劫难逃。我为他求过祥三，祥三说他也回天无力。可怜的是黄玫玫，她那么爱达生，已经怀上了他的孩子。

志远难过极了，说：他们原来准备在'五一'节结婚的，现在，达生不死也要重判，黄玫玫残疾了，他们的孩子怎么办？

志远说到这，哽咽得说不下去。

娟子连忙换一个话题。二人又聊了好一阵，直到吃中午饭才分手。志远说：娟子，和你聊天真开心，约个时间吧，我们再好好聊一次。

小娟说：明天晚上我请你看电影，我去买票。

晚上，志远去了祥三家。志远把从小娟那里听到的说了一遍。祥三说：从时间上分析，这个姓李的应该是李卉。他们一直在商量李卉的事，说明李卉还活着，但一定活得很艰难很危险，时时刻刻都在他们的算计中，因而，我们要尽快找到她。下一步要盯紧朱有良、朱有凤和齐长松，小娟那条线太重要了，你要多和她接触。

接着，两人沉默下来。坐在熊熊的火炉旁，屋子里温暖如春。志远想起了李卉，在这寒冷的夜晚，她一定又冷又饿倍受煎熬。想到这，志远的眼泪涌了出来。

祥三说：别难过，我们一定能找到她的。

三十九、宁顺生孤身智斗朱有良

这些天，宁顺生是在煎熬中度过的，李家发生的一切都与他有关。

这些年来，他一直努力忘记那件事情，鬼使神差竟让他认识了白素玉母女，并让他看到白素玉从生到死的全过程。认识白素玉后，他才知道今天的公安局长就是当年的朱有良。此后，他关注着朱有良，重新认识朱有良。白素玉死后，他疼着宠着李卉，表面看是李卉即将成为他的儿媳妇，其实他的内心是在赎罪。而现在李卉也陷进朱有良的魔掌生死不明，他既急又气，一遍遍回忆自己杀死朱有康偷走财宝的全部过程，反省自己的行为。如果他不盗走财宝，即使朱老大夫妻死于非命，朱家也不至于落到人财两空的境地，朱家兄弟会拿着财宝远走高飞，何至于发生今天的报复。如果自己不冒充李家的驼背，朱家就不会误解李家，他们会去寻找真正的罪犯。最后悔的是既然杀了朱有康，为什么要留下朱有良呢？真是当断不断，日后必乱。

沉重的负罪感使宁顺生寝食难安，几次他都想去自首，可是，自首带来的后果让他无法承受，他的子孙将沦为杀人犯的后代，被人唾弃。

几天前，他想给朱有良写封匿名信，跟他说，只要放了李卉，自己将全部财宝送回给他，并让他处置自己，怎么处置都行。可惜他没文化不识字，这样的信又不能委托别人写，这个念头只能放弃。

眼下最重要的是救出李卉，不能让她再遭受朱家兄妹的迫害。要达到这个目的就要尽快让朱有良知道事实的真相，知道真凶是谁。

宁顺生想到了给朱有良打匿名电话。他来到邮局，接线员为他拨通了电话。在确认是对方是朱有良后，他压低声音说：朱局长，我是杀死你哥哥的凶手，我知道李卉在你手里，只要你把李卉交出来，我把九拾八朵金梅花和其他宝物一分不少的还给你，我自己也任你处置。你要是不按我的话办，我要你死第二次。

朱有良一听，心都差点从胸腔里跳出来。他无比激动地说：你是谁？我到哪里能找到你呢？

没等他说完，宁顺生已经挂上了电话。朱有良立刻跨上单车直奔邮局，他问接线员刚才打电话的是什么人。接线员说是个五十岁左右的男人，那张脸很普通，只是鼻梁很高，鼻子有一点特别。

朱有良在心里说：是他吗，真的是他吗，我苦苦找了二十四年，他真的出现了吗？

回到家中，他把门关上，不让任何人进来。在此刻，谁要是见到他，一定会被他的那张脸吓死，那是一张惨白的脸，仇恨刻在他的脸上，眼睛喷着火，双手捏得紧紧的。忽然，他发出一声嚎叫，跪倒在地上，双手猛击地面，生生把双拳打出血来。他觉得这是他今生今世受到的最大的污辱，那杀死他哥哥的仇人，那个江洋大盗，竟敢跳出来挑战他，当他还是二十四年前的朱有良。

疯狂发泄之后，朱有良安静下来，虽然仇恨还在心里熊熊燃烧，他告诉自己一定要冷静。他从电话开始，一路考问下来。

首先，打电话的人知道他的身份和电话号码，还可能知道他的家庭和生活规律。这人自称是杀死有康的凶手，有康死了，很多人知道。是怎么死的，死在那儿，他从未对人说起过，就连有凤都不知道，这人说有康是被杀死的，他说对了。这人要他把李卉交出来，这是他打电话的目的，他是李卉的什么人？怎么知道李卉在自己的手上，他还知道些什么呢，知道那个在大山中央的麻风村吗？显然不知道，知道了就不会打这通电话。九十八朵金梅花和其他宝物他是怎么知道的？他认识李家哪些人？那些东西除了李家的人，还有陈桂中，孔祥三也知道，恐怕还有很多人知道，只是不知道它的下落，而这个杀手说在他手里，可以退给我，这会不会是用来诱惑我的一句谎言呢？最让朱有良愤怒的是最后一句话："你要是不按我的话办，我要你死第二次"。那一次死，让他想起来就后怕。那人武功高强，再让他死一次，也许不是一句空话，从今天起他要怎么做才能保护自己？

从接线员描述的人来看，这人与扮成驼背的凶手很相似，尽管当年他把眼皮吊上去，把嘴唇翻出来，嘴里咬着假牙，但他的高鼻梁和有一点特别的鹰钩鼻是很引人注目的。从电话内容到人的形象，基本上可以肯定这人就是杀死有康的杀手。他和自己一样经历了一个伟大的历史变迁，一个新旧社会的更替，一次天下大赦。法律是不会再追究他了，但命运给了他些什么呢？是个小人物还是像自己一样春风得意？他对自己有所了解，自己对他却一无所知。这很危险，也很被动。他曾经是杀手，如今还敢威胁着自己，说明他胆子还是蛮大的。明枪易躲，暗箭难防。

朱有良从愤怒中冷静下来，又从冷静中变得狂妄起来，他认定这个杀手仍然是个小人物，一直生活在宝庆城里，守在偷来的财宝旁边，时时刻刻关注着他朱有良。自己害死李家所有的人，他一定是知道的，但从不敢威胁他，直到这一次他暗中劫持了李卉，他才在电话里恐吓他。也许他认为他不再是公安局长，手里没枪了，不再可怕。如果是这样，他不是驼背也一定与李家有着密切的关系。只要把李卉握在手里，他就会再来找他，那杀手的死期就不远了。

朱有良虽然这么想，却不敢从办公室走出去，他害怕仇人正躲在某个角落。他打了个电话给朱有凤，要她找一辆小车或警车来接他。

方园命令各县武装部查询车牌 WO—104 警车，得到的回复非常令人失望，几乎所有的部长都说自己很费力气在查找，就是没有这个车牌的警车。

孔祥三分析，如果所有的人都说没有这个车牌，那一定是值班干警在撒谎。WO—104 仔细想想，就是"我要你死"的谐音，当时为什么就没感觉出来？什么刚从部队转业，什么没有工作经验，什么没看清楚介绍信，都是在撒谎。

祥三立马给"退伍安置办"打了个电话，要他们查一下一个名叫汪小波的人是什么时候退伍转业的。

对方回电说：转业三年了，安置在公安局。

方圆要警卫员去拘留所把汪小波带到军区来。

警卫员回来后说：汪小波因母亲生病，请假回老家了，不知什么时候回来。

汪小波开溜了，从假车牌到请假回家都是劫持李卉的阴谋中的一部分。假车牌就是他们撒下的烟幕，烟幕散去时，当事人已经不见了。这一次他们做得很老到很有经验，把自己撇得干干净净，唯一的知情人都被他们藏起来了。

孔祥三看到自己总被朱有良算计着，十分沮丧的他对徐子健说：我相信朱有良没有忘记你说过要把他送进监狱，也不会忘记我这个总和他作对的人，可是他仍然在迫害李家，肆无忌惮地践踏法律，这是因为我们太幼稚太不会玩弄权术吗？

徐子健说：祥三，我们不能因为一时的挫败而气馁，目前运动正处在权力转换中，他们只是钻了时势上的一个空子。你问我有没有办法将朱有良他们送上法庭。权力我有，关系网我也有，上至中央下至地方，都有我的人脉关系，有些干部虽然被打倒了，但是没有历史问题，是暂时的失去权力。有的刚刚解放，即将得到重用。有的一直重权在握，他们的左膀右臂都是老同事老部下，我也是他们圈子里的一个。但我一直相信共产党的天下不是一张关系网，是共同的信仰把正直的共产党员们和党的朋友集聚在共产主义的旗帜下，总有一天每个人都会明白只有建立一个法治的国家，社会才有公平与公正，科学与民主的发展才有保障，时代才会进步。

祥三说：司令员，毛主席说过一万年太久，只争朝夕。我们不能只是等待，等待会使我们失去破案的最好时机，何况还有一条人命握在他们手里。这几年像朱有良这种滥用职权的人太多了，在尝到甜头后，他们的关系网也越织越大。运动把人的思想搞乱了，很多事情变得是非不分。

徐子健说：放心吧，我们的老祖宗说过善有善报，恶有恶报，不是不报，时辰未到。你说的很现实很有道理，我会暗示方圆尽快去侦查李卉失踪案，如果方圆是个好局长，总有一天她会侦破白素玉和李卉案，朱有良的罪恶会暴露在光天化日之下。我们就等着这一天的到来吧！

在莫十全眼里，朱有良是个难以琢磨的人，光棍一个，生活简单，除了抽烟，没有别的嗜好。唯一的爱好是开会，每天都召集这种那种会议，开会就骂人，好像每个人都跟他有仇似的。这样的会议当然没人喜欢，可是他要将权力发挥到尽致，让会议从下午开到第二天早上。好在公安局是个特别忙的地方，差不多每一个人都有借口不去参加，所以他主持会议时，会场总是冷冷清清。这样的人应该不适合当领导，可是他却官运亨通。有人说他善于拉关系，无论在政界还是司法界，他都织了一张关系网，在这张网里他要风得风，要雨得雨。

可是，朱有良不喝酒，不打牌，不聊天，不近女色，甚至不购物，深居简出，这张网又是怎么织出来的呢？要说他能当个好警察有人相信，要说他会织关系网很多人不相信了。莫十全总是这么想朱有良的。

莫十全哪里知道朱有良的经历和和被仇恨吞噬的心灵。他要是个小老百姓，只能背着他痛苦的经历喘息。可是他和他的战友经历了枪林弹雨生死与共的抗美援朝战争，他曾经用战争来忘却痛苦。转业后，他用工作来忘却痛苦。他的上面有提拔他的团长、师长，下面有他提拔的连长、排长，这些大大小小的官转业后又在地方当上了大大小小的官。朱有良在这些官们的眼中就是一个正派的努力工作的人。他从未刻意去找关系，凭着他的经历，在这张官网里就可以骄横跋扈，做出违法乱纪的事来。

近几天，莫十全看到一个奇怪的现象，朱有良与一个搞公安外勤的干警打得火热。干警每天骑着摩托车送他上班，下午又用摩托接他回来，晚上还在他家睡觉。下班回来的朱有良不再跨出房门，偶尔他的妹妹和妹夫会来串门。

莫十全把这个现象报告给孔祥三，孔祥三想：朱有良又在设什么局呢？

十天过去了，朱有良那边没有任何动静。宁顺生有点撑不住了，他担心李卉会出事。宁顺生打算再给朱有良打个电话，这一次要说清楚一点，让他相信只要放出李卉，他一定可以得到所有的财宝。

　　宁顺生找了一个离朱有良很远的邮局打电话，电话接通后，宁顺生说：朱局长，二十三年前，你家偷了李家大笔财宝，这些东西都在我这儿收着。只要你放了李卉，所有财宝我都给你，我的命也给你。

　　朱有良说：我要你的命干吗，你的命又不值钱。你把财宝还给我好了。

　　宁顺生说：那李卉呢，你什么时候放她出来。

　　朱有良说：我凭什么相信你呢？我要是把李卉放了，你会让我死的，我留着李卉，你还不敢杀我呢。

　　宁顺生说：你只说对了后面一部分，你把李卉还给我，我会拿着财宝去找你，让你杀死我。

　　朱有良说：我早就领教了。现在用一个公平一点的办法，你先把金梅花放到我指定的地方，然后我放李卉。见到李卉后，你再把其余的财物交给我，我们就两清了。

　　宁顺生说：好，你就说个地方吧。

　　朱有良说：让我想想。

　　这时候，朱有良已经派干警骑摩托去了邮电总局，只要查到杀手打电话的邮电所，立即抓人。此时他故意拿话来拖延时间。他接着说：爱莲巷你知道吗？那里有个女子中学，你用麻袋把东西装好交给守传达的老头。还有，那么重的东西你拿得动吗？

　　宁顺生说：我会想办法的。

　　朱有良说：时间定在今晚十一点，那时学生都睡了，很安全。

　　宁顺生说：好，今晚我一定去。

　　宁顺生正想问什么时候放李卉出来，有人进来打电话了。那年头电话很稀罕，除了少数单位的办公室外，只有邮局和邮电所才有。打电话的人总是那么多，电话间永远那么狭小，那人一进来就只能紧挨宁顺生站着，讲话十分不方便。他只好说：朱局长，这边有点不方便，呆会一定打给你。

　　宁顺生离开邮局，找一个人看不到的地方藏起来，这本是他几十年的习惯，目的是为了更好的观察别人。就在这时他看到早上和朱有良在一起的警察骑着摩托冲进邮局，过了一阵警察才出来。很明显是朱有良派来抓他的。太惊险了，幸亏这邮电所离城较远，不然自己是逃不掉的。今晚去送东西是陷阱，李卉已经是朱有良手中的一张王牌。

　　接下来该怎么拯救李卉呢？

四十、李卉失踪成迷案

志远一直瞒着父亲和齐小娟约会，二月里的倒春寒冷风刺骨，天空中总在飘着小雨。城里最为热闹的地方是两河交汇的东关桥，前几天的晚上，一对在河边谈情说爱的青年男女被一伙歹徒用刀砍死了，这使夜幕下的宝庆城一下了变得人心惶惶很不平静。

齐小娟依偎着志远感觉非常甜蜜，志远饱含情感给她讲《简.爱》。在齐小娟听来是志远在向她示爱。他们在小雨中漫步已经走遍了城中的主要街道，冬天的夜晚确实缺乏浪漫情调，尤其是在只有几条街道可以漫步的小城。于是齐小娟建议去志远家坐一会，志远说：太晚了就不那么安全，还是送你回家吧。可是齐小娟不想离开志远，她真不知道要找出什么理由才能和志远通宵在一起。

志远特别郁闷，自从和齐小娟看过那场电影后，朱有良再也没来过她家，她的父母也呆在家里不出去。一切都是那么平静，平静得让他窒息。

面对齐小娟炽热的爱情，志远只能装聋作哑。今晚他就在想，如果在齐小娟这里得不到李卉的信息，应该果断离开她。他决定把齐小娟送回家后去找孔祥三谈谈。

孔祥三也在苦恼着，李卉已经失踪一个月了，生不见人，死不见尸。所有的线索都集中在汪小波身上，汪小波也探亲回来了，还被徐子健审讯过，但他坚持说不认识带走李卉的警察，没记住介绍信的内容，车牌号码确实是 WO104。他被徐子健关了几天后又放了，前几天他被调回老家，据说这是对他的处罚。总之，没有人知道是谁带走了李卉。徐子健说：报警吧，这种情况只能让公安局调查了。

当志远来见他，说不愿意再做齐小娟的情人时，孔祥三说：也不是完全没有信息啊，至少你知道他们都歇下来了。我在朱有良身边安了个眼线，那人说朱有良平时最喜欢开会做报告，最近不开会了，在办公室里神情恍惚，上下班由民警接送，那民警晚上还住在他家里。这些不为人注意的小事，正好说明朱有良遇到麻烦了，需要保护了。现在是破案的关键时刻，志远啊，你必须坚持一下。

宁顺生缩着脖子，把脸埋在长围巾里面，徘徊在朱有良上班的路上。他看到朱有良总由一个穿着警服的年轻小伙陪着，来去的时间也正是街上人最多的时候，知道朱有良请了个保镖保护自己。

宁顺生并不想对朱有良动手，不过，朱有良要是不顾他的意志而伤害李卉，他会杀死他的。除了朱有凤和齐长松，没有人知道他们在对峙着。朱有凤和齐长松也不知道这个隐蔽的杀手究竟是谁，只知道事不宜迟，要尽快找到杀手。

时间又过去了一个月。这一个月里，公安局长在徐子健的督促下，亲自搜查了所有的监狱和拘留所，凡是关押犯人的地方，包括公安局和派出所的看守所，关押着二十一种人的由工厂改成的临时监狱等等，都没有找到李卉。

汪小波也被公安局再次传讯，问他认不认识白素玉、李欣、李卉，他说不认识，即使李卉在拘留所关过，但他不认识她。问他认不认识朱有良、朱有凤、齐长松，他说都认识，朱有良是前任局长，朱有凤是预审科科长，齐长松是监狱长，一个系统的，所以都认识。问他认不认识那天来提李卉的民警，他说能认出来，于是要他指认所有派出所的民警，结果一无所获。

难道李卉已经被害死了？如果是这样汪小波有不可推卸的责任，可是他再次被放走了。拘留所长是这样解释的：行政拘留与刑事拘留不同。行政拘留的人没有触犯法律，最长的拘留期也就半个月，假如有所悔改或与拘留所的干警关系好，拘留所会提前释放。一般穿着警服来拘留所提行政拘留的人，也不要出示什么证件，反正这个人就要释放了，只是提前了几天，都是警察，要查什么呢，查了是不是不讲情面？为什么行政拘留的人犯会提前释放，是因为拘留所太小，犯人又多，关在这里还要给他饭吃，有的被拘留的人只是和民警吵了几句，便被送了进来，后来，找找关系说说情就放回去了。像李卉这样的漂亮女孩被行政拘留三、四天后被放出去，太正常了。她要是被关上个七、八天才不正常呢，所以，有民警来提走她，连介绍信都不看是按照常规办事。如果这样的事也要受到处罚，还有谁来干警察呢？至于民警撒谎，那不叫撒谎，是没弄清状况，不要小题大做。

孔祥三觉得汪小波的事没那么简单，那个假车牌号一定是他编出来的。汪小波肯定与朱有良是一伙的，至于他与朱有良之间有着什么利益关系，他的动机又是什么，要经过调查后才知道。

孔祥三找来汪小波的档案查阅，汪小波无论是籍贯、出身、年龄、经历都与朱家兄妹和齐长松无交叉点，这说明他们不是亲戚，同乡，同事，有可能他们以前并不认识，但不说明他们没有利用汪小波来劫持李卉。汪小波今年二十三岁，曾经是东方红派出所的民警，而邮电局就在那个派出所的管辖内，齐小娟会不会认识他呢？

孔祥三要志远去问齐小娟认不认识汪小波，齐小娟说：认识，他曾经追求过我，我不喜欢他，但我爸好像很喜欢他。他现在是我爸的朋友，我爸说那人特别聪明，不嫁给他是我的损失。

志远把汪小波与齐长松的特别关系告诉给孔祥三，也报告给公安局。公安局的问题是：朱有良他们为什么要劫持李卉，甚至会残忍地杀害她？他和李卉有仇吗？谁举报，谁举证，要让事实说话。

现在孔祥三懊悔了。在白素玉案中，他竟沉不住气，在一时的激愤中揭穿朱家兄妹迫害白素玉的真正原因。他被朱有凤打得昏迷了二十天，差点成了植物人。最重要的是朱家兄妹反咬一口，说财宝之事纯属子虚乌有，是犯人编造的故事。一个司法界的领导者竟相信这个天大的谎言，听信了阶级敌人白素玉对他兄妹的毁谤。他也为自己辩护过，可是没有人相信他。幸好他没有把从桃花镇得到的旧照片交给朱有良，不然早被他兄妹杀人灭口。如今白素玉已死，二十多年前的一段离奇的恩怨更加难以找到证据，而他与朱家兄妹结下的仇恨却是人尽皆知，大家都在预测什么时候会暴发更大规模的复仇。正因此，他被调到统战部。所以，他需要更谨慎，更隐蔽，在没有确凿的证据时，千万不能轻举妄动。

快到五一劳动节了，宁顺生决定回到乡下去休探亲假。平时他的探亲假都是在春节用完，只有今年例外，原以为志远会在三月结婚，所以他把探亲假留到三月。现在婚礼太渺茫，一点也看不到希望。儿子在这几个月里瘦了一大圈，秀英也在为李卉的事伤心。他在这个时候回去陪陪秀英，也趁机把已经荒废了二十几年的武功重新拾起来，与朱有良再决胜负。

他问志远愿不愿意与他一起回乡下，志远说他要在家里等待李卉的消息。

四十一、志远醉后吐真言，齐小娟如梦方醒

"五·一"节那天，志远的同事在邮局招待所举行婚礼。来宾全是局里的年轻人，婚礼分外热闹。大家从中午喝到晚上，都有了几分醉意。朋友们问志远，什么时候喝他和和娟子的喜酒，还有人建议为未来的新郎新娘敬酒，于是好热闹的人一齐给志远和齐小娟灌酒，然后恶作剧地把他们反锁在招待所的房间里。

志远本来就心情沉重，他从这热闹的婚礼想到自己不能成行的婚礼，更加思念李卉，于是在朦胧的视觉里把小娟当成了李卉。他把小娟紧紧抱在怀里，吻着她的鲜红的唇和明亮动人的眼睛，用手抚摸她坚挺的乳房。小娟浑身酥软，回应志远更疯狂的拥抱和更长久的吻。志远拥抱着她说：卉儿，我以为你被他们关进牢里了，我再也见不到你了，我的心都碎了，他们打你了吗？宝贝，让我看看，好好看看。于是，他用手去抚摸小娟的脸。接着说：脸还是那么好看，身体呢，受伤没有，能让我看看吗？说着要掀开小娟的衣服。小娟一直沉浸在从未有的幸福里，她的身体好像在缓缓飞行，她吻着志远的脸，欣喜若狂地拥紧他，任他紧握乳房，把它捏得生疼。当志远解开她的衣服，轻轻抚摸时说：卉儿，我看到了，你没有受伤。我恨死朱有良、朱有凤了。他说着把小娟抱得更紧，生怕她离去。小娟听到他说到了朱有良和朱有凤，一下子惊呆了，问他：志远哥，卉儿是谁？志远说：卉儿是李卉，我最爱的女人，她本来就要成为我的新娘，却被齐长松抓起来，关进牢里了……

齐小娟向来就有酒量，她并未醉，这时更清醒了。原来这几个月来，志远接触她只为了那个叫李卉的女孩，而那个女孩被她父亲关在牢里。

愤怒，羞愧，伤心和懊恼一齐涌上心头，她从志远怀里挣脱出来，狠狠甩了志远一个耳光，从屋子里奔了出去。

小娟哭着冲进家门，正好齐长松和朱有凤都在家里，她失去了理智，冲着齐长松大喊：爸，你把李卉关在哪里？告诉我，你把她关在哪里？我要去杀了她！

齐长松和朱有凤全都吃了一惊，齐长松问：你认识李卉？还和她有仇！

齐小娟说：我不认识她，可是她抢走了我的心爱的男人，呜……

齐小娟冲进卧室，倒在床上大声哭了起来。

齐长松特别疼爱女儿，就要跟着进去，朱有凤一把拉住他，说：等她哭完了，再好好问她。齐长松一脸困惑，轻声对朱有凤说：不会是同一个李卉吧？也许只是同名人。

朱有凤说：人家都说到是你关了那个姓李的，还会是别人？蠢！

齐长松说：对呀，她好像知道了什么，她还说姓李的抢走了她爱人，她爱人是谁，你知不知道？

朱有凤说：你都不知道，我还能知道？好了，现在你进去问她吧。

齐长松挨着女儿坐下来，为她擦去眼泪，说：好女儿，告诉爸是怎么回事？

齐小娟抽泣着把发生在她和志远之间的故事说了一遍。齐长松问：宁志远是从什么时候开始亲近你的？

小娟说：是在元宵节后。爸，真的是你把李卉关进牢里了？为什么呀！

齐长松说：没这事，全是宁志远在胡说八道。娟儿，我告诉你，监狱都被公安局搜查过了，没有那个姓李的。

小娟说：哦，我想起来了，那时朱舅常来家里，你们总在说姓李的姓李的，是这个李卉吗？

齐长松吓得赶紧捂住小娟的嘴巴，转头看朱有凤，还好朱有凤不知什么时候走开了。齐长松用极细的声音对小娟说：以后再也不要说起这件事，把它烂在肚子里。否则，你会惹来大麻烦，爸都救不了你。

这时，朱有凤从外面进来，说：小娟，好些了吗？出来吃晚饭吧。

小娟说：我不想吃，你们先吃吧。

朱有凤说：行，我和你爸吃完了去舅舅家，你在家好好休息。

朱有凤在外面走了一圈，分析了小娟进屋说的那些话。从那些话里听出有个男人利用小娟的爱情打听李卉的下落。这个男人是谁？他与那个杀手有关系吗？这事很严重，必须让朱有良知道。

朱有凤见到朱有良后，立刻把小娟说的话告诉他，齐长松又补充了那男人是在今年的元宵节以后才与小娟谈恋爱的。

朱有良说：如果是在元宵节后与小娟恋爱，肯定是冲着姓李的来的。现在有两个男人在找姓李的。一个是自称是她未婚夫，以未婚夫的名义在公安局立了案，公开寻找她。他有可能是接近小娟的那个男人。还有一个是盗走财宝的杀手，他躲在隐蔽处威胁我。从年龄上来分析，他们是两个人，但思维又比较接近。姓李的被送走后，起初没有什么动静，一个月后，都憋不住了，一个去公安局报案，一个打电话威胁我。我认为，他们都跟李家有关系，但彼此没有联系。

朱有凤问：如何解释？

朱有良说：我在明处，他在暗处，他只会在暗处算计我，决不会暴露自己。报案是什么？是暴露自己。报案的那一个已经暴露了自己，迟早会被我逮住。假如他们是同伙，只要逮住其中一个，另一个就会暴露出来。你认为那个狡猾的杀手会同意报案吗？

朱有凤和齐长松听完这番分析，佩服得直点头。

朱有良接着说：长松，你去问小娟，那男人是谁，住在哪里，在什么单位上班。哼，我正想逮住他，他就送上门来了。以为我不在公安局干了，公安局就成了他家的了。报案，我叫他报案吧，他还真不知道天下有多乱，好多的人命案都成了无头案，真是天真到家了。

朱有凤和齐长松走了后，齐小娟的心里有了莫名的恐惧。想起父亲捂住她的嘴，扭头去看朱有凤时那一脸的惶恐，用阴森森的声音警告她不要再提起李卉的名字，还说再提到李卉就会惹出大麻烦，连他都无法救自己。她一想到这个"救"字就想起志远，志远知不知道救李卉会惹上杀身之祸呢？想起志远好多次转弯抹角提到"姓李的"，问她有没有消息，她只当他问的是李欣。最可怕的是今天她在家里说的这一切，要是他们追问起来，会把志远害死的。齐小娟虽然很恨志远，但爱得更深。这颗又爱又恨的心，把她折磨得痛苦透顶。如果志远在她身边她会拿刀去刺他的心脏，看看他有没有良心，如果他死了，她也会死去。没有他，她怎么活得下去。想到这些，齐小娟的眼泪又刷刷的往下掉。不管怎么说，她都要让志远成为她的男人，她要用生命保护他。

志远在招待所的客房里一直睡到第二天的早上才醒来，他记起了同事的婚礼，记得很多人在灌他的酒，他可是个从不喝酒的人，所以醉了。他好像拥抱着李卉睡着了，那当然是梦，自从李卉失踪后，他一直做恶梦，不过昨夜的梦很幸福，不然怎么会睡得这么香甜。

志远把醉后的一切全忘记了，他在招待所洗漱了一下，吃过早餐便去上班。当他走进外线科的办公室时，里面的人全都"哇"的大笑起来，有人笑得捂着肚子蹲到地上，志远被他们笑懵了。

志远的师傅见他发愣，便说：你的脸怎么啦？志远本能地用手去摸脸，这才觉得得热辣辣的有点痛。他站到镜子前一照，天哪，五个鲜红的手指印像五条红萝卜排列在脸上。他问大家：怎么回事？大家笑得更厉害，好不容易才有人止住笑，说：你小子昨天想吃齐小娟的豆腐，被她打了。有人故意大喊：你想强奸齐小娟，被她打到床底下了。接着又是一阵哄笑。

志远这才隐约记起昨天被推进房间的还有一个人，后来他把她当成李卉了。那么他昨天拥抱的是齐小娟，也许对她做了什么出格的事情，让她气得打他。不过早上起来时，他的衣服工工整整，床上也很整洁，应该是睡着了，什么也没发生。

伙伴们的笑声让他很尴尬，他解释说：昨晚我喝醉了，什么也没发生过。

一大早齐长松就把小娟叫住，说有事情要问她。小娟说：爸，我要上班呢，下午再问吧。齐长松说：不行。朱有凤说：我先走啦！

齐小娟被父亲堵在门口，只好退进屋里，坐在橙子上，生气地说：问吧！

齐长松说：那个欺骗你的宁志远是什么单位的，家住哪里？

齐小娟说：爸，你问这个干什么呀？

齐长松说：实话对你说，不是我问你，是你朱舅问你。

你为什么要告诉他呀，我跟他又没关系。

可你妈跟他是亲兄妹。小娟，这些年你妈对有你多好，你还是赶快把那个男人的情况说出来吧。

爸，你就不能饶过他吗？我求求你啦。

已经太晚了，你不把他说出来，死的就是你。

我就是死，也不会把他说出来。

你不要干傻事，今天别去上班，在家好好想想，想清楚了再告诉我。

见小娟一句话都不肯说，齐长松把小娟反锁在家里，自己赶快打电话给朱有凤，朱有凤说：我早知道她不会说出来，她不说我就不会去明查暗访吗？你也别逼她，她要是起了疑心，你就给我就盯住她，千万别让她去通风报信。

可是，小娟似乎已经知道了很多，她一定会把自己知道的告诉给那个宁志远。

齐长松心里暗暗叫苦，自己跟着他们已经干了好多害人的事，现在竟轮到了女儿身上。小娟从小就很有个性，而且聪明机灵，他怎能看得住她呢？万一她成了那个男人的同伙，朱有良一定会毫不留情的杀掉她，这样的话他又该怎么做？

四十二、朱有良怀疑杀手是宁顺生

朱有凤骑单车离开办公室来到邮电局的营业大厅，见小娟没上班，只有一个平时和小娟要好的同事坐在那儿，便和那同事聊起昨天的事，她说：我们家小娟不知昨天受了什么委屈，进家门就哭哭啼啼的。同事说：其实没什么，小娟平时很爱她男朋友，昨天她男朋友抱了她一下，又觉得委屈，打了人家耳光，还哭着跑回去。朱有凤说：我没听她说有男朋友，是那个小伙误会了吧。同事说：不会，大家都知道他们在谈恋爱。朱有凤故意说：小娟怎么这么不小心，谈个恋爱闹得满城风雨，那个男孩到底是谁呀？同事说：是我们局里的外线工宁志远，要是在平时，他一定坐在这里陪着小娟，你一来就可以看到他。可惜从今天起线路大检修，外线工全派出去搞维修了，你也就看不到他了。朱有凤说：哦，原来是一个单位的同事，怪不得大家都知道。同事更好，便于了解。你把宁志远家的地址告诉我，我和她爸先去了解他的家庭情况，只要他家出身好，他爸历史清白，宁志远本人要求进步，有无产阶级的革命思想就行。我们会帮助他们树立正确的恋爱观，让他们把党的事业放在第一位。同事说：阿姨，我真是受教育了。宁志远家就住在曹婆井，他家的门口有个补鞋的老头。他爸叫宁顺生，你一打听就知道。

既然宁志远就住在附近，朱有凤决定先踩一下点。

曹婆井是宝庆城最热闹的地方，沿着这条街向北走大约一里路，就是解放前迩遢闻名的李公馆。朱有凤小时候住在姨妈家时，就常跟着刘梅香从这里经过，虽然过去了二十多年，这个地方几乎没有改变。朱有凤很快就找到了小娟同事描述的地方，她向补鞋的老头打听宁顺生，老头抬头看了看她，指着身后的小楼说：这就是宁师傅家。

朱有凤心里一怔，这楼房好眼熟，好像进去过。她问老头：这家在解放前是不是打金首饰的？老头说：不知道。

朱有凤转过身来左看右看，在心里说：这就是那间首饰铺，小时候陪刘梅香在铺子里打过金首饰，铺子里有两个做首饰的师傅，当年都很年轻。

朱有凤见门是锁着的，便问老头他们家什么时候会有人在家。老头说：不知道，他们家的门经常是锁着的。

在这一问一答之间，驼背已经认出这个穿着警服的女人是刘梅香的外甥女，他还记得她的名字叫有凤。不过朱有凤并没有认出他，也许是他正驼着背在补鞋，她只看到一张苍老的脸。

朱有凤决定去朱有良那儿，把今天获取的情况告诉他。

朱有良无精打采地听着朱有凤的话，表情很平淡，好像告诉朱有凤这些都没价值。当他听到宁顺生为刘梅香打过金首饰时，立刻警觉起来。至少，宁顺生在解放前就认识刘梅香，而他的儿子宁志远就是李卉的未婚夫，并想通过齐小娟打听李卉的下落，这与最近发生的事难道只是巧合？

朱有良一直认定那个偷走财宝的杀手是和刘梅香一起到桃花镇来的。在刘梅香离开桃花镇后，他们父子也离开了，杀手没有去跟踪刘梅香而是跟踪他们，说明杀手已经知道刘梅香把财宝交给了他们了。他是怎么知道的呢？是刘梅香告诉他的吗？或是他亲眼看到的？再仔细推敲，宁顺生是开首饰铺的，刘梅香是个特别喜欢首饰的女人，她曾在他的店里打过金首饰，那他对她的家底能不了解吗？

朱有良记得李卓然与白素玉结婚时，李家送去的聘礼全是黄金首饰，每一件首饰都美伦美奂。如果那些首饰是宁顺生的作品，那他并非一般的手艺人，而是大师。如果那九十八朵形态各异的金梅花也是宁顺生的作品，那他更知道李家拥有价值连城的黄金饰品。对于大师来说，总想把自己最得意的作品收藏起来，传给后人。他在得不到时，会想到偷走金梅花，就像自己的父母因为没有钱就想偷走别人的钱，这是人的贪婪的本性所至。尤其是他知道刘梅香携带财宝逃难，无论刘梅香走到哪里，他都会紧紧跟着。刘梅香抬着那么重的大皮箱到朱家，他一定藏在某一个地方，用眼睛盯着。他看到了所有的一切，后来他一路跟踪到了衡阳。他善于伪装善于隐蔽且武功高强，称得上武林高手。让朱有良不能按常理去分析的是，如果宁顺生为夺得金梅花而杀人，那么在夺宝之后，一定会隐姓埋名远走高飞。可是这个宁顺生，仍然住在这繁华的路口，过着贫困的生活。尤其是在解放后的二十年，还与李家往来，并结为亲家。只有一种解释，就是两家关系非比寻常。

也许，宁顺生即是做金首饰的大师，又是江洋大盗，还是江湖老大，解放后再伪装成老实而穷困的工人。所有的推断如果是事实，那么这个人必须认真对付。很多武林高手也如那些名人高士一般，喜欢隐于市井。不过，他的儿子宁志远为找到李卉去公安局立案，这很不高明啊，想通过齐小娟刺探李卉的下落，也不是个聪明的主意，这两项都是在赤裸裸的暴露自己。当然，对于宁志远来说，朱李两家结仇的时候，他还没有出生，又怎么会知道朱李两家的恩怨呢？让儿子娶李家的后代，难道他认为自己做的一切永远被隐藏下来了，难道他不知道天网恢恢，疏而不漏？

下班时朱有良要朱有凤去找一辆车把他接出去，这样他就摆脱了那个躲藏在暗处的杀手。他们驱车来到市政府的招待所，这儿离宁志远家很近。朱家兄妹打算今晚在这里"蹲坑"，监视宁家的动静。

这晚宁顺生到乡下去了，志远去了离城几十里的地方检修线路故障，直到深夜，还没回家。

虽然已是五月天，夜晚仍然寒气逼人。渐渐路人已尽，只留下昏暗的路灯。朱家兄妹回到招待所，敲不开招待所的大门。朱有良忽然心有所悟，说：既然宁家无人，我们索性到他家去搜查一番。

朱有凤说：好，我穿着警服站在他家门口，你进去仔细搜查。如果他家有人回来了，我将他叫到一旁，大声盘问他，你趁机溜出去。

兄妹二人看看周边无人，便将志远家的锁撬开，进门后打开灯仔细一看，原来的店铺用木板隔成前后两间屋，前屋用做客厅支厅和厨房。后面的房门是锁着的，朱有良一把将锁揪开，原来这是一间卧室。卧室里只有一张木床，一张桌子和一个衣橱。朱有良掀开床上所有的被褥枕头，没找到什么，翻遍抽屉，只有粮折户口薄购肥皂购煤的本本，几个私章和一点零钱。衣橱也是上锁的，朱有良找来刀片将锁撬了，打开衣橱的门，这时他看到了一支笛子，很旧很旧的竹笛，颜色已经发黑。朱有良把它拿到手里仔细地看了又看，他的手颤抖起来，可以肯定这是他在梦里寻找过千遍万遍的那支竹笛啊。

一会，朱有凤将大门拴住溜了进来。她在衣橱的抽屉里看到一个小小的红绸包，便将它一层层打开。忽然，她发出一声尖叫：哥，这是我的耳环，怎么会在这里？接着，她把手伸进内衣里慢慢掏出一只金灿灿的耳环来。她把这只耳环也放在红绸上，两只一模一样的耳环在灯光下闪烁着金光，就像两只诡异的眼睛。

哥，这是姨妈给我的耳环。我是正月初八生的，在我的记忆里，所有的生日都是在姨妈家度过的，每一年我都会得到她的礼物。十五岁那年，也就是1945年的正月初八，她送我一对镶着翡翠的金耳环，金凤凰配翡翠坠，她说那是她从汉口买回来的，两颗翡翠就价值二十亩良田。但是她说现在不能给我，要等我出嫁的时候才给，因为那是她给我的嫁妆。后来她逃难来到我们家，把好多的财宝放在我们家的堂屋里，这时，我在首饰堆里看到了我的耳环，趁你们没注意我把它握在手里，谁知被爸看到了，他要我放下，我放了一只，另一只实在舍不得悄悄藏在贴身的衣服里，好多年来，我背着人偷偷看它，看到它就想起爸、妈和大哥，边看边流泪，原本幸福的一家人，就因为这些东西死的死，散的散，多么令人伤心啊。后来你说财宝丢了，再也找不到了。我更珍惜这只耳环，我想它是我的至爱，总有一天它会帮我找到另一只的。

有凤激动地吻着手掌中的金耳环，泪水从她的眼里奔涌出来，她对有良说：哥，是爸妈的在天之灵引领我们来到这儿的，你说是不是？

朱有良说：是的。妹妹，走吧，我知道他是谁了。

四十三、朱有良调查宁顺生

朱有良曾对盗走财宝的杀手有过几种推断。起初他认为是刘梅香派来的，因为刘梅香绝不甘心财宝被他家夺走，所以派来杀手夺回财宝。后来又认为杀手是陈桂中派来，听说陈桂中土匪出身杀人如麻，手里有大把杀手，派个杀手来将他兄弟杀死夺走财宝是他土匪的本性。在他当了多年公安局长，判过多起疑案后，他懂得了凡事都有随机性。从杀手跟踪他们到杀死有康盗走财宝，他有过很多次机会，但都放弃了，好像一直在犹豫到底要不要杀人。这风格不像受人指使的职业杀手，如果是职业杀手，在发现他们的第一时间就会结束这一切，根本不会等到他们发现他，迫不得已才下毒手。不管杀手是谁，罪恶都源于这些财宝，把这笔血债算到刘梅香头上一点都不过份。

来到宝庆后，他想到的是找刘梅香报仇，他朱家死了多少人，就要向李家索多少条命。在他的潜意识里杀手还是刘梅香派来的，只有这样，他报复起来才心安理得。

就在今天凌晨，他在宁顺生家发现了证据，认定宁顺生跟李家有着密切的关系，如果他是杀手，说不定还真是刘梅香派来的。

朱有良准备每天晚上都去宁家附近蹲守，他找到了一个比较理想的地方。在宁家的斜对面有一家大酒店，在解放前是李家经营的，原本是宝庆城里最豪华的酒店，小时候他们只要来到姨妈家，卓然就带着他们来酒店大吃大喝。后来刘梅香把这家酒店拱手送给了陈桂中。解放后酒店成了国营企业。朱有良来宝庆十多年了，很少走进去过。此刻，他坐在酒店里靠窗边的位置上，眼睛盯着志远的家门。

一连几个晚上，这家人毫无动静，门依然被那把破锁虚假地锁着。过了一个星期，志远回来了，他掏出钥匙开锁，发现锁坏了。他稍稍惊讶，推门进去了。父亲的卧室被打开了，走进一看有被翻过的迹象。难道家里遭贼了？志远这么想。他赶紧把楼上楼下仔细查看一遍，还好，没丢失什么。就是丢失了什么也白丢了，人丢了都找不回来还说东西。想到这里志远的心像被挨了一刀痛到不堪忍受。他什么都不敢想便伏在枕头上痛哭起来，虽说男儿有泪不轻弹，但为爱情哭泣的男人很多很多。志远哭完后打开日记把自己对李卉的思念一字一泣血的写下来：经历了这么多的折磨后，我懂得了真正的爱情是痛苦的爱情。卉儿，我的爱，当我千呼万唤见不到你，当我踏遍万水千山寻不到你，看着你万分痛苦我却无法帮助你，明知你正在生死线上挣扎却不能拯救你，我的心在流血。这是一种怎样的煎熬啊！就算我把这些痛苦看成是爱神对我们的考验，我还是要诅咒她，她可以如此折磨我，但不能这样对待你。……

朱有良坐到酒店打烊也不见另外有人在宁家的家门出进过，在黑夜的掩护下他只好返回他那冷冷的家。

朱有凤也在向宁顺生周围的邻居们打听宁顺生的状况。邻居们说宁家平时就只有父子两人，宁顺生为人和气，肯帮人，人缘不错。他有个老婆住乡下，很少来城里，如果宁顺生不在家里就是回乡下老婆家了。朱有凤问：他的老家在哪里？没人知道，只知道在乡下，因为他老婆是乡下人模样。她问补鞋的老头，老头说：很远，也不记得叫什么地方。

这状况更让朱有良更担心。在接到杀手第二通电话后，宁顺生不见了，回乡下去了。在他看来敌人的退出是为了第二次进攻，就像是把拳头缩进去是为了打出来更有力。敌人在做准备了，他也得积极对应才是。

那天深夜，朱有良从床板底下抽出一支崭新的"五.四"手枪，这枪的号码登记在失踪枪支里。朱有良在枪膛里压满子弹，他自言自语的说：以为我没枪了，是吧。我要是连这个都没为自己留一手，就白白辜负了党对我的培养和教育。来吧，姓宁的，要真是你，就应了那句话：不是不报，时辰未到，时辰一到，一切都报。要不然你怎么会这么巧的撞到我的手里，真是踏破铁鞋无觅处，得来全不费功夫。

从那天起朱有良总把枪带在身上。时间又过去了二十天，这天晚上他照例坐在酒店的窗前，眼睛紧盯着宁顺生的家门口，这时他从窗口射出的灯光里看见了齐小娟。

自从吃过同事的喜酒后，齐小娟一直没有见到志远。她本以为志远会对那天发生的事情向她道歉，她也会提醒志远不要再管李卉的事，那水挺深，弄不好会被淹死，也许他会听她的，他们还会重归于好。谁知志远不曾在她面前露脸。她又急又气又恨，决定到志远家找他。可是志远家的门是锁着的，她只好站在路边等着。

约摸过了一小时，志远回来了，路过小娟身边时，小娟叫住了他。

志远，小娟喊。

啊，是娟子，志远显得有点不好意思。

志远打开门请小娟进去。朱有良也溜到了志远的门口，他听到志远向小娟解释说：我早就想去找你，只是最近工作太忙，要架好几条线路，而且要在八月底完成任务，在国庆二十周年前通话。我每天都这么晚回来。

小娟说：我知道，所以我才在晚上来找你。

志远说：家里连开水都没有，反正我也想出去吃点东西，我们一起去吃牛肉面吧。

小娟说：不啦。你爸呢？

志远说：他休假回我妈那儿了。小娟说：我知道了，如果你爸在家，你不会让我进你家门的。

志远说：我爸没文化，很土气，我怕你不喜欢他。

娟子说：我是那种人吗？我不像你，那么虚伪，你简直就是个骗子。

志远说：娟子，真对不起，我那天喝醉了，不知道做了哪些让你生气的事情。第二天上班时，哥们都取笑我，我都恨不得钻到地底下去。

小娟说：倒也没做什么出格的事，只是你吻我了，那是我的初吻，而且大家都知道了，所以，你必须对我负责任。

志远说：你要我怎么负责任？

小娟说：娶我呀，不然我就没脸见人了。

志远说：可是，我……

小娟说：可是你有个李卉，是不是？

志远说：是，你怎么知道的？

是你亲口告诉我的，你有了李卉为什么还要来和我好？不过我告诉你，李卉死了，你再也见不到她啦。而且，你永远不要再提起她，你要是再提起她，你也会没命的。

志远激动地大喊：你在说什么？

小娟说：别这么大声，你家住在中央大道的旁边呢。她边说边向门口走，志远听到了人离开的脚步声。小娟往外看看，见没有人，关上门接着说：我告诉你，李卉真的死了。

志远问：是谁杀死她的？是你妈，你舅，还有你爸，是不是？刽子手，你们一家都是刽子手！

小娟说：别冲我发火，我也不知道李卉是被谁杀死的。当我知道她是你的女朋友，我也很难过。

志远扬起手臂向小娟劈下来，吓得小娟尖叫。志远的手在半空中停了下来，他对小娟说：你走吧。小娟的眼里含着委屈的泪，她说：志远，那天你喝醉了，你说李卉被朱有良关进牢里了，我就去问了我爸，我从爸爸的眼睛里看到了恐惧，我想，如果李卉还活着，朱有良他们又惧怕什么呢？志远，你猜测李卉是被朱有良关起来了，你是对的。我猜测李卉死了，我是错的，好不好？

听小娟这么说，志远悲痛欲绝的心平静了一些，他对小娟说：谢谢你告诉我这一切，冤有头，债有主，李卉的事和你没关系，刚才错怪你了，我向你道歉。

小娟说：志远哥，你听我一句劝，真的别再去找李卉了。

志远问：为什么？

小娟说：因为你斗不过他们。

志远说：好吧，娟子，回去吧，我送你。

志远想趁着送小娟去孔祥三家，把小娟的话告诉他。可是小娟不让他送，要他早点休息。当门打开时，又有一个身影一闪就不见了。于是，志远决定不再去祥三家。

孔祥三曾经要好朋友莫十全监视朱有良，十天前，莫十全告诉他：朱有良这一向鬼鬼祟祟，天一黑就穿着警服躲在黑影里出去，要到深夜才回来。他跟踪了朱有良好几次，朱有良都是坐在工农食堂的西面，眼睛盯着斜对面，好像在蹲坑。

工农食堂西边的斜对面不是志远的家吗，朱有良盯着志远家干什么呢？孔祥三决定亲自跟踪朱有良，他在晚上九点去了工农食堂。作为宝庆城第一大酒楼，工农食堂热闹非凡，喝酒的，吃饭的，聊天的，谈恋爱的，把酒楼挤得满满的。孔祥三在熙熙攘攘的人群中择了一楼的一个座位，他四处扫视，不见朱有良。后来又去了二楼，这时他看到了朱有良。朱有良正朝着志远家看，孔祥三顺着他的眼光看去，志远正在打开门上的锁。

难道他要对志远下毒手？

孔祥三紧盯着朱有良，看到朱有良很淡定地嚼着花生米，喝着茶。后来，工农食堂打烊了，朱有良才离开，他好像是来享受夜晚热闹的气氛的。

朱有良是在盯志远的梢，他在志远身上发现了什么？与李卉有关吗？

就这样。孔祥三盯了朱有良十个晚上，朱有良总是那么坐在那里，直到齐小娟来的那天晚上，他看到朱有良从工农食堂出去，趴在志远家的门缝里朝里看。他看了一会又躲了一会。后来，志远和齐小娟一起走了，他没有跟踪志远，继续盯着宁家的大门。

朱有良疑惑了，他好像不是在盯志远，那又是在盯谁的梢？会是宁顺生吗？宁顺生那么老实的一个人，怎么成了他的下一个目标？不可能啊，可是，这家总共才两个人，不是宁顺生又会是谁呢？宁顺生难道也是一个有故事的人？

四十四、宁顺生和驼背结盟对决朱有良

那天深夜，宁顺生回家了。一进家门志远就告诉他家里有贼来过。他立马警觉起来，几十年来家里从未遭过贼，就在他与朱有良交手之后贼就进了家门，这是多么的不寻常。

他什么也没说，只拉开抽屉，一看红绸展开在抽屉里，耳环不见了。他缓缓关上抽屉，一言不发坐在床沿上。

他被朱有良发现了，一切都由主动变为被动，他和家人即将面临恶魔的杀戮。也许，这是天意，无可逆转。自己死不足惜也做好了死亡的准备，但对秀英和志远来说太不公平了。

宁顺生回乡下二十多天，一边练习武功，一边思量着怎么去暗杀朱有良，他做了种种设想，也想过朱有良会有一支枪，而且枪法很好，百发百中。他绝不会正面袭击朱有良，反正他不认识自己，从后面或侧面靠近他，只要出手快，要他的命很容易。

谁料到他刚离开，朱有良就发现他的踪迹。这二十多天朱有良一定蹲守在附近，他一定认识志远了，没对志远下手是因为还没找到他宁顺生。幸亏自己是半夜回来的，躲过一劫。他本来也想过白天回来，就是怕万一，才选择深夜，这回被他估计对了。既然朱有良没发现自己，就要继续躲藏，千万不能被他发现。志远和秀英也要躲藏起来，走得越远越好。自己必须把杀死朱有康偷走财宝的事告诉志远，只有让他知道事情的严重性，才能保护好自己和母亲。

宁顺生走进志远的卧室，儿子假装睡着了，满脸泪水，呼吸也不顺畅，好像刚刚哭过。看到儿子这张愁苦的脸，想到自己二十几年来，为了那些财宝让妻子独居乡下，害他母子分离，尤其是自己从未让他们享受过财宝带来的幸福和富有，眼前还给他们惹来杀身之祸，不由长叹一声，轻轻说：我的罪孽深重呀！

眼下的一切绝不是他想要的，而这一切都在他朦胧的预料中发生了，的确，能躲开只是侥幸。现在他担心的是，一旦志远知道事情的严重性就不会离开他，生死关头，儿子决不会弃他于不顾，甚至还会让自己离开，用他的生命来保护自己和秀英。儿子太年轻，没有经验，不知天高地厚，自信，轻敌，根本不能对付那个像狼一般狠毒狡猾的朱有良。想到这些宁顺生又有点犹豫了：杀人这样的事要想好了再说，免得话一出口就收不回来。

宁顺生想到即将与朱子良对决，就觉得一定要让志远在天亮前离开宝庆城，那怕是用谎言将他骗走。他忽然想起孔祥三写的《梅花劫》，一下了来了灵感。他将志远摇醒，说：儿子，你还记得你祥哥的本本吗？志远点点头说：记得，他写的是卉儿家在解放前发生的事。宁顺生接着说：朱家偷了李家数不清的财宝，因为这些财宝朱家也死了好几个人，是这样吗？志远说：是。宁顺生说：所以，朱有良害死了卉儿的妈妈和哥哥后，又想害死李卉。我想他这么做不就是为了那些财宝吗？于是，我对朱有良说，我知道财宝的下落，只要他放了李卉，我就将财宝的下落告诉他。志远惊问道：爸，你真的知道？顺生说：我哪里知道，只是想让他放出卉儿，用这事来骗骗他。不过，朱有良也很狡猾，他说他也不知道李卉被谁劫持了，一个月后一定给我答复。儿子，今天就是一个月了，我估计他会来找我，找不到财宝还会找你和你妈的麻烦。前些天我们家不是遭贼了吗？后来发现什么都没丢失，是不是？其实是朱有良来过了，看我们家是不是藏了那些财宝。他当然没找着什么。今天就不一样了，他会逼着我领着他去我们老家找。你妈胆子小，没经历过，会吓坏的。所以，你要抢先一步将你妈领到你舅舅家去。也有可能不是在今天，而在以后的日子，不管有多久，我不来接你们，你就陪着你妈先住在你舅那儿。这事就这么定了，你赶快收拾收拾，骑单车回老家。另外，多带点钱，住在舅舅家不能太小气。

志远说：爸，齐小娟告诉我，李卉已经被他们害死了，她要我不要再提起李卉，不然，他们会杀死我。

宁顺生问：她是什么时候告诉你的？志远说：昨天夜里。宁顺生说：朱有良不至于害你吧？志远说：齐小娟的意思是假如我们不再寻找卉儿，也许，这事就这么过去了。要是继续寻找，朱有良就不会放过我。可是让李卉这么不明不白的死去，我怎么对得起她？爸，我做不到！

宁顺生说：儿子，别着急。反正我已经骗了他一把。不如将计就计，演完这出戏，看他怎么交待。

志远说：他们找不到财宝，会杀死你的。爸，你还是别去了，要去让我去吧。

顺生说：李卉是我未过门的儿媳妇，我就是她爸，我想办法找到她，是我应尽的责任。你就别管了，先回家把你妈安顿好。

志远看到父亲一脸的固执，只得依从。宁顺生要他到了家里后，马上去县城给单位打个电话，就说母亲病了要请一个月的假。他让志远把家里的钱全带走，一再叮咛一个月内他不来乡下接他们，决不许回来。可是志远说他请不到假，最多七天他就回来。

志远走后，宁顺生收拾了几样东西。看看天色，此时正是黎明之前，天黑漆漆的。他把门锁上朝河边走去。

驼背被轻轻拍门的声音吵醒，他打开门，宁顺生立即闪了进来。驼背说：你来了，家里出了什么事？宁顺生说：一言难尽，还是坐下来说吧。

宁顺生把志远如何认识李欣，李欣怎么被朱有良陷害，他认识白素玉后李家发生的事情，白素玉怎么死的，因为李卉失踪，他和志远又是怎么被卷了进来，一五一十告诉给驼背。他没有讲以前的事，因为他觉得那是他一生的耻辱。

驼背说：想不到李家在这两年发生了这么多的事，说起来刘梅香也有恩于我，她帮我买了房子，让我有了一个家。他家发生这么大的事，你怎么不跟我说呢？

驼哥，前年你也被居委会调查，幸亏没有查出你曾经是李家的保镖，不然你也成了阶级敌人。所以，我不敢把李家的事告诉你。今天我是迫不得已让你知道，还要求你帮帮我。

驼背说：你说的朱家兄妹我也认识，我在李家当保镖的那一年正月，朱家全家都住在李家，过完正月，刘梅香要管家用马车送他们回去，打发了他家一马车的东西。他家的女儿叫有凤，在李家住了半年，刘梅香专门给她请了个老师。这女子就是剥了皮我也认识她，长得跟刘梅香很相像。这些天她在打听你的情况，光是问我，就问了十多回。好在她不认得我。李卉在小的时候常被刘梅香领着，每次路过我的鞋摊，刘梅香都要她叫我一声爷爷。有一次，刘梅香假装补鞋悄悄问我认不认得她的外甥女朱有凤，我说只要看到本人，还是认得的。她说朱有凤住在南门口派出所，在犀牛台居委会当主任。我说，就是在你那个居委会啊。她说正是的呢。正说着，小李卉不知跑到那儿去了，刘梅香只得赶紧去找，说下回来再跟我说。不久她就投河自尽了。后来，我总在想，她到底想跟我说什么呢？现在看来是要我帮她灭了朱有凤。前年李卉一进你家门，我就认出了她，长大了，漂亮得没法说。她好像不记得我了，我也没跟她说我认识刘梅香。这次她来了，你说她已经是你家的儿媳妇了，我真替你们高兴，还准备来喝喜酒，结果她又不见了。今天你这么一说，我才知道原来李家的人被朱家兄妹害得死的死散的散。这两个人太没良心了，你说，你要我帮你什么？

宁顺生说：第一，我要在你这儿住一阵，第二，和我一起对付朱有良，逼他说出李卉的下落，总之，生要见人，死要见尸。

你的意思是将朱有良绑架了，逼他说出李卉的下落。

我想了好久，只有用这一招。我本来想将他杀死，可是一想，朱有良死了，李卉就更找不到了。

这种事在解放前我倒做过几单，都是绑架为富不仁之人，有钱放人，没钱撕票。不过今日不比从前，解放二十年，没有人敢放火打劫、绑架撕票，上山为匪，卖淫为娼。

是啊，还是新中国好啊！驼哥，如果不是为了李卉，我随便就将朱有良杀了，何必绑架他。我也知道在城里绑架人比杀人难得多。不过我已经想好了，他不是天天在打听我老家在哪里吗，把他骗到我老家去，我们来一个瓮中捉鳖。

他有那么好骗吗？

我已经放出了风声的，说李家的财宝已经落在我的手里，他找我就是为了那些财宝。

驼背恍然大悟：原来你早做好了笼子，只等他进来。

宁顺生说：也可以这么理解。

自从齐小娟去过宁家后，宁志远就再也没有回来过，宁家的门总是锁着。朱有良也曾绕到宁家的后墙看过，他家的后面是百货公司的仓库，围墙很高，阳光可以在两墙之间照射进去，人很难从两墙之间跃出来，除非有梯子。从梯子爬过去是百货公司的仓库，有保卫人员持枪守着。除了在街面上的门，宁家是没有其它出路的，只要蹲守在工农食堂，宁家父子就不能从他眼皮下溜走。

朱有凤打听到每个月 25 号是机械厂发工资的时候，机械厂规定工资必须亲自领取，人不去不发而且不再补发，到了那一天工人都会去工厂，宁顺生也不例外。朱有良约好朱有凤一起去机械厂，朱有良守在工厂门口，朱有凤守着发工资的办公室，只要喊宁顺生的名字，朱有凤就盯住他，不动声色跟着他到工厂门口，朱有良再找机会下手。

那天上午，所有的工人都领了工资走了，劳资科长也准备下班了，宁顺生怎么还没来呢？朱有凤问发工资的女会计：宁顺生来领工资了吗？女会计说：领了，早走了。朱有凤说：怎么没听到叫他的名字？女会计说：都是熟人，还要喊什么名字，轮到他了，就领呗。

朱有凤垂头丧气走出来，如此这般告诉朱有良。朱有良沉默良久，他说：一定是齐小娟给宁志远透露了什么消息，自从她去了宁家，宁顺生和宁志远再也没回来过，我还傻傻的认为宁顺生在乡下没回来，白白浪费了这么多的时间。

哥，齐小娟就是个吃里扒外的贼，有一天我会让她死在我手里。

哥，那个杀手再也没打电话来了吗？

没有，自从我们在宁家拿走那个金耳环后，杀手和宁顺生就再没浮出过水面，他们好像同时发现我已经找到线索了，都在尽力隐蔽。这样反而告诉了我，他们就是同一个人，是宁志远的父亲宁顺生。现在的问题是，我还没见过宁顺生的真身，他就躲起来了。我不认得他，不能凭空想象乱开枪呀，万一杀错了人，不但放走了仇人，还会让自己走向死亡。

哥，其实也不是没有办法，要是把他的儿子杀了，他总会出来给儿了收尸吧，会来找我们报仇吧，那他不就浮出来了。

你说的办法我不是没想到过，他的儿子我迟早是要干掉的。他杀死有康，还盗走财宝，他不拿两条命来换，我是不会放过他的。我是想干得漂亮一点，不然，我这十几年的公安局长就白干了。

叫齐长松去干掉宁志远，引蛇出洞，我们再干掉宁顺生。

妹妹，这也是个办法，你去跟齐长松说吧，他反正是个木鱼脑壳，你敲什么他听什么。不过要快，十天内解决问题。

四十五、公安局长方圆调查李卉失踪案

李卉失踪后，从立案到现在已经三个月了，公安局长方圆决定亲自侦查此案。

方圆调出李卉案卷，看过后才知李卉是白素玉的女儿，逃犯李欣的妹妹，曾经被通缉过。今年 2 月 15 日晚被派出所抓获，16 日移送公安局。由于李卉被通缉时才十五岁，属于未成年人，通缉令已被取消。三个月前，预审科以"暴力对抗刑事调查"的罪名，将李卉移送拘留所行政拘留十天。第四天李卉被民警用警车接走，从此失踪。

李卉的未婚夫宁志远在李卉失踪后一个月来公安局报的案，立案后只审讯了两个人，拘留所所长和当事人汪小波。后来，公安局在市革委的督促下，搜查了所有的监狱。

市革委为什么对这个案件这么重视？方圆当时并不理解。后来，所有的警车被调查过，没有作案时间。辖区民警全部集合在一起，由汪小波指认，并从时间上逐个进行调查，没有找到嫌疑人。汪小波几次被审，不改口供。虽然，案件没有突破，但是，作为公安局长，她就算不理解也已经够重视革委会的意见了。

就在昨天革委会要她暂时放下手中的工作，先侦查李卉案。她想想也是，毕竟有个女孩命悬一线，是到了该拯救她的时候。

案卷里，报案人称：李卉是被朱有良，朱有凤，齐长松劫持了，请求公安局对他三人立案侦查。

方圆记得，她刚调进公安局时，孔祥三曾对她说过，白素玉是无辜的，她的儿子李欣也是无辜的，他们都是朱有良复仇的牺牲品，并声称自己有足够的证据。那时，朱有良不肯调走，故意不把白素玉的案卷移交给她，而孔祥三提供的关于朱有良的作案动机是从白素玉那儿得到的。没有证据证明朱家偷了李家的财宝。反倒是朱有良说孔祥三陷害他是有动机的，因为他关押了孔祥三，朱有凤还把孔祥三打伤了。那时，他们之间的冤仇成了革委会内部的一桩公案。现在看来要调查李卉案，必须重新审查李欣案和白素玉案，如果真是冤案，那么陷害白素玉和劫持李卉可能是同一个人，也一定是个人恩怨。

方局长亲自去档案室调白素玉的案卷，案卷很薄。方圆打开一看，只有白素玉的一页交待书，何为的一份口供和杨义写的死亡证明。她问：就这么一点材料？档案员说：确实只有这么一点材料。方圆想：朱有良凭这么一点材料就判白素玉死刑，胆子也太大了一点，难怪革委会成员都对他有看法。她接着问：李欣的材料还在吗？档案员说：不久前地区法院来了一个人，他说省法院责令他们重审李欣一案，我说李欣已经逃跑了，但他坚持要拿走李欣的材料，我只好给了他，材料至今还未送回来。档案员说着递上地区法院借李欣案卷的介绍信。

方圆立即去了地区法院，拿到了李欣的案卷，她打开案卷首先看到的是白素玉向省法院递交申诉状的日期：1967 年 10 月 20 日，那上面有白素玉的签名和法院的印戳，这个日期很清楚，很干净，没有被更改过。接着，她又找到了省法院要求地区法院重新审理李欣案的指示，那上面有一张中共中央信访办公室的批文，批文的内容是从轻判处李欣。批文上有信访办的印章，经办人的签名和白素玉的签名。日期是 1967 年 10 月 18 日。

方圆从日期判断，白素玉 10 月 18 日在北京，下午 6 点坐上从北京到长沙的火车，10 月 20 日早上到了长沙，在省法院递交了申诉申请后，坐下午的火车回家，到家时是晚上 9 点 30 分，接着被捕，被关进公安局的看守室。如果是这样，白素玉不但不在儿子李欣逃跑的现场，之前一个月她在北京为儿子申诉。

为了证实自己的判断，方圆找到一张白素玉的照片，她拿着白素玉的照片去了北京。到达北京后，方圆去了信访办，找到写批条的女干部老彭。她拿出白素玉的照片要老彭好好看看，还记不记得这个女人。老彭说：我怎么会忘记她，她是我见过的最有气质最勇敢的知识女性，她用流利的英语为儿子辩护，简直可以去做外交官。

方圆决心将白素玉的案子办成铁案，让她的敌人无懈可击。

她又问了老彭是否记得白素玉来拿批文的时间。老彭翻出 1967年 10 月 18 日接待白素玉时，白素玉填写的表格，表格上还有白素玉领取表格的时期，是 1967 年 10 月 3 日，方圆把把这些写入调查资料，她要老彭签字时，老彭一边签名一边问：她儿子被放出来了吗？方圆说：没有。问：白医生还好吗？方圆说：她死了。老彭手中的笔掉到了地上，她轻轻叹息：好可惜啊！

方圆回到办公室，重新审视白素玉的交待书和何为的口供，她真是又气又恨。白素玉没有在李欣潜逃的现场，竟给自己编造了一份在现场的详实的劫狱经过。从 10 月 20 日被捕到 12 月 20 日神秘死亡，这期间她一定被折磨得死去活来，才会迫不得已这么做，让朱有良的阴谋得逞，也让自己的生命不明不白的结束。

方圆拿出杨义的死亡证明：急性心肌梗塞。此外，杨义还写了白素玉死亡后的体征。方圆想，杨义写的是真言还是谎话？她将这份鉴定送到省司法厅，请求他们鉴定。

方圆给孔祥三打了一个电话，要他在下午三点在政协办公室等她。因为孔祥三主管过司法，他曾经说过他有证据证明朱有良陷害李欣和白素玉。如果是这样，和他聊聊很有必要。

下午三点，方圆准时来到孔祥三办公室，寒暄后，她把自己对白素玉调查详情告诉给孔祥三，并开玩笑说：我是来给老领导汇报工作的。

孔祥三说：我还真想继续留在司法部门，如果我还在司法这条线上，白医生或许不会惨死。真为白素玉惋惜，我一直坚定地相信她不会帮李欣逃走。

方圆说：是啊，可李欣毕竟逃走了，究竟是谁在帮助他逃走呢？

祥三说：你怎么跟朱有良一样，认为有人在帮助李欣逃走，他甚至认为是我和军代表一起帮李欣逃走的。

方圆说：他怎么会怀疑军代表呢？

因为军代表曾对他说，如果他不释放白素玉，就要让他进牢房。

军代表为什么要这么帮白素玉？

白素玉是他的保健医生呀，他们还有过一段恋情，几乎快要结婚了。

原来是这样，方圆一下子似乎明白了很多。她说：祥三，白素玉不是被秘密关押的吗？军代表是怎么知道她被朱有良抓起来了？

这我倒没问过。也许是心有灵犀，所以，军代表不相信白素玉会死于心脏病。他曾派我到监狱调查，可惜证人全被他们收买了。

方圆说：要是能找到白素玉是被人害死的证据，就可以将朱有良一伙绳之以法。也许还能找到李卉的下落。

对，还有李欣，也可以还他一个清白。你知道吗，为了救李欣，我为他收集了好多的资料，那些资料足可以推翻朱有良强加在他身上的罪名。

那些资料还在吗？

在的，如果你有兴趣，我可以借给你看，如果能还给他清白，我把资料送给你。

祥三，可惜他越狱了，如果他还活着的话，也只能呆在监狱里。再也没有平反这一说法了。不过，你收集的那些资料我很感兴趣，都交给我吧。

方圆化了三天时间才看完孔祥三的调查资料，她很震撼，很感动。难怪朱有良说孔祥三是阶级敌人白素玉的代言人，调查资料里充满着对李欣的同情与欣赏，是正义的复活与善良的宣言，是这个社会潮流里让人感到欣慰的一股暖流。在这些资料里上百个人证明李欣在武斗现场，但没有一个人看见他碰过枪或摸过枪支。更多的人证明李欣没有说过反动言论或流露出对现实不满，他就是一个即将毕业的高中生，未来的命运是成为新一代农民。他聪明，有才华，喜欢文艺，但他是一个剥削阶级子弟，黑七类的狗崽子。当他被公安局长朱有良诬陷成杀人犯时，人们可以落井下石，但不允许为他申辩。为他申辩等同于为阶级敌人申辩，是需要很大的勇气的。孔祥三不顾自己的政治前途，仗义执言，为他召集了几十场会议，访问了上百人，用事实证明他的无辜。还有，孔祥三为了要弄清楚朱有良为什么要陷害李欣，在听过白素玉的一面之词后，他完全可以凭借白素玉提供的事实推断出朱有良为报家仇陷害李欣。但他不怕危险去了桃花镇，找到了朱李两家二十多年前的恩恩怨怨的证据，用事实证明朱有良在利用职权杀人。

孔祥三做了一个司法工作者应该做的事，洗清了一个无辜青年的冤屈，为司法声张了正义，她佩服他。

方圆再一次看白素玉结婚时的照片，特别是李卓然白素玉与朱有良全家的合影，那时他们喜气洋洋亲如一家，而现在朱有良装出不认识李欣的样子，把自己扮成公正的法官，将李欣置于死地。方圆想，要是朱有良知道孔祥三手里有这两张照片，一定会把他杀掉的。

为了证实孔祥三的调查资料，方圆决定亲自去一趟桃花镇。

方圆到了桃花镇，在镇干部的协助下召开了一个座谈会，虽然朱老大夫妻已经死了二十多年，但镇上的老人对他家发生的事还记忆犹新。事情发生在日本人投降的那一天，逃难的人路过桃花镇，欢天喜地准备回家，这时候朱老大夫妻被卫戍司令部的陈司令绑在军火车上带走了。接着刘梅香哭哭啼啼坐上马车跟着逃难的人回了宝庆，第二天传来让全镇人都无比震撼的消息：朱老大夫妻被炸弹炸上了天，她的女儿有凤在出事后得到陈桂中派人送来的父亲的一只手掌和母亲的一只小脚。这件事被镇上的人当成故事传说了好多年。

方圆问镇上的老人知不知道朱老大夫妻为什么被抓走，譬如，刘梅香是不是把钱财寄存在朱老大家，朱老大却不肯还给她。老人们说有可能，因为朱老大这个人不厚道，是个很贪婪的人，而且他家的两个儿子也不在家，后来大宝还死在外面，尸首是二宝用板车拉回来的。

方圆问到朱李两家的关系时，老人们说李家对朱家很好，朱家原本很穷，在李家的帮衬下过上了富裕的日子，朱老大能把生意做到衡阳去，刘梅香没有少帮他。不过这都是从前的事，抗战胜利后，朱家的人再也没回过桃花镇，镇上也有一、两个人在宝庆城见到过朱有良，朱有良装出一副不认得的样子。老人们说朱有良就是永远不回桃花镇，他家的祖屋在这儿，祖坟在这儿，他抹不去是桃花镇人的这条根脉。

方圆问：朱有良离开桃花镇时，带走什么东西吗？

老人们都说他是两手空空离开桃花镇的。

方圆的调查与孔祥三是一样的，这让她更相信孔祥三。而且，她的直觉告诉她，李卉就是被朱家兄妹劫持的，李家一家五口，已经消失了四个，他们怎么可能放过李卉。斩草除根是复仇类型的犯罪动机，从心理上来讲，是犯罪分子害怕报复。当然，这只是推理，要将朱家兄妹绳之以法，还是要找到他们的犯罪证据。总之，揭开了白素玉的死亡之谜，也就暴露他们的罪行，也许他们为了争取减轻罪行会交待出李卉的下落。

根据孔祥三提供的情况，白素玉秘密被捕后，只过了几天，徐子健就知道了，还直接问朱有良要人。白素玉死亡后，徐子健又质疑白素玉的死。方圆想，徐子健能够得到白素玉如此绝密的信息，决非与白素玉心有灵犀，这里面一定有不为人知的秘密。她决定去拜访徐子健，也好让他知道，她方圆是很尊重老首长的。

四十六、雨夜跟踪

江南的五月正是梅雨天气，天空总是淅淅沥沥地下着小雨。人们举着伞在雨中穿行，那些用伞遮着头的人，总让人感到神秘。朱有良就是神秘人物中的一个，到了下雨的夜晚，他不再坐在酒店里或藏在某个黑暗的角落中，而是用伞遮着头在志远门前徘徊。

孔祥三悄悄跟在朱有良的后面，有时他也会站在黑暗处观察朱有良。就在他停下脚步观察朱有良时，他发现还有一双眼睛在盯着朱有良，这是补鞋匠驼背的眼睛。

每天晚上驼背都会将他的鞋摊摆在中央大道和曹婆井的拐角处，这样生意似乎更好。不过下雨的夜晚没有人来补鞋，于是他将鞋摊挪到志远家的对面，那里有个老头在窝棚里卖烤红薯。驼背在那里一边避雨一边和老头扯着闲话，眼睛一直看着过路的行人，每当朱有良走过，驼背的眼睛都放着光亮，然后目光紧盯着他直到看不见。

孔祥三曾听志远说起过驼背，说他在小的时候看到驼背补鞋，补鞋时从不用锤子把鞋钉钉进鞋掌，而是用大拇指将鞋钉摁进鞋掌，然后用手指抹平，那些铁钉在他手里就像橡皮一样变得软绵绵的，所以，他补的鞋又快又好。后来名气传出去了，居委会对他的历史进行调查，好在没查出什么，不过他再也不敢了，老老实实的用锤子将鞋钉钉进去。孔祥三在黑夜里看到驼背鹰隼一样的眼睛，便觉得驼背非同凡人。十几年来他一直蹲在志远家的屋檐下补鞋，他与宁顺生的关系会很平常吗？

那天晚上雨越下越大，后来像瓢泼一般。朱有良很有规律的每二十分钟从志远家经过一次，卖红薯的老头已经收拾好摊子准备回家，驼背慢慢从怀里摸出一毛钱来买了两个红薯慢吞吞地嚼着，街上的行人越来越少，朱有良也不再出现，最后他不得不冒着大雨收拾好自己的鞋摊回家。

孔祥三打着伞跟在驼背的后面，驼背经过志远家门，向北走五十米便有一条小街，这条街在从前是做棺材的，所以叫木匠街。木匠街的另一头通往下河街，下河街一头通向热闹非凡的东门口，一头通向沿江码头。下河街与沿江路结合的地方叫犀牛台，站在犀牛台的堤岸上，看着邵水河汇入资江，浩浩荡荡向东流去。

孔祥三跟踪驼背到了木匠街的中间就不敢继续往前走，木匠街小巷特别多，每隔两、三间商铺就有一条小巷，巷子纵横交错，彼此交融。虽然是在市中心，却是宝庆城里有名的贫民区，犯罪率极高。孔祥三决定放弃，他相信驼背是宁顺生的朋友，是帮宁顺生监视朱有良的，自己跟踪驼背，也许是一个错误。

已经有好几天了，宁家黑灯瞎火没有动静。朱有良再一次憎恨齐小娟，在她没给宁志远通风报讯前，宁志远还是常常回家的，眼下宁志远不知躲到哪儿去了，宁顺生一定在离他很近的地方准备杀死他。所以，朱有良总是小心翼翼贴着墙根走，他的左手紧紧握着公文包，公文包里藏着手枪，右手打着雨伞，当街上行人只剩下寥寥无几时，就装着买东西躲进商店里。总而言之，走在人堆里是最安全的，一旦被人袭击，随便搂住一个倒霉的给他挡几刀。

朱有良判断得不错，宁顺生从乡下回来后就一直在跟踪着他。

宁顺生总想给朱有良打电话，约他见面，然后用财宝诱惑朱有良，将他哄到自己的老家去，如果能这样李卉就有救了。谁知他回家后，朱有良一直在革委会的小会议室开会，已经开了几天了，这个电话一直没法打出去。每天夜晚朱有良都会在他家附近转悠，宁顺生就藏在自家的阁楼上，用一个军事望远镜监视着他。那个望远镜是宁顺生化了三十元钱在小偷手里购来的，已经好多年了，他一直把它藏在阁楼里。现在他用这望远镜看楼下的街道，行人就好像从他眼前经过。

自从离开公安局，朱有良的工作一直特别轻闲。可是最近他突然忙起来，中央要将好几个重要的兵工厂迁到宝庆这个山城，作为城建局长的他，每天都要和革委会的常委们开会讨论建设方案。朱有良对自己有个要求，就是要在工作中好好表现自己。而今，碰上十年不遇的表现自己的机会，他却正处在生死关头。对于他来说，这已经不是报仇的问题，而是你死我活的搏斗，他不干掉宁家父子，宁家父子就会干掉他。他只有早日解决掉宁家父子，自己的生命才有保证。有康死的时候，脑袋下一大滩血，那血腥的场景总在他脑海里浮现。

为什么在他生死攸关的时候，党却给他这么多的工作，他开始抱怨起党来。

那一场暴雨一直下到凌晨。宁顺生从家里出来，看看街上还没有一个行人。他疾步走向驼背家，驼背正在家等着他。

宁顺生说：昨晚的雨那么大，朱有良还有胆在我家门前走来走去，我要是用铁弹弓打死他，太容易了。

驼背说：我要是动手杀他，他已经死了十回了。顺生，见到朱有良后，我总在想，这个朱有良为什么就不讨个老婆生个儿子呢？他这一辈子就是为了给父母报仇吗？

宁顺生说：难说。我听人说，朱有凤也没生育过，她那个女儿是丈夫和前妻生的。

驼背说：你说他俩都没儿女，要你的财宝干什么呢？我好像觉得你用财宝去引诱朱有良，朱有良不会有兴趣。

宁顺生想了想，说：你说得也有道理，可是除了财宝我还能用什么去骗他呢？看来只能用我自己了。你看他每天晚上在我家门口转来转去，不就是为了找我吗？今晚我打开家里的电灯，虚掩着大门，再在窗口晃晃，让他知道我回来了。到了半夜的时候，他会拿着枪悄悄进来杀我。而我呢，早已来到他身后，只等他进屋就将他打昏。你会点穴，是吗？我知道你会，你告诉我怎么点他的死穴。然后我把他背到你家，等治安大队的人巡逻之后，就从你家门口直接将他推到河里去。现在，河里正在涨大水，到了明天早上，他的死尸已经漂到了冷水江。他连自己是怎么死的都不知道，公安局里又多一桩人口失踪案。可就是再也没有办法找到卉儿。

驼背说：不止这些，现在他在明处，你在暗处。等你走到明处，他就会躲起来，暗中袭击你。他不至于傻到走进你屋里，走进你布好的陷阱里。

宁顺生说：这是天意。是我死在他手里，还是他死在我手里，都是天意。

就在这个大暴雨的夜晚，方圆在深夜拜访了徐子健。一见面，徐子健就说：我知道总有一天你会来找我的，你要不来，就说明你不配做个公安战士，更不能当好公安局长。

方圆说：司令员为什么这么说呢，是我拜访您太晚了？

徐子健：是太晚了，我等你已经等了一年多了，你总是那么忙，我也不好意思打扰你。我想只有你来找我的时候，才是最好的时候，因为不需要我说什么，所有的一切，你已经了解得差不多了。你说是吗？

方圆说：老首长说得太正确了。我今天来就是为了重新审理白素玉劫狱案，来听取您的宝贵的意见。

徐子健说：白素玉是一个高级知识分子，她懂法守法，为了维护司法尊严，她总是委屈自己。这样的人会去做违法的事吗？你能重新审理白素玉案就说明你在维护司法公正，为人民伸冤了。你说，你想听我说些什么？

方圆说：我想知道的是，白素玉被秘密关押后，您是怎么知道她被朱有良关押了，陷害了，毒打了。您怎么知道得那么详细，是有人告诉您的吗，我就想知道那个人是谁。

徐子健说：你说得对，是有人受白素玉委托，将她的处境告诉我。那个人是冒死来找我的，他不要求别的，就是要我保护他，结果，我没做到，感到很对不起他。

方圆说：老首长，您说的我懂。今日与那时不同，今日是为白素玉伸冤，而那时是有人在迫害她。白素玉委托那人来找你，她一定非常信任那人，反过来那个人能冒着生命危险，为了白素玉来找你，也说明他很同情白素玉。如果他在监狱工作过，一定对齐长松的所作所为不满，而齐长松又与朱有良是一伙的，我们有可能通过他了解朱有良他们的犯罪手段，通过那些犯罪手段，我们就能找到他们的犯罪事实。司令员，您把那个人告诉我，我保证他的安全。您就放心说出来吧。

徐子健说：小方啊，你今晚的这些话，正是我这一年来日思暮想怎么也放不下去的事情。不把朱有良这个人渣送上断头台，我死不瞑目。行，我告诉你，那人就是狱医杨义。朱有良仅仅是怀疑他同情白素玉，就将他陷害为反革命分子，关了他好久。朱有良把人民给他的权力作为他个人复仇的工具，这种人不杀不足以平民愤。

方圆说：我知道，朱有良诬陷杨义加入反革命组织，那个案件是我接管的，完全是无中生有，所有的人都是被冤枉的。

徐子健说：不过，杨义被那一次陷害吓坏了，他可能再也不会说出什么来。

方圆说：关于白素玉的死，是他写的死亡鉴定书，他不能不说。虽然我不会逼他说。

徐子健说：好！我等你的好消息。

徐子健看看瑞士表：五月二十日，星期天，晚上十二点，距白素玉死五百一十五天。

四十七、朱有凤定计杀志远

　　太阳冲破厚厚的云层，将阳光撒满大地。昨夜的暴雨洗涤去城市中的污秽和天空中的浮尘，空气显得格外清新，初夏像盛妆的少妇笑盈盈地来到人们的身边。

　　方圆在第二天看了杨义的档案。杨义，今年四十岁，一个自学成才的狱医，平时工作很努力，67年十月参加过市革委会举办的毛泽东思想学习班，是党组织培养的对象。同年十二月被人举报参加反革命组织，被捕入狱。68年六月无罪释放，仍然在第三监狱任狱医。

　　杨义的档案说明他在67年十月以前是被朱有良信任的，在为白素玉写了死亡鉴定书后就被捕了。这件事很明显，有人害怕杨义泄露白素玉真正的死因，想让这个知情人永远闭上嘴巴。杨义的敌人是多么狡猾狠毒，难怪他会在这个问题上三缄其口。

　　方圆曾是省公安厅的刑侦科长，多年的刑侦经验告诉她，如果打赢这一战，白素玉的死就是朱有良生命中的滑铁卢。

　　方圆进一步分析，杨义曾经舍命为白素玉送信，证明他是一个善良的有正义感的人。这样的人只要对他动之以情，晓之以理，他会把自己知道的事情说出来的。如果他不肯说，那他一定受到某种威胁。所以，对杨义的调查一定要在极其秘密的情况下进行。

　　宁顺生在第二天跟踪朱有良来到市革委，革委会大院已经变成大杂院，各路神仙汇集在一起，有的在忙碌着，有的也像宁顺生一样东瞧瞧西看看。宁顺生看到朱有良提着他的公文包从会议室出来坐进军用吉普，吉普车从他身边开过去，转眼就出了大门。

　　只能等晚上了，自己的一双腿是跑不过吉普车的。宁顺生掉头去了工厂。由于炼钢工人不炼钢，全国的机械厂有一半停产。宁顺生还算是个好工人，每星期去工厂露一次脸。

这一天朱有凤对齐长松说：长松，我们必须干掉宁志远。

宁志远是谁？齐长松故意问。

就是被你送去麻风村的那个女人的未婚夫。

哦，齐长松口里答应着，心里算了一下，这已是朱有凤第四次要他杀人了。第一次要他枪毙李卓然，那时正是镇反运动，只要是反革命统统枪毙，宁左勿右。李卓然是从美国留学回来的，又是军阀陈桂中的干儿子，说他是个反革命分了，不算错误。所以，他坚决执行。谁知李卓然是共产党的朋友，被地委书记从枪口下救了下来。后来，李卓然被朱有良害死了。第二次，朱有凤要他在狱中折磨死李欣。李欣是李卓然的儿子，李卓然害他丢掉了派出所长的职位，他一直记恨着，拿他儿子出出气，算他儿子倒霉。谁知那小子命大，被他折磨得死去活来，最后逃跑了。第三次要他协助朱有良秘密枪毙白素玉，白素玉反正是个死因，他协助朱有良圆满完成任务。这一次要他干掉宁志远，虽然宁志远是李卉的未婚夫，也是小娟的心上人。对于年轻漂亮多情的朱有凤，齐长松总是爱不够，但是，女儿小娟是他的第二生命。他曾经无情地抛弃小娟的母亲和两个大女儿，却给了小娟无微不至的父爱。是弥补对另外两个女儿的父爱吗？他说不清楚，但很珍惜父女间血肉相连息息相关的深厚情感。如果他杀害了宁志远，小娟会多么多么的伤心。更重要的是，被小娟知道是他杀害宁志远，会怎样看待他？如果把朱有良要杀害宁志远的事情告诉给小娟，小娟一定会非常感谢他。讨好老婆固然重要，讨好女儿也很重要。毕竟宁志远是无辜的，他的未婚妻不见了，便四处寻找，这有罪吗？

齐长松不想伤害宁志远，他说：有凤啊，姓宁的不过是在找他的未婚妻，又没找到我们的份上，何必干掉他呢？

朱有凤恶狠狠地说：要你干什么就干什么，不要说何必。在我面前你还没有讨价还价的资格。

齐长松说：好吧，你告诉我他家住那儿，在那儿上班，我首先得了解他的基本情况。

朱有凤说：别跟我装蒜，他是你女儿的朋友，邮电局的外线工。要干掉他很容易，趁他爬在电线杆上的时候，给他一枪。用猎枪打，明天我会给你一杆猎枪。不过，这事你不能透露给你女儿。

齐长松想：你说得倒轻巧，我要是被人抓住了就要陪上这条老命。这种冒险的事也要我干，你是想我死。

老奸巨滑的齐长松对朱有凤说：这办法好。不过，我的命也很重要，我要是死了，你就没有丈夫了。不能太急，要给我几天时间跟踪他，外线工在郊外作业的时候很多，我也需要去踩点，看看哪里没人，哪里有路可逃，才能下手，你说对不对？

朱有凤娇嗔的说：也不能太久，今天星期一，最多是星期六完事。重要的是你要一枪击毙宁志远，否则，大家都没命。

星期二，齐长松给齐小娟一个电话，要她到立刻坐公交车到他的办公室来，他有重要事情跟她说。

齐小娟想：不会是有关李卉的事吧。她立即向科长请假坐上公交车直奔第三监狱。

齐长松见到小娟，便关上办公室所有的门，他问：小娟，宁志远今天在哪里安装电话线路？

小娟说：他请假了，没上班。问：什么时候回来？

快了吧，听说只请了一星期的假，已经过去两天了。

小娟，你赶快设法找到他，要他远走高飞不要回来，不然他会没命的。

爸，为什么呀？

不要问为什么，娟子，就算爸求你了。

爸，没有理由我怎么跟他说，就是说了他也不会相信呀，哦，他好端端的，又没得罪谁，又不认识谁，谁会来要他的命呢？

小娟啊，我不是跟你说过吗？要他不要管李卉的事，只要跟李卉沾上了，就有麻烦。

说来说去，还是李卉害了他。好吧，我现在就去打听他在哪儿。不过，你得告诉我，他要躲多久呢？

我让他出来他才能出来，哪怕是丢掉单位，丢掉饭碗也不能去上班，命比什么都重要。

好的，我会告诉他。谢谢你，爸，你也要保护好自己，不要和朱有良走得太近。

齐小娟一路小跑去了志远家，她想把这关乎志远性命的消息告诉给宁顺生。

志远家门上一把锁，临街有一个窗户也关得紧紧的，里面的被窗帘挡着，根本看不到屋内的任何地方。

小娟见驼背一个人在慢悠悠的补鞋，就问：老伯，不好意思打扰一下，这家人去哪儿了，你可知道他们什么时候回来？

驼背故意问：哪一家啊？小娟指着志远家的门说：就是这一家。

驼背说：哦，这一家呀，他家只有两个男人，没有女人。你是来找老男人睡觉呢还是找少男人睡觉？

齐小娟"啪"给了驼背一记耳光，什么也不再问哭着走了。

四十八、杨义吐真言，白素玉冤情大白

那天傍晚，杨义在下班的路上被公安局的刑警拦截并送到军区招待所。方圆已经在房间里等着他。

对于方局长，杨义心存感激，如果不是她，他会被当做反革命枪毙的。

方圆说：杨义同志，今天以这种方式找你来是为了你的安全，我知道你过去被朱有良和齐长松冤枉了，受了很大的委屈。但是我们的党是伟大而英明的，它不会放走一个坏人，也不会冤枉一个好人，对你是这样，对白素玉同志也是这样。现在白素玉劫狱案，已经肯定是朱有良他们故意陷害白医生的冤案，我们还要进一步查清楚白医生是怎么死的，哪一些人应该对白医生的死负责任。你曾为白素玉做过死亡鉴定，所以找你。组织上怕你担心自己和家人的安全，这个案件就只让我和刑侦科的两个同志知道。现在，你知道什么说什么，大胆把你知道的说出来。

那一晚，杨义只说了一句：白医生是因为急性心肌梗塞而死的。

方圆问：你见到白医生时她在什么地方，她的脸是向上还是向下，身体是卷屈的还是笔直的，虽然你对白医生死亡时作了细致的描绘，但是有一个很关键的特征你没写。我不知你是故意的，还是你不是专业医生，你的鉴定书我们已经送到中级法院做了技术鉴定，已经确定白素玉不是死于心肌梗塞。

杨义不吱声。方圆说：想想你自己受冤枉时的感受吧。我可没有时间和你耗着，什么时候你想说真话了，告诉这两位陪着你的同志。我希望能早点听到真话。我现在去你家，告诉你爱人组织正在审讯你，要她不要等你回家。

说到"爱人"一词，方圆看到杨义的表情有了很大的变化，从很坚决很从容变得软弱悲伤，眼睛失去光亮，牙齿不断咬嘴唇。方圆装没看到，走了。

已经两晚，宁顺生从傍晚六点到深夜十二点一动不动守在自家的阁楼上，他用望远镜扫视楼下的街道和对面的工农食堂，都没有看到朱有良的影子，倒是孔祥三总在他家的附近转悠。

难道朱有良在昨天早上坐上吉普后，就没再回来？他很想去问孔祥三知不知道朱有良最近忙些什么，又怕引起孔祥三怀疑。

宁顺生一辈子都没有和官员们打过交道，他没文化，又不爱说话，尽管是人们公认的聪明人，一旦站到官员们的面前他就哑巴了。

从五月二十日起，宝庆城执行宵禁，到了零点行人会受到治安大队或民兵们的盘查。十一点五十分，宁顺生和蹲守在路边的驼背一前一后回到驼背的家中。

星期五的早上，方圆办公室的电话铃响了，看守杨义的刑警打来电话，说：方局，杨义想见你。

方圆来到秘密关押杨义的房间，仅仅两天，杨义憔悴了不少。

方圆问：你想好了吗？杨义说：想好了，我以前欺骗了组织欺骗了党，对不起伟大领袖毛主席。可是我也是被逼无奈的呀！

方圆说：是谁逼你的，只要你说出来，上级组织会调查处理的。

杨义说：1967年12月20日的晚上，本来是我值夜班，可是齐长松要我回家，说他代我值班。我觉得没有理由让他代我值班呀，只有一种可能，就是他和朱有良要对白医生下毒手了。我没有回家，偷偷藏在医务室里。21日凌晨两点，我看到朱有良和齐长松去了关押白医生的牢房。不久，我看到他们押着白医生出来了。白医生带着脚镣手铐，嘴巴应该是被堵着的。他们把白医生带到砖厂，那地方有很多做砖后留下的深坑。他们应该折磨了白医生很久，后来我听到沉闷的枪声，一共五枪。我看到他们在白医生倒下的地方填土，第二天，齐长松要囚犯在那地方堆了很多很多的红砖。

我在第二天早上，趁着齐长松没注意溜进办公室。我进办公室不久，齐长松就进来了。他对我说白素玉昨天夜里死了，死的样子很难看，已经把她埋了。他要我给白素玉写一份死亡鉴定，我说我不知道她得什么病死的。他说什么病死得快就写什么病，反正她是个死囚，早几天是死晚几天也是死，横竖是个死，随便怎么写都不要紧，要是写好了，法医通过了，给你立个三等功。

我给白医生写了死亡鉴定后心里非常难过，我这个人就是不会装，我的难过被他们看出来了。大约过了七天，我突然被捕了。在预审科审讯时，朱有凤说，你要是跟老齐一条心，就不会落到今天这个地步。我这才知道我被他们陷害了。方局。如果不是你，我早被他们枪毙了。

在我出狱的第一天，有人在我办公桌的抽屉里放了五颗子弹。我知道是齐长松放的，他在警告我，假如把白素玉的死因说出来，他会要我一家五口的性命。我害怕了，真的害怕了，他那个人心肠很黑，什么事都做得出来，又有朱有良做他的后台，我不敢说出事实。

后来，市革委派孔主任来调查，我说了谎话。前几天你问我，我又欺骗了你。但是我今天说的全部是事实，请组织相信我。

方圆说：那五颗子弹还在吗？

在的，杨义说着从自己贴身衣服里掏出五颗子弹递给方圆。方圆接过子弹仔细看过，说：你还记得他们枪杀白医生的地方吗？杨义说：记得。方圆说：你能准确指出那地方吗？杨义说：能。方圆说：那么，我们现在就去第三监狱。

公安局的三辆执法车直奔第三监狱，一进监狱办公室就将齐长松的枪下了，并宣布了对他的逮捕令。接着，杨义将方圆领到枪杀白素玉的地方。

方圆要囚犯们搬开压在白素玉身上的红砖往下挖，大约挖了两米深，白素玉的尸骸露出来了。法医们对高度腐烂的尸体进行检查，找到了囚衣上的编号，一枚不锈钢发卡、一支钢笔和一枚匝在钢笔杆上用弹壳做的蝴蝶戒指。她的喉咙被割断过，口腔里没有舌头，手和脚被镣铐锁着，五颗子弹分别打在头部、左胸、腹部和两条大腿，形状惨不忍睹。五个子弹头全部找到。方圆看了看子弹头，应该和杨义收到的子弹是同一把手枪的。

白素玉是被残酷地杀害的。根据司法程序，下一步是进一步确认被害人身份和杀害她的凶手。就在这时，从办公室传来一声枪响，方圆赶紧向办公室跑去。

齐长松倒在地上，鲜血从他头上涌出来。原来，他趁看守他的刑警没注意，从抽屉里拿出他藏着的另一支手枪开枪自杀了。

方圆说：立即将齐长松送医院抢救，封锁消息，有谁胆敢将今天的事泄露出去，重刑处置。

四十九、夜半枪声

齐小娟急得像热锅上的蚂蚁，四处寻找宁志远。她到外线科的办公室找宁志远，科长说宁志远打过长途电话请事假，因为只请一个星期，就批了他的假，他应该在星期六回来上班。不过，科长又说，如果他妈病情加重，他会继续请假的，人家是独子，再说他与母亲两地分居，现在多照顾一下也是应该的。所以，星期五的下午，小娟特意去科长那儿问志远有没有续假，科长说没有。

那么，志远今天就会回来，齐小娟恨不得飞到志远的家门口，要他立即藏起来，藏到一个除了她任何人都找不到的地方。

齐小娟来到志远家的时候，他家的门仍然锁着。这几天她几乎每天来五、六次，每一次都是失望的离开。今天来了后，她就不打算离开，她一定要见到志远，这是他的生死关头，她心里急得都想哭。她站在离志远家不远的地方，一双眼睛紧紧盯着志远家的家门。

朱有良也在今天回来了。经过五天的考察，兵工厂的厂址已经选定，就定在离市区十几公里的大山里，即隐蔽又方便工人的生活。

他可以轻松个把月，等施工图纸画好，他又得协调各方面的关系，那时会比现在更忙。所以，他一定要在近几天解决掉宁家父子。

令人心烦的梅雨季节过去了，华灯初上时，天上也是星疏月朗，交相辉映。乡村的夜晚在皎洁的月色里，显得格外寂寥与清冷，在薄如蝉翼的轻雾里，黛青色的山峦默默绵延到地平线的深处。除了偶尔传来的一、两声狗吠，只有风儿吹动树叶的响声和天空中被银光闪烁的云彩追逐着的一轮皓月。

在舅舅家躲了六天的志远，看到明媚的月光在云层里时隐时现，那一颗恋爱的心不禁对月伤怀。他时而觉得孤独，时而倍感惆怅、时而因思念而痛苦，时而觉得心乱如麻。总之，心灵迷失在对李卉的思念里，便再也不想呆在舅舅家。他想趁着月色回到父亲的身边，看看父亲与朱有良的谈判进展到什么地步，那谈判关系到他心爱的李卉。想到这里，他跨上单车，向母亲和舅舅匆匆告别，向着回家的路急驶而去。

到了八九点钟，夜空一碧如洗，月亮光将大地照耀得如白昼一般。

朱有良随着人流走进工农食堂，坐在靠窗的位置。他观察了一下周围，中央大道人潮如流，曹婆井街上来来往往的人川流不息。今晚他没看到驼背在拐角处摆摊补鞋。有时他会在拐角过去一点的街边补鞋，那是朱有良视线够不着的地方。宁家的对面，那个卖烤红薯的窝棚旁多了个卖冰棍的人，不时的吆喝一声：香蕉冰棒哦，可乐纸包冰哦！卖冰棍的蹲在窝棚的阴影里，朱有良看不清楚他。

宁家的门紧闭着，是不是锁着的，也看不清楚，因为锁也在阴影里。这时他看到了齐小娟夹在人流中慢慢走着，每走过宁家十几米又转身往回走，显然是在期待什么。

这个贱人又来给宁家报信了，家贼！朱有良在心里狠狠地骂道。他在下午已经与朱有凤碰过面，知道齐长松还没找到宁志远，心里正为这事生着气。现在见到齐小娟徘徊在宁家门口，他忽然悟出一定是齐长松不想枪杀宁志远，要齐小娟来告诉宁志远跑路，父女俩串联好的。不过，眼下最要紧的是收拾宁家父子。

忽然，宁家二楼的灯亮了，有个人影在晃动。朱有良心里一阵惊喜，他在外面考察时就估计，只要宁顺生这几天找不到他，就会错误地估计他找个出差的机会躲起来了，那么宁顺生也会回家休整几天。

果然回家了，朱有良起身往外走。不管是宁顺生还是宁志远，总之家里有人了，情况还是有所突破。一会，二楼的灯熄了，一楼的灯亮了，透过窗帘，他看到人影不时晃动着。后来外面屋里的灯熄了，里面屋里的灯亮了，他肯定今晚宁顺生在家。

他在人流中找到了齐小娟，她还在宁家门前徘徊。齐小娟也许早就敲过宁家的门找过宁志远，被宁顺生拒绝在门外，在这个时候宁顺生怎么会让外人呆在家里。如果是这样，家里只有宁顺生一个人。

齐小娟也看到宁家的灯光亮了，知道是驼背在里面，在街灯还没亮时，她就看到驼背进了宁家，关上门后，就再没出来。自从打了驼背耳光后，就气得不想再搭理他，她不明白宁顺生为什么要把家里的钥匙交给驼背这种流里流气老不正经的男人。

这几天，宁顺生最担心的是志远会回家，志远一回家必定打破他与驼背的计划。到现今天为止，志远已经离家六天了，他在心里祈祷：儿子，千万不要趁着今夜月色好，骑车回来啊。

他已经和驼背商量好，趁着路灯还未亮，天正麻麻黑时，人们都在家里吃晚饭，闲逛的行人还没出来，驼背就溜进宁家，站在阁楼上用望远镜搜寻朱有良。他也在那时蹲到卖烤红薯的窝棚旁卖冰棍，每隔几分钟他叫一声：香蕉冰棒哦，可乐纸包冰哦！

在宝庆城只有用黄糖水加点香蕉香精的冰棍和用牛奶加点白糖用纸包好的冰棍，这是宝庆人夏天的一种享受，卖冰棍的人总是拉长声音喊：香蕉冰棒哦，可乐纸包冰哦——。宁顺生用保温箱叫卖着冰棍，这样蹲在窝棚边才不会引人怀疑。

一旦驼背发现了朱有良，便会从阁楼下来，拉亮二楼的电灯。宁顺生见二楼的灯亮了，就知道目标出现了，他警惕地在人流中找朱有良。驼背如果看到朱有良已经徘徊在宁家附近，就从二楼下来拉亮一楼的灯，这时他会藏在门后面，从门缝里观察朱有良的动静。宁顺生会在街对面盯着自家家门。一旦朱有良靠近家门，宁顺生便喊：可乐纸包冰哦。等到朱有良走远，宁顺生喊：香蕉冰棒哦——。为了迷惑朱有良，十点钟，驼背熄掉一楼客厅的灯，亮起卧室的灯，造成宁顺生已经睡觉的假象。十五分钟后，熄掉卧室的灯，藏在一楼的楼梯下面，不再走动。宁顺生仍然蹲在窝旁边卖冰棍，等到卖红薯的老头走了，宁顺生就躲进窝棚里。如果到了十一点五十分，还不见朱有良的踪影，他们就一前一后回驼背家。

可是，今晚在宁家门口徘徊的是齐小娟，九点半以后，朱有良也走上了街头，他总走在齐小娟的后面，不让齐小娟看到他。宁顺生还看到一个让他觉得眼熟的身影，不过那个人离得太远，他始终没认出他来。

十点半钟，工农食堂打烊了，公园也关门了，街上的行人有增无减。等到十一点钟歌剧院正在上演的《江姐》散场了，街上的行人才少了一半。十一点半钟，电影院最后一场电影也散场了，所有的商店都关门了，街上只有稀稀拉拉的几个行人。齐小娟索性站在志远家的门口，如果治安大队的人来盘问她，她会说她就是这家的人。不过，她也不敢站一整夜，不久前有个女孩被杀死在木匠街的公厕里。最好的办法是写一张纸条从门缝里塞进去，告诉志远有人要杀他，要他赶快藏好。齐小娟打开提包，提包里有笔但没有纸，她得去找纸。找纸也容易，中央大道的两旁，有的是空白的大字报尾边。想到这，齐小娟快步走向中央大道。

朱有良恨不得用枪崩了齐小娟，见她走了，才从阴影里走出来。他紧贴着志远家的墙壁走了几次，经过门窗时并没有停下来，他在用心听屋里面的动静，眼睛扫视街道的每一个角落。

孔祥三一直远远地跟着朱有良，当朱有良几次经过宁家家门时，他觉得有些不对劲，就到邮电局给方圆打了电话。他说：方局长，我是孔祥三，我在中央大道与曹婆井的拐角处，这里好像有情况，请你马上过来。

齐小娟找到纸，又伏在路灯的柱子上写好字条的内容，她对志远关照了又关照，想到志远看到字条后就会远走高飞，她再也见不到他时，又哭了起来。就这样她过了差不多二十分钟才返回志远家。

朱有良看看周围静悄悄的，没有一个行人，便快步走近志远家。宁顺生紧贴在他身后，只等他进门就从他身后给他一掌，驼背闪电般点中他的死穴，将他放倒后再由宁顺生背他到驼背家里，先捆紧再解开穴道，以死逼他说出李卉的下落。

朱有良正准备用力撞开宁家大门的时候，一辆单车飞一般驰进街口，直冲志远家门，齐小娟追在后面大喊：志远！宁顺生立即扑向朱有良，朱有良猛然感到背后有一股强劲的风袭来，仿佛看到二十多年前的那一张鬼脸，他抬手向后一枪，又向前方一枪，前后不到一秒钟，宁顺生和宁志远同时倒在地上，也就在这一瞬朱有良被人击碎头骨，七窍流血。

枪声一响，齐小娟看到志远连人带车倒在地上，当她把志远抱在怀里时，志远还在对她微笑，但他的鲜血已经湿透了她的衣服。她看到驼背正抱着宁顺生呼唤，有一个人想扶起朱有良，那个人是孔祥三。

枪声惊动了左邻右舍和已经走远的行人，有人向志远家走过来。孔祥三大喊：公安警察马上就来，你们不要过来，谁破坏现场，抓谁。

行人都站在离现场有些距离的地方，十二点整，方圆来到现场，可是一切不该发生的都已经发生了。方圆难过地说：我来晚了。

五十、方圆智破李卉案

星期六早上，朱有凤一进办公室就被监控起来，并宣布她停止工作，接受组织审查。

上午十点钟，方圆找朱有凤谈话，告诉她朱有良、齐长松已经交待了杀害白素玉的犯罪事实，也交待出她参与了他们的犯罪。方圆说：党对犯罪分子的政策历来是坦白从宽，抗拒从严，立功赎罪，立大功受奖。你不但要交待自己的犯罪事实，还要检举你哥哥和丈夫的犯罪事实。你是有立功机会的，就看你自己能不能把握好。

朱有凤说：我一直兢兢业业为党工作，不知道犯了什么罪。

方圆说：不知道，是吧？我提醒你一件事，你与朱有良、齐长松劫持李卉，这是不是犯罪呢？你这把这件事说清楚。

朱有凤说：哪个李卉？我不认识她，

方圆说：刘梅香你认不认识？李卓然白素玉你认不认识？李欣你认不认识？我说过给你一个机会，你要是不珍惜，就别怪法律无情。我很忙，到现在我还顾不上喝口水，所以不陪你了，你自己好好想想。

方圆说完就走了，她估计像朱有凤这样的有经验女人是不会被她这几句话吓得什么都说出来。她会打时间仗，通过长时间的思考后，找到对自己有利的证据，为自己开脱罪责。狡辩，以革命的名义偷换概念，混淆权力与犯罪的界限等等是职权犯罪常见的手段，这些朱有凤都会使出来。

朱有良、齐长松都死了，朱有凤咬紧牙关不说李卉的事，目前知道李卉下落的还有谁呢？

方圆又一次想到杨义，从白素玉案件来分析，杨义应该是个很有心很关注齐长松一举一动的人，他会不会觉察到齐长松在二月十六号以后有什么异常的行为呢？

方圆想通过电话要杨义到局里来一趟，后来还是想着亲自去第三监狱要好些。

方圆来到杨义的医务室，她问杨义：白素玉跟你说起过她的家庭吗？杨义说：没有。但是我知道她有一个儿子和一个女儿。那时她女儿还小，正在读初中。

方圆说：她女儿叫李卉，现在已经十七岁了。今年二月失踪，到现在已经快四个月了。我们估计是朱有良，齐长松劫持了她，就是一直没找到证据。这两个人现在都死了，我想请你回忆一下，二月的时候，齐长松有什么异常的举动。

杨义说：有一件在我心里也纳闷了几个月，二月十九日，齐长松要我在医务室的诊断书上填写一份关于麻风病的医疗证明。我问他患者叫什么名字，他说空着吧，不要写。我问他患者的性别，他说是女人。我问他患者年龄，他说就写二十岁吧。我写好后他就拿走了。我见他这么随意，就觉得他又在干什么坏事，于是在日历上作了个记号。方局，你看，这是我作的记号。

方圆看到杨义在二月十九号的日历上用铅笔写了一个"风"字。

杨义接着说：第二天早上我看到有一辆白色的救护车开进监狱，后来停在办公室的前面。我想这车是来干什么的，正想看清楚是从哪里来的车，齐长松派我去查监。等我查监回来，那车开走了，后来我仔细观察，监狱里的女犯人都在，没有少一个，那么，是什么人需要那张诊断证明书呢？我一直纳闷着。

方圆沉默良久，说：谢谢你，老杨，你提供的情况太有价值了。

方圆回到局里立刻给省传染病防疫站打电话，她问防疫站全国有多少个收治麻风病人的地方。防疫站告诉她全国有十几个，湖南有三个，一个靠近广东，一个靠近广西，一个靠近贵州。

方圆放下电话，重新翻开李卉的案卷。汪小波说二月二十日早上有一个开着警车的民警将李卉从拘留所带走，警车的车牌号码是

WO—104。杨义说二月二十号早上有一辆白色救护车开进第三监狱，由于齐长松的干扰，他没看清楚车是什么地方的。如果把这两辆车联系起来，就有可能是警车把李卉从拘留所接出来，然后送到在监狱等候的白色救护车里，救护车拿着监狱的诊断书把李卉送到某个麻风村。这也是公安局搜遍所有关押人的地方都找不到李卉的原因。

那么，李卉被送到哪个麻风村去了？仔细分析她是被白色的救护车带走的，用的是第三监狱的诊断证明，应该是送到本省范围内的麻风村。可惜没看清救护车是哪里的，案卷记载汪小波看到警车的牌号是 WO—104，已经查过它不是本地区的。方圆想：哪里的警车牌号用 WO 开头呢？如果它是湖南省的，用 W 字作为车牌第一个号码的应该是怀化地区。WO—104 会不会是汪小波的记忆错误，他把 W—0104 记成了 WO—104 呢？方圆有个好朋友是怀化公安局的刑侦科长，她立刻给朋友打电话，请她帮忙查一下 W—0104 警车是哪个警区的。

一个小时后，朋友给方圆回电，说：W—0104 警车是怀化地区靖州县公安局的。方圆立马给靖州防疫站打电话，问他们县是否有麻风村，回答是在靖州的天坑有一个与世隔绝的麻风村。方圆故意说：我们这里发现一个麻风病人，能否送到你们那个麻风村去。对方说：可以，但需要办一些手续。方圆问：什么手续？对方回答：医院的诊断证明书，公安局的户籍证明，防疫卫生站的批文。方圆问：能用你们的救护车接送麻风病人吗？对方说：可以，但是要你们出经费。对了，上次你们还欠我们的钱呢？方圆说：什么时候欠了你们的钱，我们会有那么多的麻风病人吗？对方说：今年二月二十号，我们接了你们一个病人，好像还没给经费。你稍等，我查一下。哦，给了，是我们县公安局付的，因为她是一个劳改犯，所以，县公安局就付了。对不起，刚才说错了。

方圆什么都明白了，李卉是以劳改犯的身份去麻风村的。

王八蛋！方圆放下手机骂道，这种缺德的事也干得出来。

五十一、李卉获救

李卉从床上醒过来，看到修女站在她的旁边祈祷。她问：修女，我睡了多久了？修女说：你一定有很长时间没睡觉了，你睡了整整一天一夜。李卉又问：我什么时候能回家？修女说：你恐怕还要在这儿住上一阵子。李卉问：为什么呢？修女说：原因很多，最主要的是我暂时不能陪你走出大山。李卉觉得很奇怪，她问：为什么一定要您陪着我回家，那几个领我进山的人呢？修女说：他们已经走了。

李卉一下子愣住了，她怔怔的看着修女，竭力忍住眼泪。修女说：别难过，你就当自己迷失在森林里，静静等待白马王子的到来吧。接着，修女微笑着替李卉抹去眼泪，说：我把你当成上帝送来的天使，以后我就叫你天使好吗？

李卉记得小时候，父母都叫她天使。眼前的修女多么像妈妈啊，一股暖流从她心里流过，她想：也许是上帝的安排，让我在这里重新得到母爱。

李卉顿时觉得有了亲人，不再那么害怕，她问：修女，我到底是在哪儿，为什么他们把我送到这里，就不让我走了？

修女说：有一种细菌与人类同时出现在地球上，它叫麻风杆菌。麻风杆菌寄居在人类的身体里，它侵蚀着患者的黏膜、皮肤和神经，让患者的神经麻木，皮肤与黏膜破溃，肢端残损，更坏的是它会传染给健康的人。这种病在全世界已经流行几千年了，为了不让更多的人被传染，人们起初将麻风病人烧死，后来将患者赶出城市，让他们到乡下去生活，那些麻风病人总是悄悄潜回城市向亲人们乞食，又把病菌带回城市。教会发现后，就在没有人烟的地方建教堂，盖房子收留麻风病人，让修女们照顾他们，虽然他们过着与世隔绝的生活，但还能和上帝在一起。麻风病人居住的地方，叫麻风村。你和我，现在就住在麻风村里。

李卉问：修女，你有麻风病吗？

修女说：没有，我和你一样健康。我来这里已经十三年了。来这里之前在另一个麻风村服务。我们很多姐妹都在麻风村服务，没有谁被传染，因此，麻风病也不是传说中的那么可怕。

李卉问：修女，你一直是一个人在这里吗？

修女说：不是，所有的病人都是我的兄弟姐妹，我爱他们，他们也爱我，所以，在这里我过得很快乐。

李卉沉默了，后来她问：修女，我真的不能回到亲人们的身边去了？

修女说：不是永远，是暂时。

暂时是多久？

两、三年吧。

不！李卉尖叫一声，天旋地转倒在地上。

李卉原以为修女说的是一、两个月，谁知修女说要过两、三年。她要在这与世隔绝的地方生活两、三年，她的志远怎么办？

修女将她扶起来，在她耳边轻轻说：孩子，这是上帝的安排，你千万不要绝望，也不要去设法逃跑，到了这儿是无法逃出去的。这里是大山的中央，一年四季大雾弥漫，不等你走出去，就迷路了，然后你会被毒蛇猛兽吃掉。孩子，只要你心里有爱，就会爱上这里所有的人。记住，上帝一直在你身边，他会帮助你的。

志远死了，胸部中弹，死在齐小娟的怀里。宁顺生死了，头几乎被子弹击碎。朱有良也死了，他是被谁打死的，只有孔祥三知道。驼背在方圆来之前就离开了，因为他已经看到宁家父子都死了，他留在这儿只会束手就擒。

悲剧似乎拉上了帷幕。

令孔祥三万分不解的是：朱有良为什么要枪杀宁顺生？

这个答案只有朱有凤知道。对朱有凤的审讯很顺利，告诉她朱有良死了，齐长松也死了，她立刻崩溃了，歇斯底里地大喊：最该死的人就是宁顺生，因为是他杀死了有康，盗走了全部财宝，这才酿成朱家要害死李家一家人的悲剧！

孔祥三震撼了，那个看起来老实巴交的宁顺生竟是个武功高强的杀手！更让孔祥三震撼的是宁顺生竟为了李卉而挑衅朱有良，如果他不这样，朱有良永远也不知道杀死朱有康的凶手是谁。

宁顺生为什么要杀死朱有康，为了贪欲吗？他不是已经得到了所有的财宝吗，为什么还要在朱有良面前暴露自己？

方圆认为案件到此可以结束了，至于财宝，已经死无对证，茫茫大地又到何处寻找，就当它是一个子虚乌有的故事吧。孔祥三认为必须找到财宝，如果让它们留在民间的某个地方，只会引发又一个凶杀案的发生。

公安局搜查了宁顺生的楼房，没有找到值钱的东西。听说宁顺生乡下还有一个家，只有他老婆住在那儿。可是，左邻右舍都不知道是哪个乡下，连个方向都无法提供。孔祥三想到了驼背，于是暗中打听驼背的下落，有人领他去了驼背的家，门锁着，人已不知去向。看来只有找到李卉才能找到宁顺生乡下的家。

方圆对犯罪嫌疑人朱有凤说：给你一个立功赎罪的机会，把你和朱有良劫持李卉的事情一五一十的交待出来，告诉政府你们把李卉藏在哪儿？

朱有凤说：我死也不会把李卉的下落说出来，这一次不是因为与李家有仇，而是因为李卉是宁家的儿媳妇。要死，大家一起死吧！

方圆说：我说过，这是给你一个机会，因为你是党员，党的干部，为党工作了近二十年，我和组织都不希望你成为一个罪犯。事实上，组织早就把你们犯罪的事实调查得清清楚楚，你们串通靖州公安局局长将李卉以劳改犯的身份送进麻风村。李卉那时还没满十七岁，你们就忍心让一个花季少女成为麻风病人？

朱有凤伏在桌子上伤心地哭起来：当我被男人们作践时才十五岁……，我真的好恨我的父母，是他们的贪婪毁了我……。

李卉在修女的引导下，渐渐适应麻风村的生活，善良的她像修女一样，悉心照顾那些生活无法自理的病人。不过，她的心像小鸟一样飞翔大在大山外面的世界，停留在志远的肩膀上。对志远的爱支撑着她生活的全部希望，心里总在盼望着与志远相见，因而，时时刻刻都用心灵在呼唤志远，并且相信他能听见。

　　一天领她进山的医生又来了，他们是来领走她的。她依依不舍告别修女和那些称她为"天使"的病人。像来的时候一样，她跟着医生走出大山，坐上白色的救护车一路颠簸回到宝庆城。

　　公安局长方圆告诉她，是公安局把她从麻风村解救出来了，她自由了，可以重新选择自己的生活。一种脱离地狱，重获新生的狂喜让她热泪奔流，她匍伏在方圆的脚下，感谢她的救命之恩。接着方圆告诉她：宁志远死了。她不相信，但看到方圆那决绝的表情，相信了。她像猛的掉进了万丈深渊，生命中所有的一切在那一瞬间被黑暗无情地吞噬了。

尾　声

因为亲眼看到志远的死，齐小娟疯了，被送进了精神病院，后来在孔祥三的悉心照顾下逐渐恢复健康。也许，她真的忘记了过去的一切，欣然接受孔祥三的求婚，成为一个被丈夫百般宠爱的妻子。

朱有凤判处有期徒刑十二年，被关押在第三监狱。

杨义当上了第三监狱的监狱长。

徐子健离休后，住进广州军区干休所。

曾和杨义一起关进死牢的达生被执行死刑。他的未婚妻黄玫玫为他生下可爱的儿子林灵。

公安局在宁顺生的土砖屋里找到了九十八朵金梅花和其他所有财宝，它们立即被上交国库，经过二十三年的风雨岁月，不曾失去一丝一毫的光辉，依然价值连城。

方圆因此案而官升三级，当上了省公安厅长。她把压在泥佛下的梵文拓本送给孔祥三。

祥三看到上面用汉字写着：

我是修罗门的佛，谁动了我的金身，万劫不复。

孔祥三重新思考一个问题：谁是这幕悲剧的始作俑者？

最后，他的结论是：不是谁，而是人性的贪婪，佛早就看透了这一点，才写下如此咒语。

林秀英因丈夫和儿子在同一天死去而伤心绝望一病不起，不久便离开了人世。

李卉在林秀英死后去了麻风村，她对修女说：请您接纳我为您的女儿，称呼我新的名字："天使"。从此，她的灿烂的笑脸驱散了大山深处的雾霾，照亮了麻风村的天空，成了麻风患者真正的"天使"。

孔祥三因其是造反派的司令而当上了由解放军、革命干部、群众组织代表"三结合"的市革委会付主任，后因运动的起起落落曾经沦为阶下囚。文化大革命结束时，他也曾为组织过武斗而被判过刑，出狱后他又成为一个普通的工人。不过，他说：能娶到齐小娟这么好的老婆，夫复何求！

1973年，李欣因研究出《超导性遂道效应》而获取美国哈佛大学的费兹奖金，并成为哈佛大学的终生教授。1978年12月20日，他以美籍学者的身份来华访问，并带来孟柯被哈佛大学录取的通知书和十万美金的奖学金。李欣认为，他的很多的灵感来自孟柯给他的万能钥匙的原理。那就是由一片普通金属片加上一片超导金属而形成的一个新的因素，它可以超导出遂道间桥梁架的设计和施工。论文完成后，署上他和孟轲两人的名字。并向哈佛大学申请了孟柯的学位和奖学金。他认为孟柯如果能到哈佛这样的世界级的学府学习，一定会获得诺贝尔奖。虽然，送给孟柯的录取通知书已经晚了四年。美国实行的是终生学习制，晚来的通知书不影响孟柯成为哈佛的学生。

就在那一天，李欣在白素玉的墓前见到孔祥三和齐小娟，孟柯，还有黄玫玫和她的儿子。孔祥三说，每一年的这一天他们五人都会来到这里缅怀敬爱的白医生，整整十年，从未间断。坟头上还摆着一束美丽的白菊花，丝带上写着杨义的名字。

孔祥三为李欣讲述了宁顺生父子的故事，张雨的故事，徐子健的故事，杨义的故事，还有达生和黄玫玫的爱情故事。他说：文化大革命因领袖的权力受到威胁而发起，又因领袖的死亡而结束。虽然那个毫无理性也没有人性光辉的运动结束了，但为满足一己私欲而制造阴谋的人没有受到应有的惩罚。权力仍然控制着法律，资本处处设置陷阱。正义被颠倒，诚信被扭曲，阳光下的罪恶还会像罂粟一样开出迷人的花朵，人性的贪婪以及对权力的追逐并没有结束，金钱和利益制造出来的罪恶将会没完没了演绎下去。像白医生这样惨遭劫难的悲剧还会重演，难免让我对未来失望。

李欣说：我记得，1789 年七月的法国大革命，一开始就如暴风骤雨迅猛异常，民众纷纷走上街头，喊出了'天赋人权'的口号。但是，这场革命经过四十多年才结束，期间，有过三次大的起义，才让代表'自由、平等、博爱'的三色旗飘扬在法国的上空，让民众起义的 7 月 14 日成为法定国庆日，让'三权分立'写进宪法。我认为，文化大革命虽然结束了，要建立现代化的国家体制，中国还需要从启蒙运动开始。只有科学技术与文明程度提升了，社会的道德才会得到升华，人的良知才会理性的将损害他人利益的欲望清除，用人性的善去感悟生命的宝贵。每一个人才会像你们一样心地善良，道德高尚。你们在腥风血雨的日子里，冒着生命危险，向我们一家伸出了援救的手。因为有了你们，我妈妈才会沉冤昭雪，我和妹妹才能活下来，我由衷地感谢你们！

李欣弯腰向在场的人深深鞠躬。

接着他说：让我们一起怀念我们的好兄弟志远和他父亲。

他举杯将酒洒向空中，泪如雨下。

然后握住齐小娟的手说：小娟，我们是亲戚。朱有凤是你的继母，也是我的表姑，是我奶奶最疼爱的人之一。当她释放后，我。希望你和祥三哥关照她。我会给她留下一笔生活费的。

齐小娟说：我会的。

李欣对黄玫玫和她的孩子说：玫玫，你一直是我心中的女神，达生是我的好朋友好兄弟，如果你们同意，我想做孩子的父亲，让我们永远成为一家人。

黄玫玫说：看我们的缘分吧！

第二天，李欣和孟柯一起去了麻风村，看到面颊塌陷，五官变形，四肢缺失，皮肤溃烂的麻风病人像鬼魅一样围在李卉身边。李卉像快乐的小鸟穿行在麻风患者的中间，为他们忙碌着。

离别十年，李卉仿佛变成了另一个人，美丽的外表下有一颗更坚强而温柔的心。她的笑声好像来自天堂，而不是她快乐的表情，她的眼睛悲像圣女一般怜悯地看着身边的可怜的人儿，她不想向人诉说她的故事和她内心的悲哀。

当李欣请求李卉跟他一起离开麻风村时,她说:过去的李卉已经随着志远死去了,活着的是一个重获新生的李卉,她是麻风村的终生志愿者,是上帝安排给麻风患者的天使。

李欣说:亲爱的妹妹,我尊重你的选择。

第二年,孟柯来到了美国纽约,实现了十年前他与李欣约定的在自由女神的铜像下拥抱的美丽梦想。

2014.3.28.一稿
2019.12.30.二稿

www.ingramcontent.com/pod-product-compliance
Lightning Source LLC
Chambersburg PA
CBHW051334020726
47501CB00007B/2084